GINNY MOON

BENJAMIN LUDWIG

GINNY MOON

Te presento a Ginny. Tiene
catorce años, es autista y
guarda un secreto
desgarrador...

HarperCollins *Español*

Editora-en-Jefe: *Graciela Lelli*
Traducción: *Ana Robleda*
Adaptación del diseño al español: *Grupo Nivel Uno, Inc.*

ISBN: 978-1-41859-784-9

Impreso en Estados Unidos de América

18 19 20 21 22 LSC 7 6 5 4 3 2 1

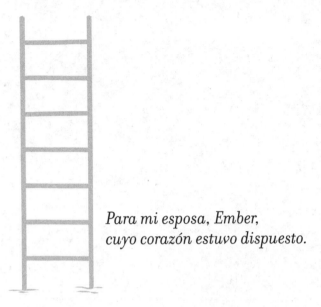

Para mi esposa, Ember,
cuyo corazón estuvo dispuesto.

El bebé electrónico de plástico no deja de llorar.

Mis Padres Para Siempre dicen que está supuesto a ser como un bebé de verdad, pero no lo es. No consigo que esté contento. Ni siquiera cuando lo acuno. Ni siquiera cuando le cambio el pañal y le doy el biberón. Cuando le digo *sh, sh, sh* y dejo que me chupe el dedo, pone cara de tonto y grita y grita y grita sin parar.

Lo abrazo otra vez y digo mentalmente: *Tranquilo, mi niño, sé bueno*. Intento todas las cosas que Gloria solía hacer cuando yo me ponía como loca. Luego le coloco la mano en la espalda y lo mezo moviéndome arriba y abajo sobre la punta de mis pies. *Todo está bien. Todo está bien*, le susurro. De agudos a graves, como si fuera una canción. Y digo también: *Lo siento*.

Sin embargo, aun así no para de llorar.

Lo pongo sobre mi cama y cuando el llanto se hace más fuerte, empiezo a buscar a mi Pequeña Bebé. A la de verdad. Aunque sé que no está aquí. La dejé en el apartamento de Gloria, pero como oír llorar a los bebés me pone muy, muy nerviosa, tengo que buscarla. Es como una regla escrita en mi cerebro. Busco en los cajones. Busco en el armario. Busco en todos los sitios en los que podría estar una Pequeña Bebé.

Incluso en la maleta. La maleta es negra y grande, y tiene forma de caja. La saco de debajo de mi cama. La cremallera recorre todo el exterior. Pero mi Pequeña Bebé no está adentro.

Respiro hondo. Tengo que hacer que pare de llorar. Si lo meto en la maleta y le pongo encima un montón de mantas y animales de peluche y vuelvo a colocar la maleta debajo de la cama, a lo mejor dejo de escucharlo. Será como sacar el ruido de mi cabeza.

Porque el cerebro está en la cabeza, en un lugar oscuro, muy oscuro, donde nadie puede ver nada excepto yo.

Y eso es lo que hago. Pongo al bebé electrónico de plástico en la maleta y empiezo a colocar mantas. Pongo las mantas por encima de su cabeza, y luego un cojín y algunos animales de peluche. Supongo que en unos minutos el ruido se habrá terminado.

Porque para llorar tienes que poder respirar.

He acabado de ducharme, pero el bebé electrónico de plástico continúa llorando. A estas alturas ya tendría que haberse callado, pero no. Mis Padres Para Siempre están sentados en el sofá viendo una película. Mi Mamá Para Siempre tiene los pies metidos en un recipiente con agua. Dice que últimamente se le *hinchan*. Salgo al salón, me le paro delante y espero. Porque ella es una mujer, y yo *me siento mucho más cómoda con las mujeres que con los hombres.*

—Ginny, ¿qué sucede? —me dice, mientras mi Papá Para Siempre pulsa la pausa—. Parece que tienes algo que decir.

—Ginny —dice mi Papá Para Siempre—, ¿has vuelto a pellizcarte? Tienes sangre.

Eso son dos preguntas, así que no contesto.

Entonces habla mi Mamá Para Siempre.

—Ginny, ¿qué pasa?

—Ya no quiero tener al bebé electrónico de plástico —digo.

Ella se aparta el pelo de la frente. Me gusta mucho su pelo. Este verano me ha dejado que le hiciera coletas.

—Han pasado más de cuarenta minutos desde que entraste en la ducha. ¿Has intentado hacer que se calle? Ten. Ponte esto mientras voy a buscar unas curitas.

Me da una servilleta de papel.

—Le he dado el biberón y le he cambiado los pañales tres veces. Lo he acunado, pero no dejaba de llorar, así que...

Entonces dejo de hablar.

—Ahora está haciendo un ruido diferente —dice mi Papá Para Siempre—. No sabía que podía llorar tan fuerte.

—¿Puedes hacer que pare, por favor? —le digo a mi Mamá Para Siempre—. Por favor.

—Me encanta ver que pides ayuda —contesta mi Mamá Para Siempre—. Patrice estaría orgullosa.

Desde el fondo del pasillo llega otra vez el llanto, así que empiezo a buscar dónde esconderme, porque recuerdo que Gloria salía siempre de su habitación cuando yo no lograba que mi Pequeña Bebé dejara de llorar. Sobre todo si estaba con algún chico amigo. A veces, cuando lloraba y yo oía que ella venía, solía salir por la ventana con mi Pequeña Bebé.

Aprieto fuerte la servilleta y cierro los ojos.

—Si haces que pare, te pediré ayuda en todo momento —digo, abriendo los ojos de nuevo.

—Voy a ver —dice mi Papá Para Siempre.

Se levanta. Cuando pasa a mi lado, yo retrocedo. Pero me doy cuenta de que él no es Gloria. Me mira con una mueca cómica y sale al pasillo. Le oigo abrir la puerta de mi dormitorio. El llanto se vuelve más fuerte.

—No sé si esto es una buena idea —dice mi Mamá Para Siempre—. Queríamos que vieras cómo es tener a un bebé de verdad en la casa, pero las cosas no están saliendo como habíamos pensado.

En mi dormitorio el llanto no podría ser más fuerte. Mi Papá Para Siempre vuelve. Trae una mano en la cabeza.

—Lo ha guardado en su maleta.

—¿Qué?

—He tenido que buscarlo siguiendo el llanto. Al principio no lo veía. Lo ha metido en la maleta con un montón de mantas y animales de peluche. Luego ha cerrado la cremallera y guardado la maleta bajo la cama.

—¿Por qué has hecho algo así, Ginny? —pregunta mi Mamá Para Siempre.

—Es que no dejaba de llorar.

—Sí, pero...

Mi Papá Para Siempre la interrumpe.

—Oye, si no hacemos que esto pare, nos vamos a volver todos locos. Yo he intentado hacer que se calle, pero tampoco he podido. Creo que está en el punto de no retorno. Vamos a llamar a la señora Winkleman.

La señora Winkleman es la profesora de salud.

—Me dijo que le iba a dar su número a Ginny hoy por la mañana —dice mi Mamá Para Siempre—. Está en un trozo de papel. Busca en su mochila.

Sale al vestíbulo y abre la puerta de mi habitación. Yo me tapo los oídos. Vuelve con mi mochila. Mi madre busca el papel y saca su teléfono.

—¿Señora Winkleman? —le oigo decir—. Sí, soy la madre de Ginny. Siento llamarla tan tarde, pero es que tenemos un problema con el bebé.

—No te preocupes, Niña Para Siempre —me dice mi Papá Para Siempre—. Todo habrá terminado en unos minutos y podrás prepararte para ir a dormir. Siento que esto resulte tan agobiante y que te esté poniendo tan nerviosa, pero creímos que de verdad sería...

Mi madre deja el teléfono.

—Dice que hay un agujerito en la parte de atrás del cuello. Hay que introducir un clip en el agujero y presionar un botón para desconectarlo.

Papá Para Siempre entra en su oficina y luego vuelve a salir y recorre el pasillo hacia mi habitación. Empiezo a contar. Cuando llego a doce, el llanto cesa.

Y ahora ya puedo respirar de nuevo.

Mientras me encontraba en la clase de estudios sociales a cuarta hora, la señora Lomos entró al aula para darme un mensaje. Ella es mi consejera. Usa unos enormes pendientes de aro y un montón de maquillaje.

—Tus Padres Para Siempre vienen al colegio a una reunión —me dice—. Regresarás con ellos a casa, así que cuando oigas los anuncios de la tarde y suene el timbre, quédate en el Salón Cinco con la señorita Dana. Puedes ponerte a hacer tus deberes mientras tanto. Alguien irá a avisarte, porque quieren que participes en la reunión.

De modo que ahora estoy en el Salón Cinco, que es donde voy a logopedia con otros chicos especiales como yo. Porque yo tengo *autismo* y *discapacidad del desarrollo*. Nadie me dijo ayer que hoy iba a haber una reunión. Supongo que es por lo del bebé electrónico de plástico.

A la señorita Dana le toca vigilar el autobús. La veo por la ventana, vistiendo su chaleco naranja. Está al lado del autobús número 74, que es el mío. Detrás y delante de él hay más autobuses. Filas y filas de niños se están subiendo a ellos. En el pasillo, todos los de deporte se están preparando para entrenar.

Alison Hill y Kayla Zadambidge ya se han ido. Son las otras
dos niñas que vienen al Salón Cinco con Larry y conmigo.

Los autobuses suelen irse a las dos y media, pero tres minutos no es tiempo suficiente para que pueda meterme en Internet. Hace mucho que intento hacerlo, pero no me dejan usarlo
sin la supervisión de un adulto. Una vez, cuando estaba con
Carla y Mike, escondí la computadora portátil de Carla debajo
de mi suéter y me metí en el armario. Estaba escribiendo *Gloria
LeBla...* en Google cuando la puerta se abrió y Carla me pilló.
Me quitó la computadora y cuando me levanté, me dio una
bofetada y me gritó.

Yo me asusté mucho, mucho, mucho.

Así que una vez que estaba en el colegio y tenía que hacer
un trabajo sobre los grandes felinos, escribí en Google: *Gloria
vende gatos de la raza Coon de Maine,* porque así es como Gloria
gana dinero. No obstante, la profesora me descubrió y cuando vine a este colegio nuevo, a esta Casa Para Siempre con
mis Papás Para Siempre, me dijeron que no podía meterme en
Internet nunca, porque tenían que protegerme. Luego Maura
añadió que ella y Brian me querían y que Internet *simplemente
no era seguro. No es seguro porque sabemos que estás buscando a Gloria,* es lo que de verdad quería decir, aunque la última parte no
la expresaran.

Y mi Mamá Para Siempre tiene razón, porque Gloria ha
vuelto a su casa con mi Pequeña Bebé. No sé en qué ciudad está su apartamento. Necesito saber si ha encontrado a mi
Pequeña Bebé o si ha pasado mucho tiempo y ya es *demasiado
tarde.* Si no es demasiado tarde, necesito sacarla de la maleta
enseguida y cuidarla muy, muy bien, porque a veces Gloria se
pasa muchos días fuera. Además, tiene un montón de amigos
hombres que van a su casa y se quedan. Y ella se enfada y pega.
También está Donald, cuando anda por la ciudad. Y Crystal
con C. Cuando le contaba a ella las cosas que hacía Gloria, me
decía: *Ojalá pudiera estar aquí más a menudo, pero no puedo. Así*

que tienes que asegurarte de cuidar muy, muy bien a tu Pequeña Bebé. Siempre será tu bebé, pase lo que pase.

Dejo de hablar en mi mente y empiezo a pellizcarme.

Larry entra. Coloca la mochila sobre una mesa, apoya sus muletas en la pared y se sienta. Lleva esas muletas que se ponen en la axila y le hacen parecer un saltamontes. Larry tiene el pelo y los ojos castaños. Mis ojos son verdes. Canta todo el tiempo y no le gustan las matemáticas como tampoco a mí.

—Hola, nena —saluda.

Y claro, yo respondo:

—Larry, no soy una nena. Tengo trece años. ¿Es que todavía no lo sabes? Esto resulta *tedioso*.

Tedioso significa que dices algo una y otra vez y la gente acaba irritándose, como cuando Patrice me decía todo el tiempo que yo misma era *como una bebé pequeña* cuando estaba en el apartamento con Gloria. Eso es lo que me dice cada vez que yo intento explicarle que tengo que ir a buscarla. ¡No entiende nada!

Larry estira los brazos y bosteza.

—Vaya, qué cansado estoy. El día ha sido muy, muy largo. Y encima tengo que quedarme hasta que mi madre me recoja para ir al entrenamiento de voleibol de mi hermana.

—Deberías hacer los deberes mientras esperas —digo, porque eso es lo que la señora Lomos me ha dicho a mí.

Saco mi libro de artes y letras y lo abro en la página 57, que tiene un poema de Edgar Allan Poe.

—No —dice Larry—. Voy a entrar en mi cuenta de Facebook. La abrí ayer.

Se levanta, se coloca las muletas en las axilas y va a la computadora. Mis ojos lo siguen.

—¿Tú tienes Facebook? —me pregunta cuando se sienta en la computadora. Sin darse la vuelta. Sin dejar de escribir.

Yo me miro las manos.

—No —digo.

—Entonces, nena, tienes que abrirte una cuenta —me mira—. Yo te enseño. Toda la gente moderna tiene una, ¿me copias?

Larry se la pasa diciendo todo el tiempo: *¿Me copias?* Pienso que más bien es una expresión.

—No me permiten usar Internet sin un adulto.

—Es verdad. Lo recuerdo. ¿Y por qué no te dejan?

—Porque Gloria está en Internet.

—¿Quién es Gloria?

—Gloria es mi Madre Biológica. Antes vivía con ella.

Entonces dejo de hablar.

—¿Es fácil encontrar a tu madre?

Yo niego con la cabeza.

—No. He intentado encontrarla tres veces cuando estaba en otras Casas Para Siempre, pero me *interrumpían* siempre.

—¿Cómo dices que se llama?

—Gloria —contesto. Siento que me levanto. Siento que estoy emocionada. Siento que estoy lista, porque sé que Larry me va a ayudar.

—¿Gloria *qué más*?

Me inclino hacia delante y lo miro de lado por encima de la montura de mis gafas. Me aparto el pelo de la cara, pero se me vuelve a caer. Ojalá tuviera con qué sujetarlo.

—Gloria *Leblanc* —digo.

Hace mucho tiempo que no pronuncio el apellido Leblanc. Ese era antes mi apellido. Es como si hubiera dejado atrás mi yo *original* cuando vine a vivir con mis nuevos Papás Para Siempre. Con Brian y Maura *Moon*. Ahora me llamo *Ginny Moon*, pero aún quedan partes de mi yo *original*.

Así que es como si ahora hubiera vuelto a ser la Ginny Moon original.

—Deletréalo —dice Larry.

Yo lo hago. Larry escribe, se aparta y señala la silla. Me siento.

Y la veo.

Gloria, la que me pegaba y después me abrazaba llorando. Gloria, la que me dejaba sola en el apartamento todo el tiempo, pero me daba refrescos sabrosos cuando nos sentábamos en el sofá a ver películas de monstruos. La que decía que era *una chica lista sin importar lo que dijeran*, porque había *aprobado brillantemente el Examen de Desarrollo de Educación General*, una frase que siempre me hacía pensar en un desfile de chicas con unas faldas preciosas haciendo girar unos bastones con serpentinas y aclamaciones.

Gloria, la segunda persona que más miedo me da.

Gloria, mi Mamá Biológica.

Su camisa y su pelo se ven diferentes, pero al menos tiene fotos de gatos de Maine por toda la página. Y sigue llevando gafas y siendo realmente muy delgada, como yo. No la he visto ni he hablado con ella desde que tenía nueve años, que fue cuando la policía vino y ella me dijo: «¡Lo siento mucho! ¡Lo siento muchísimo, Ginny!». Ahora tengo trece, pero el dieciocho de septiembre cumpliré catorce, para lo cual faltan nueve días porque:

18 de septiembre - 9 de septiembre = 9.

Algo más de nueve años tenía yo cuando el primer Para Siempre empezó. Los dos meses se anulan el uno al otro.

—¿Nena? —me dice Larry.

Me habla a mí. Salgo de mi cabeza.

—¿Qué?

—¿Quieres ver si está por ahí para chatear?

Me emociono, porque *chatear* significa *hablar*.

Larry señala a un punto en la pantalla.

—Aquí. Haz clic aquí.

Así que hago clic y veo un recuadro en el que puedo escribir.

—Escribe lo que quieras decirle —explica Larry—. Basta con que digas *hola* y le hagas una pregunta.

Yo no quiero decir *hola*. En cambio, lo que le hago es la pregunta que llevo haciéndole a todo el mundo y que nadie, nunca, jamás, entiende:

¿Has encontrado a mi Pequeña Bebé?

Y espero.

—Tienes que hacer clic en Enviar —dice Larry.

Pero en realidad no lo escucho, porque las imágenes de la policía, Gloria y la cocina se mueven tan rápido que no puedo ver nada más. Vuelvo a meterme muy hondo en mi cabeza. Veo a Gloria con la cara aplastada contra la pared y al policía sujetándola. Veo la puerta destrozada y la luz que entra de afuera y a dos gatos que se escapan. No recuerdo cuáles.

—Déjame —oigo decir a Larry—. Lo hago yo.

Delante de mí veo que la flecha se mueve por el monitor. Esta se detiene en el botón de Enviar y yo empiezo a contar, porque cuando pienso que algo puede ocurrir, necesito saber hasta dónde alcanzo a contar antes de que ocurra, sobre todo cuando se trata de la respuesta que llevo esperando seis años.

Seis segundos pasan. De pronto, aparecen algunas palabras en el monitor debajo de las que yo he escrito. Las palabras dicen:

¿Eres tú, Ginny?

Sin embargo, esa no es la respuesta a mi pregunta. Quiero pellizcarme, pero no puedo hacerlo porque hay una pregunta en el monitor y me toca escribir. Escribo:

Sí, soy Ginny. No has contestado a mi pregunta.

Y hago clic en Enviar como Larry me ha enseñado.

Entonces otra palabra pestañea en la pantalla. Está escrita en letras mayúsculas y grita. La palabra es:

¡SÍ!

Y luego:

ENCONTRAMOS A TU PEQUEÑA BEBÉ. ¡¿DÓNDE DEMO-
NIOS ESTÁS?!

Quiero escribir *¿La estás cuidando bien?*, pero las manos
me tiemblan tanto ahora que no consigo que hagan lo que yo
quiero. Además, Gloria ha hecho una pregunta. Abro y cierro
las manos tres veces, las coloco entre mis rodillas, vuelvo a
sacarlas y escribo:

En el Salón Cinco, con Larry.

Y ella escribe:

¿QUIÉN ES LARRY? ¿CUÁL ES TU DIRECCIÓN?

Ahora me pellizco las manos. Tengo que hacerlo, porque
no quiero hablar de Larry ni de mi dirección. Solo quiero
hablar de mi Pequeña Bebé, porque aunque Gloria me ha
dicho *¡SÍ! ENCONTRAMOS A TU PEQUEÑA BEBÉ*, no sé si me
está diciendo la verdad o si mi bebé está bien. Porque Gloria
es *poco confiable* e *incoherente*, y es la que miente, así que abro y
cierro las manos dos veces más, pienso en que tengo que respirar y escribo:

Larry es mi amigo. Calle Cedar, 57. Greensbor...

Dejo de escribir porque oigo a la señorita Dana en el pasillo. Está hablando con alguien. Otra profesora, supongo, lo que
significa que en un minuto me van a descubrir.
—¿Nena? —dice Larry.

Está detrás de mí y suena *ansioso*, así que escribo:

Tengo que irme.

Pero en cuanto hago clic en Enviar, quiero dar marcha atrás y decir: *¿Puedes traerme a mi Pequeña Bebé, por favor, por favor, por favor?*

Sin embargo, ya no es mi turno y la señorita Dana va a entrar en cualquier momento.

Me pongo de pie rápido para alejarme de la computadora. Entonces alguien me toca en el hombro y *retrocedo*.

Casi me caigo. Cuando veo que es Larry y que nadie me va a hacer daño, bajo el brazo y miro otra vez al monitor. Hay otra palabra escrita.

MANICOON.COM

Y luego,

AHÍ ME PUEDES ENCONTRAR. POR SI ACASO.

Y luego,

¡A LA MIERDA! ESTOY DE CAMINO. LLEGARÉ MAÑANA.

Bajo la mirada. No veo a Gloria, ni el apartamento, ni a mi Pequeña Bebé. Solo veo a Larry con un brazo extendido hacia una de sus muletas y una mano en el aire.

—Oye, chica, ¿estás bien? Vamos. Tenemos que sentarnos y sacar los libros —se muerde el labio antes de seguir hablando—. Voy a apagar la computadora. No te me pongas nerviosa, ¿de acuerdo?

Alcanza el ratón y hace clic en la palabra *Salir* y luego en la X de la esquina superior de la pantalla. Va a su mesa y se sienta. Yo aparto la silla, me siento, me limpio la suciedad de las manos y miro la foto de Edgar Allan Poe.

La señorita Dana entra.

—Ginny, tus Padres Para Siempre ya están listos. Te esperan en la oficina de la señora Lomos.

Me levanto, recojo la mochila y salgo de la sala. Cuando estoy en el pasillo echo a correr. Corro rozando con los dedos la pared. Tengo la sensación de que podría caerme si no toco algo, así que corro, corro y corro. Sigo entusiasmada, pero también estoy asustada.

Porque Gloria va a venir. Aquí, a mi colegio.

2:50 DE LA TARDE,
MIÉRCOLES, 8 DE SEPTIEMBRE

Mis Padres Para Siempre están delante de la puerta de la minúscula oficina de la señora Lomos.

—Vamos a la sala de conferencias, Ginny —me dice ella.

Damos cinco pasos hasta la sala de conferencias, que está al otro lado del pasillo. Mis Padres Para Siempre se sientan a la mesa, así que yo también.

—Hola, Ginny —dice mi Mamá Para Siempre.

—Hola —le digo yo.

Se sienta con las manos sobre su enorme y redonda barriga, tan grande como un balón de baloncesto. La barriga de mi Papá Para Siempre también es grande y su cara redonda, pero no tiene una barba blanca ni la nariz como un tomate.

—Ginny, tus Padres Para Siempre han venido a hablar de lo que pasó anoche con el bebé electrónico —dice la señora Lomos.

Yo sigo sentada esperando que hablen, pero no lo hacen.

—Me han dicho que lo metiste en una maleta —continúa la señora Lomos—. ¿Es cierto?

—¿Se refiere al bebé *electrónico de plástico*?

Ella me mira divertida.

—Sí, claro.

—Entonces, sí.

—¿Por qué lo pusiste ahí?

Me aseguro de mantener la boca cerrada para que nadie pueda ver dentro de mi cabeza. Luego miro por encima de mis gafas.

—Porque estaba gritando —digo.

—¿Y por eso decidiste esconderlo debajo de todas tus mantas y cerrar la maleta?

—No. Dejé mi mantita afuera.

Porque mi mantita es lo único que me queda del apartamento de Gloria. Frenchy, la mamá de Gloria, la ayudó a hacerla cuando se escapó a Canadá conmigo después de darme a luz en un hospital. La hicieron juntas para mí y para nadie más. La usaba todo el tiempo para envolver a mi Pequeña Bebé.

—Ah, bien, pero... ¿por qué no intentaste consolar al bebé? —pregunta la señora Lomos.

—Intenté consolar al bebé electrónico de plástico —digo—. Le dije *sh, sh, sh* como hay que hacer, y dejé que me chupara el dedo, pero el agujero de su boca no se abrió. Y también le di el biberón.

—¿Y eso no funcionó?

Niego con la cabeza.

—¿Hiciste algo más para que el bebé se callara? —pregunta mi Papá Para Siempre.

Vuelvo a asegurarme de tener la boca cerrada para que nadie pueda ver adentro. Niego con la cabeza por segunda vez.

Porque mentir es algo que se hace con la boca. Una mentira es algo que se *dice*.

—¿Estás segura? —me pregunta—. Piénsalo bien.

Así que pienso bien en tener la boca bien cerrada.

—Ginny, hay una computadora dentro del bebé electrónico —dice la señora Lomos—. Graba las veces que se le da de comer, se le cambian los pañales o cuánto tiempo llora. Incluso registra los topetazos y los zarandeos.

Todos me miran. Todos. Mi Mamá Para Siempre junto a mi Papá Para Siempre al otro lado de la mesa con su mano en su enorme barriga. No sé qué son los *topetazos* o *zarandeos*, pero como nadie me ha hecho una pregunta, yo aprieto bien fuerte los labios.

Mi Papá Para Siempre saca un trozo de papel.

—La computadora indica que el muñeco fue golpeado ochenta y tres veces y zarandeado cuatro —dice, y deja el papel—. Ginny, ¿le pegaste al bebé?

—Al bebé *electrónico de plástico* —señalo, aunque la regla dice que *no debemos corregir.*

—No importa si el bebé era real o no.

—Te pedimos que intentaras cuidar de él. No podemos...

—Brian —dice mi Mamá Para Siempre, y luego se dirige a mí—. Ginny, no está bien pegarle ni zarandear a un bebé, aunque no sea de verdad. ¿Entiendes eso?

Mi Mamá Para Siempre me gusta un montón. Me ayuda con los deberes todas las noches después de cenar, y me explica las cosas que no tienen sentido. Además, jugamos a las damas chinas cuando llego a casa del colegio, así que digo:

—Cuando estaba en el apartamento con Glo...

—Sabemos lo que pasó en el apartamento —me interrumpe—. Y sentimos muchísimo que te hiciera daño, pero no está bien lastimar a los bebés. Nunca. Así que necesitamos que vuelvas a ver a Patrice. Te va a ayudar a prepararte para ser una hermana mayor.

Patrice es terapeuta. Una terapeuta del *apego.* No la he visto desde la adopción en junio. Había vivido con mis Padres Para Siempre en la Casa Azul todo un año antes de eso. También fue entonces cuando empecé a ir a mi nuevo colegio.

Lo que me recuerda que Gloria está *en camino* ahora mismo. No sé cuánto tardará en llegar aquí. No sé si llegará antes de que yo vea a Patrice. Y eso es importante, porque necesito saber cuándo van a pasar las cosas para poder contar y mirar el reloj y asegurarme de que todo salga como tiene que salir.

Me pellizco con fuerza los dedos.

—¿Cuándo voy a ver a Patrice? —pregunto.

—La llamaremos hoy por teléfono a ver cuándo pueden reunirse. Seguramente a principios de la semana que viene, si tiene un espacio en su agenda. Seguro que lo encuentra tratándose de ti.

Gloria no ha venido hoy al colegio. He esperado y esperado, y mi reloj y todos los relojes de todos los salones de clase decían 2:15, y se han escuchado los anuncios de la tarde. Luego ha sonado el timbre y he salido con los demás chicos para ir al autobús.

Así que me siento confusa.

Sin embargo, en este momento me siento confusa por algo *más apremiante*. Patricia dice que *más apremiante* significa que *algo es más importante que otra cosa*. Y la cosa más apremiante es que alguien está enfadado aquí, en la Casa Azul. Tengo que adivinar quién es. Por eso estoy aquí, de pie, en el escalón que hay antes del pórtico recubierto con malla contra insectos. Sigo llevando la mochila a la espalda y mi flauta. Nuestro buzón está tirado en el suelo y hay huellas de neumáticos en la tierra, lo que significa que alguien ha salido de aquí *chirriando las ruedas.* *Chirriar las ruedas* es lo que la gente hace cuando va en el auto y está muy enfadada. Yo me quedo donde estoy, preguntándome quién habrá hecho esas marcas, y cuando levanto la vista veo el auto de mi Papá Para Siempre en la entrada, al lado del de mi

Mamá Para Siempre. A estas horas él suele estar en el trabajo. Es un consejero académico en el instituto.

Con un dedo me enderezo las gafas y vuelvo a mirar las marcas. Ahora recuerdo que a las 2:44, justo antes de que el autobús se parara delante de la Casa Azul, vi dos autos de policía que volvían en sentido contrario. Iban despacio, así que contuve el aliento y esperé a que pasaran.

No me gustan los policías. Todos tienen la misma cabeza.

Al bajarme del autobús fue que vi el buzón y las huellas de ruedas.

Abro la puerta con la malla contra insectos y de momento me llega olor a cigarrillos. Nadie fuma en la Casa Azul. Ese olor me recuerda el apartamento de Gloria.

Entro. Mi Mamá Para Siempre está de pie delante del fregadero con un vaso de agua en una mano y sujetándose la barriga con la otra. Tiene el pelo como si no se hubiera peinado y bajo sus ojos hay líneas muy oscuras. Sin mirarme, dice:

—Hola, Ginny. Ve y guarda tus cosas que tenemos que hablar contigo en el salón.

Su voz es tranquila.

Dejo la mochila y la flauta en mi habitación y regreso.

—Hola, Hija Para Siempre —dice mi Papá Para Siempre. Está de pie al lado de la ventana—. ¿Ha pasado hoy algo interesante en la escuela?

—No, pero me gustaría saber quién está enfadado.

Se miran.

—¿Enfadado? —repite mi Papá Para Siempre.

Yo corroboro asintiendo con la cabeza.

—¿Por qué íbamos a estar enfadados uno de los dos?

—Porque hay marcas de neumáticos en el césped de delante. ¿Cuál de los dos ha salido chirriando las ruedas?

—Espera. ¿Crees que porque hay marcas de ruedas en el césped uno de *nosotros* está enfadado?

Vuelvo a asentir.

Mi madre sonríe tímidamente y se oye un suspiro.

—Bueno, entonces esto va a ser más fácil de lo que imaginábamos —dice—. Ginny, ninguno de nosotros dos ha dejado esas marcas.

Me siento confusa, así que me quedo donde estoy, pensando.

—Antes volvamos a la primera pregunta —dice mi Papá Para Siempre—. ¿Ha ocurrido algo interesante en la escuela?

—No —digo otra vez.

—¿Has llamado a alguien por teléfono?

—No.

—¿Ha ido alguien a verte?

—No.

—¿Alguien te ha pedido la dirección?

—¿Hoy?

Mi Papá Para Siempre mira a mi madre un instante y luego vuelve a mirarme a mí.

—Sí. Claro que hablamos de hoy.

—Entonces, no.

—¿*Entonces*, no? ¿Y ayer? ¿Alguien te pidió la dirección ayer?

Me ha hecho dos preguntas seguidas y no sé a cuál responder. Además, es una regla que yo solo puedo contestar a las preguntas de una en una, porque tengo solo una boca y no sé qué pregunta es *más apremiante*. Niego con la cabeza y mantengo la boca muy, muy, muy cerrada. Por si acaso.

Mi Mamá Para Siempre mira a mi Papá Para Siempre y se lleva la mano a la barbilla.

—Entonces, ¿cómo demonios ella nos ha localizado? —dice.

—¿*Quién* nos ha localizado? —pregunto yo.

—La persona que salió chirriando las ruedas en el césped —aclara mi Papá Para Siempre—. Pero no te preocupes, que se ha ido. La policía la ha obligado a marcharse.

—Entonces, ¿no están enfadados conmigo por lo del bebé electrónico de plástico?

Él me mira de un modo raro.

—*Enfadados* no es la palabra correcta. Estamos *preocupados*, eso es todo.

Me pregunto si estarán mintiendo. Gloria miente constantemente. Entonces me pregunto si habrán averiguado que Gloria *está de camino*, porque todo el mundo estaría enfadado si lo supieran. Me pellizco, me pellico y me pellizco, cierro los ojos y digo:

—¿Quieren decirme por favor, por favor, por favor, quién de los dos está enfadado?

Porque hay que andarse con cuidado cuando hay alguien enfadado. Las personas se ponen como locas y pegan.

—Ginny, ya te lo hemos dicho —responde mi Mamá Para Siempre—. Aquí no hay nadie enfadado. Puedes estar tranquila. Ya hablaremos de lo de las huellas de las ruedas en otro momento. ¿Por qué tienes esa carita tan preocupada? Anda, ve a lavarte y a cambiarte de ropa. ¡Además, la semana que viene vas a la granja de la sidra de manzana, y no queda nada para tu cumpleaños! ¡Y el miércoles vas a ver a Patrice! Ya hemos hablado con ella y nos ha dado una cita. A lo mejor te gustaría marcarlo en tu calendario.

Sin embargo, como no ha sido una pregunta, no digo nada. Además, lo que ha dicho de la granja de la sidra no es cierto. Mi clase va a ir el 21 de septiembre, no la semana que viene. Y ahora cuando levanto la mirada y veo a mis Padres Para Siempre mirándome con una sonrisa no recuerdo por qué estaba preocupada. Yo también sonrío.

—Ginny, ¿quieres un abrazo? —pregunta mi mamá.

Y como sí me gustaría, la dejo que me abrace. Le cuesta inclinarse hacia delante, porque tiene una barriga enorme.

—Anda, ve a cambiarte de ropa.

Me voy a mi habitación y me pongo la ropa de jugar. Miro por la ventana y vuelvo a ver las huellas. Y recuerdo.

A veces me cuesta comprender las cosas. Me distraigo y olvido mirar lo que se supone que debo mirar. O me meto tan hondo en mi cabeza que olvido lo que se supone que sé. No obstante, lo que sí sé ahora es que nadie en la Casa Azul está enfadado. Nadie me ha gritado y nadie me ha pegado. Otra persona ha hecho esas huellas de ruedas, pero ya se ha ido y puedo prepararme para ver a Gloria. Cuando venga al colegio, saldré corriendo al Auto Verde para ver si mi Pequeña Bebé está dentro. Y si no está, tendré que subirme al auto y volver al apartamento, aunque no quiero hacerlo. Aunque sé lo que me pasará. Porque tengo que ver si mi Pequeña Bebé aún está en la maleta. Y si está ahí y aún no es demasiado tarde, tengo que sacarla y *cuidarla muy, muy bien*. Me he dado cuenta de que Gloria *no ha cambiado nada*. Recuerdo las drogas, los gatos y los desconocidos que venían por la noche. Recuerdo lo que me pasaba si hacía demasiado ruido. Pero lo peor de todo es Donald. Va a estar muy, muy enfadado cuando se entere de lo que hice. Va a hacer que me muera. Gloria me lo dijo.

Y yo le creo, aunque sea ella la que dice mentiras.

Cuando Gloria salía a buscar más gatos de Maine o a ver a su proveedor de drogas, tenía a mi Pequeña Bebé para hacerme compañía, pero ahora mi Pequeña Bebé está solita allí. No sé si puedes oír algo cuando estás metido en una maleta con la cremallera cerrada. Esperando.

Así que tengo que volver.

A lo mejor, cuando salga corriendo al Auto Verde, Gloria *estará de buenas*. A lo mejor se bajará, me dará un abrazo fuerte y dirá: «¡Vaya, Ginny! ¡Cuánto has crecido! ¿Sigues teniendo los ojos verdes? Aunque te han adoptado y te han cambiado el apellido, siempre seguirás teniendo los ojos verdes. ¡Las dos los tenemos!».

Espero que tenga razón.

6:45 DE LA MAÑANA,
VIERNES, 10 DE SEPTIEMBRE

Son las 6:45, lo que significa que es hora de ir al colegio. Llevo la mochila en la espalda y la caja de la flauta, y tengo puesto el reloj. Lo uso siempre excepto cuando me ducho.

Mi Papá Para Siempre está conmigo. Normalmente se queda detrás de la puerta de malla mientras yo salgo y subo al autobús, pero hoy ha querido venir conmigo. Vamos caminando por la hierba hasta el final de la entrada a casa, que es donde el autobús se detiene. Pasamos junto a las marcas de ruedas. En el suelo, al lado de una de ellas, veo una caja de plástico y la recojo. Es una caja de *Tic Tac* con cinco bolitas blancas dentro. La sostengo en la mano y cuento los caramelos dos veces más. La agito. Suenan.

—¿Qué es eso? —pregunta mi Papá Para Siempre.

Yo no contesto. Gloria siempre llevaba *Tic Tac*. Siempre olía a *Tic Tac* y cigarrillos. Los blancos eran sus favoritos.

Entonces recuerdo que la malla contra insectos del pórtico olía a cigarrillos también.

Miro a mi Papá Para Siempre y agito los *Tic Tac*.

—Son de Gloria —digo.

Mi Papá Para Siempre respira hondo y asiente.

—Sí, seguramente.

Y se queda con ellos porque dice que podrían estar sucios, a pesar de que le prometo que no voy a comerme ninguno.

—¿Cómo han llegado hasta aquí? —pregunto.

—Bueno... —empieza a decir, pero se calla.

Eso quiere decir que Gloria ha estado en la Casa Azul. Ayer. *Eso* explica lo de las huellas de ruedas. *Ella* era la que estaba enfadada. Vino cuando yo estaba en el colegio y se marchó chirriando las gomas. Lo que significa que vino al sitio equivocado. Lo que significa que no voy a poder salir corriendo al estacionamiento para ver si mi Pequeña Bebé está en el Auto Verde con ella. No voy a poder volver al apartamento para ver si está en la maleta.

A fin de asegurarme, pregunto:

—¿Vino ayer Gloria a la Casa Azul?

—Sí —contesta mi Papá Para Siempre—. Gloria vino ayer a la Casa Azul.

—¿Y trajo a mi Pequeña Bebé?

Él muestra un gesto extraño en su rostro.

—No, no te ha traído a tu Pequeña Bebé. Ginny, sé que no te gusta siquiera que lo digamos, pero si quieres un muñeco nuevo, podemos comprarlo. ¿Quieres que vayamos a la tienda de juguetes esta tarde?

—No, gracias. No quiero ir a la tienda de juguetes.

Uso mi voz más agradable, aunque me pone enferma que la gente me diga eso.

—¿Cuándo va a volver?

—No va a volver. Le dio un susto de muerte a tu madre y montó toda una escena. Incluso se llevó por delante el buzón.

No sé lo que es *montar una escena,* pero sé que cuando Gloria está enfadada, grita mucho y pelea. Rompe cosas y pega. Miro el buzón. Está tirado en la hierba de lado, todo doblado y con la puerta abierta. Como si fuera una boca, pero sin moverse.

—¿Ginny?

Salgo de mi cabeza.

—¿Qué? —digo.

—He dicho que no va a volver. La policía vino para decirle que no puede venir a visitarnos.

Sin embargo, yo sé que Gloria nunca hace lo que la policía le dice. Es muy engañosa. Sé que quiere volver, y sé que tengo que ayudarla. Necesito saber si no es *demasiado tarde ya.* Aunque tengo miedo. Aunque Gloria se pone muy violenta y *no te puedes fiar de ella.* Eso es lo que dijo una de las trabajadoras sociales. Tengo que saber qué ha sucedido con mi Pequeña Bebé.

Escucho al autobús acercarse al doblar de la esquina.

—Podemos seguir hablando de esto cuando vuelvas del colegio —dice mi Papá Para Siempre—. ¿Te parece bien?

Veo el autobús, así que empiezo a contar.

—¿Ginny?

—Veo el autobús.

—Sí, yo también lo veo. Hablaremos un poco más sobre esto después del colegio si quieres.

El autobús tarda trece segundos en detenerse junto a la acera. Mi Papá Para Siempre me aprieta el hombro. No retrocedo, porque no pasa nada. Él puede hacerlo. Una vez me preguntó si podía darme un abrazo y yo dije que no, y entonces me preguntó si tocarme el hombro estaría bien y yo dije que sí. A mi Mamá Para Siempre la dejo abrazarme si me lo pide, pero mi Papá Para Siempre es un hombre, así que solo puede tocarme el hombro. Mi cerebro va demasiado deprisa. Las imágenes que veo en él son como manos que vuelan a mi cara.

—¿Ginny? —dice él.

—Adiós —digo yo.

Y me subo al autobús.

Cuando llego al colegio, la señora Lomos me está esperando en la acera, justo en la parada. Hoy lleva unos pendientes que parecen peras de plata.

—Buenos días, Ginny —me saluda cuando bajo del último peldaño.

—Buenos días —digo yo, porque es lo que se dice cuando alguien te dice a ti *Buenos días*. A veces también me gusta añadir: *¿Cómo está hoy?* después de los *Buenos días*, pero hoy estoy pensando en cuándo voy a poder pedirle a Larry que vuelva a meterse en Internet para poder decirle a Gloria dónde nos vemos. Porque no vino al colegio, que es lo que se suponía que iba a hacer. Tengo que ayudarla a *entenderlo todo bien*. Pienso que la biblioteca puede ser un buen lugar para entrar en Internet, porque a veces no hay profesores allí.

—Quiero presentarte a la señora Wake —dice la señora Lomos.

Aparto la mirada de mis manos y veo a una señora al lado de ella. Es una mujer mayor con gafas y un suéter blanco. No lleva una camiseta de Michael Jackson. Me gusta Michael Jackson, porque es diferente a los demás hombres. No es grande ni gritón. No da miedo. Es la mejor persona del mundo, y cuando escucho su música me siento como si estuviera de pie en un círculo llevando unos zapatitos blancos, y cuando me siento así, quiero saltar muy alto y subir los pies hacia atrás y girar al volver a pisar el suelo, levantar los hombros y exclamar: ¡Oooh!

Pero me cuesta trabajo hablar de lo que siento. Patrice dice que es parte de mi *discapacidad*.

—La señora Wake va a acompañarte a todas las clases —anuncia la señora Lomos.

—¿Va a venir conmigo a la biblioteca? —pregunto.

La señora Lomos me mira con una expresión rara.

—Creo que tu clase no va hoy a la biblioteca, Ginny. ¿Qué tienes que hacer allí?

—Hay libros en la biblioteca —digo, aunque también hay computadoras.

—Sí, así es. Tal vez la señora Wake puede ayudarte a elegir uno.

La señora Wake me sonríe. Yo no le sonrío a cambio.

—Hola, Ginny —dice—. Estoy encantada de conocerte.

A primera hora tenemos artes y letras de nuevo. La señora Wake se sienta a mi lado todo el tiempo e intenta ayudarme con preguntas sobre un hombre llamado Nathaniel Hawthorne. Luego, después de la segunda hora, voy al Salón Cinco con Larry y Kayla Zadambidge y Alison Hill. Cuando llego a la mesa y me siento, la señora Wake por fin se va al baño, así que digo:

—Oye, Larry, necesito entrar en Internet.

Y él dice:

—Oye, pero si hay una computadora ahí mismo —dice él señalándola y comienza a cantar una canción sobre algo que quieres, lo tienes delante y puedes conseguirlo cuando desees—. ¿No te vas a meter en un lío? —me pregunta cuando termina.

Estoy a punto de pedirle que se meta *él* por mí cuando la señorita Dana entra. Se sienta en la mesa y comienza recordándonos cómo se usa una agenda. Decido no decirle a Larry ahora que no me meteré en ningún lío si él entra en Internet en lugar de hacerlo yo. Luego le explicaré que puedo mirar por encima de su hombro mientras él entra en Facebook o en *Manicoon.com*. No obstante, la señorita Dana habla y habla y habla, y la señora Wake vuelve, así que guardo el plan secreto en mi cabeza y cierro la boca para que nadie pueda verlo.

A las 9:42 tenemos un descanso y vamos a nuestra aula. La señora Wake me acompaña.

A las 9:55 voy al ensayo con la banda de música. La señora Wake me acompaña.

Cuando llegamos al salón de música ella se sienta cerca de la puerta y yo me dirijo a mi atril y saco la flauta. El señor Barnes, el director, dice que el Concierto de la Cosecha será el lunes 18 de octubre. Él explica que tocaremos dos canciones sobre el otoño, otra más sobre Halloween y otra sobre la luna de cosecha.

A las once es la hora de estudios sociales. La señora Wake me sigue por el vestíbulo, más allá de la cafetería y las taquillas. Me sigue todo el camino hasta el aula de estudios sociales y se sienta a mi izquierda.

Me aseguro de mantener la boca cerrada para que nadie pueda ver lo que estoy pensando.

La señorita Merton, la profesora de estudios sociales, está escribiendo en la pizarra. Lo hace todos los días. Se supone que debemos copiar lo que ella escribe en nuestro cuaderno.

Miro a la señora Wake.

—No tengo el cuaderno— le digo. Y es cierto, porque no tengo mi cuaderno de estudios sociales.

—¿Dónde está?

—En el Salón Cinco.

La señora Wake mira a la pizarra. La señorita Merton ya ha escrito tres frases. Todos los demás alumnos las están copiando.

—¿*Tienes* que escribir eso en tu cuaderno?

—Sí —le digo.

—Bueno. Voy a buscártelo al Salón Cinco. De momento ve copiando las frases en una hoja, y luego la engrapamos al cuaderno cuando te lo traiga. ¿Puedes decirme de qué color es?

Pienso mucho de nuevo.

—Verde —le digo—. Está en mi casillero.

La señora Wake se marcha. En cuanto sale, levanto la mano. La señorita Merton me observa y dice:

—¿Sí, Ginny?

—¿Puedo ir al baño? —le pregunto.

—Adelante. Firma en el registro de salida.

Me levanto, voy a la puerta y firmo en el registro de salida. Echo a andar por el pasillo hacia la biblioteca. Está tres aulas más allá. Casi estoy llegando cuando oigo mi nombre.

—¿Ginny?

Me doy la vuelta. Es la señorita Merton.

—El baño de octavo está por el otro lado —me dice—. No debemos usar el que está al lado de la biblioteca porque es para los profesores.

Quiero decir: *¡Demonios!*, porque no voy a poder llegar a la computadora a fin de chatear con Gloria. Los profesores y mis Padres Para Siempre no me dejan usar Internet hasta dentro de cuatro años. Durante un tiempo dejé de intentarlo y me escapaba cuando podía para buscar en la guía telefónica, pero no conseguí nada. Tengo que ser más lista y lograr que esto funcione. Estoy tan enfadada que bufaría como un gato, pero no lo hago. Me limito a volver por el pasillo. Paso de largo junto a la señorita Merton y luego me encuentro con la señora Wake, que sale del Salón Cinco.

—Ginny, ¿qué haces?

—La señorita Merton me ha dicho que podía ir al baño —contesto.

—Bien. Vamos rápido para que puedas volver a clase enseguida. Ah, he encontrado tu cuaderno —dice mostrándomelo—, pero me parece que solo tienes apuntes de ciencias en él. Ahora miraremos en la mochila a ver si está el otro.

Los fines de semana me levanto a las nueve. Solo tardo dos o tres minutos en estirarme y ponerme las gafas y el reloj, beber un vaso de agua y salir para ir al baño. Luego voy a la cocina. Me quedo delante del refrigerador, escuchando. No oigo nada. En el refrigerador hay uvas y leche. Hay otras muchas cosas, pero leche y uvas es lo que necesito. Necesito comerme nueve uvas para empezar el desayuno y un vaso de leche para humanos, pero hay una regla que dice: *No debo abrir el refrigerador.* Y otra que indica: *Cuando tengo hambre, pido la comida.*

Me quedo de pie, esperando. Si mis Padres Para Siempre estuvieran aquí, dirían que estoy *merodeando*, que es cuando estoy muy, muy cerca de algo. Y espero.

Mi Mamá Para Siempre entra. Tiene el pelo húmedo aún y está maquillada. Nunca se maquilla por la mañana a no ser que vaya a salir a algún sitio.

—Buenos días, Ginny. Hoy tenemos visita —dice.

O que alguien venga a visitarnos.

—No me gustan las sorpresas —digo.

—Es que no es una sorpresa. Se trata de Patrice.

Patrice entiende casi todo lo que le digo. Incluso entiende cosas que no he dicho. Me gusta mucho, pero sabe ver en mi cabeza. Tengo que andarme con cuidado con ella y mantener la boca cerrada si no estoy hablando.

—¿Cuándo va a venir?

—Dentro de una hora más o menos. Alrededor de las diez. Va a hacer un viaje especial de fin de semana para pasar un poco de tiempo contigo.

Patrice nunca ha venido a la Casa Azul. Yo siempre iba a su oficina, pero me gustaría enseñarle mi habitación y todas mis cosas de Michael Jackson, y quiero hablarle de Gloria y las huellas de ruedas y los *Tic Tac*. No le voy a contar mi plan secreto de entrar en Facebook o en *Manicoon.com* en el colegio, porque podría decírselo a mis Padres Para Siempre.

A las diez, el auto de Patrice llega a la puerta. Se baja. Trae su suéter morado plisado y ha vuelto a cortarse el pelo. Corro hasta el auto. Le doy un abrazo y ninguna de las dos retrocede.

—¿Cómo está mi amiga la aventurera? —pregunta.

Se refiere a mí. Me llama *mi amiga la aventurera* porque me ha visto cada vez que me he escapado, y después de lo que pasó con Gloria en el apartamento, y después de que intentara escapar de mis otras Casas para Siempre. Dice que he vivido muchas aventuras.

—Estoy bien, gracias —contesto, y me quedo mirándola.

—¿Por qué no me acompañas dentro y charlamos con tu mamá un rato? Luego podrías enseñarme tu habitación. ¿Es posible que yo me haya enterado de que mañana vas a ir a ver las fragatas? —dice entonces Patrice.

La llevo adentro y saluda a mi mamá. Hablan del bebé que mi mamá lleva en la barriga.

—Ginny, ¿vas a ayudar a tu mamá a cuidar a la Bebé Wendy cuando llegue? —me pregunta Patrice.

No sé cómo va a ser la Bebé Wendy, pero me imagino que llevará un overol chiquitico. Mi Pequeña Bebé no tenía, y yo quería uno, pero Gloria decía que no podíamos permitírnoslo.

Michael Jackson tenía un chimpancé que se llamaba Bubbles que llevaba overoles como si fuera un bebé de verdad. Porque cuando Michael Jackson era pequeño deseaba tanto tener un chimpancé que le preguntó a su mamá una y otra vez, y al final imagino que su mamá dijo: *Sí, está bien, Michael Jackson, puedes tener un chimpancé*. Michael Jackson solía levantar a su bebé y llevarlo en brazos igual que yo hacía con mi Pequeña Bebé, pero Bubbles se hizo tan fuerte que Michael Jackson no necesitaba sostenerlo ya más por las posaderas. Lo acostaba y arropaba todas las noches, pero Bubbles se hizo tan grande que Michael Jackson tuvo que dejar que se lo llevaran, porque Bubbles podía *atacar*. Lo regaló a un zoológico y ahora Bubbles vive en una jaula grande donde no puede hacerle daño a nadie. Lo he visto en la televisión.

—¿Ginny?

—¿Qué?

—¿Crees que te gustaría ayudar a tu mamá a cuidar de la Bebé Wendy cuando llegue a casa desde el hospital?

—Sí —digo.

—¡Genial! Puedes ayudar dándole las cosas a tu mamá cuando la tenga en brazos. Y cuando el bebé sea mayor, podrás enseñarle a jugar. Porque va a querer ser como tú, ¿sabes? Querrá hacer todas las cosas que haga su hermana mayor. ¿A que va a ser divertido ser la hermana mayor?

—Supongo.

—Bien. ¿Sabes por qué estoy aquí, Ginny?

—¿Para ver mi habitación? —digo.

—No solo para eso. Estoy aquí porque quiero hablar contigo de algunas cosas. Tengo entendido que Gloria vino a la Casa Azul hace unos días.

—Vino el jueves 9 de septiembre mientras yo estaba en el colegio. *No te puedes fiar de ella.*

Dejo de hablar y me aseguro de cerrar bien la boca. Tengo muchas cosas en la cabeza y no quiero que Patrice las vea.

Patrice me mira con expresión extrañada.

—Es un modo interesante de decirlo. ¿Tú la viste?

Yo niego con la cabeza.

—Me pregunto cómo se las habrá arreglado para encontrarte. ¿Tú lo sabes?

Niego con la cabeza otra vez, pero de pronto mi boca se abre y digo:

—Dejó las huellas de sus ruedas en el jardín y nos rompió el buzón, así que o estaba muy, muy enfadada o muy, muy ebria. Además *montó toda una escena*. Yo no la vi al bajarme del autobús, pero mi Papá Para Siempre dice que no me ha traído a mi Pequeña Bebé.

Patrice se ríe con una risa alegre. A veces las personas se ríen con una risa malvada. Sucede como con las bromas. Nunca sé distinguirlas.

—¡Vaya! —dice Patrice—. Parece que te lo has estado pasando muy bien.

Yo asiento, pero como no me ha hecho ninguna pregunta, no digo nada.

Mi Mamá Para Siempre respira hondo.

—¿Por qué no invitas a Patrice a conocer tu habitación y se lo enseñas todo? —dice.

Así que me llevo a Patrice a mi habitación y le enseño todas mis cosas. Ella mira las fotos que tengo encima de la cómoda y todos los cumpleaños y fiestas que he anotado en el calendario, y luego dice:

—¿Te han dicho tus Padres Para Siempre que Gloria no va a volver a la Casa Azul?

—Sí. Me han dicho que la policía le dijo que no puede volver.

Patrice da vueltas sobre sí misma en el centro de mi habitación para mirar todas mis cosas. Yo permanezco en la puerta.

—Así es. Gloria se metió en muchos líos al venir aquí. Intentó entrar en la casa y a tu Mamá Para Siempre le dio un susto de muerte. Por eso tu mamá y tu papá llamaron a la policía, y cuando llegaron tuvieron que obligar a Gloria a marcharse. Tu Papá Para Siempre vino directamente desde la escuela, y los dos llamaron a los Servicios Sociales. Entonces la jueza que lleva el caso intervino y... bueno, ahora Gloria ya no puede visitarlos de nuevo. Por eso he venido a hablar contigo. ¿Cómo te sientes por todo esto?

Recuerdo a la jueza. Era una señora que lleva una capa negra y grande como los profesores de *Harry Potter*. En las películas, no en los libros. Me gustan más las películas que los libros, porque en las películas las imágenes se mueven. Conocí a la jueza el 21 de junio en la adopción. Es una regla que tienes que hacer lo que dice un juez. La jueza dijo que yo no podía volver al apartamento de Gloria y que Gloria no podía intentar buscarme. Pero la jueza no sabe lo escurridiza que puede ser Gloria. Y Patrice tampoco.

—¿Ginny?

—¿Qué?

—Lo siento. Tenía que haberte hecho una pregunta más clara. ¿Cómo te sientes con respecto a que Gloria viniera aquí el otro día?

Patrice habla de sentimientos todo el tiempo, y me enseñó a mí a hacerlo, así que digo:

—Me sentí muy mal. Mi Pequeña Bebé está completamente sola.

Entonces miro a Patrice por encima de mis gafas para ver si me entiende.

—Sé que tu Pequeña Bebé era importante para ti. ¿Te acuerdas de lo que dijimos la última vez que nos vimos? Dijimos que tú eras un poco como una pequeña bebé cuando vivías en el apartamento, porque te dejaban sola todo el tiempo. Pero ahora estás a salvo. Segura. ¿No te sientes segura?

—Sí —digo.

Sin embargo, eso no me importa. No me importa que Gloria me haga daño, o que Donald saque el arma. Tengo que saber qué le pasó a mi Pequeña Bebé después de que la policía me llevara. Necesito saber si alguien encontró la maleta o si es demasiado tarde.

—Bien. Y el mejor modo de que sigas estando segura es que nunca jamás te subas al auto de Gloria si la ves. Diga ella lo que diga. ¿Puedes prometerme que no lo harás?

Me aseguro de tener la boca bien cerrada y asiento con la cabeza.

—Sé que ya lo he dicho antes, pero tuviste suerte de salir viva de ese apartamento. Y si Gloria viniera aquí y te metiera en su auto, sería un secuestro. ¿Sabes lo que es un secuestro?

No lo sé, así que digo que no con la cabeza.

—Secuestrar a alguien es robarlo. Si te vas con Gloria, te estaría robando. Y robar está prohibido por la ley. ¿Lo entiendes?

Lo entiendo, así que asiento. Asiento tres veces, porque creo que ser secuestrada es una idea genial. De ese modo puedo volver directamente al apartamento, entrar en mi habitación y mirar en la maleta.

—Y necesito preguntarte sobre lo que ocurrió con el bebé de juguete del colegio.

—Te refieres al bebé *electrónico de plástico* —digo.

—Sí, a ese —afirma Patrice—. Me han dicho que lo golpeaste y lo metiste en una maleta. ¿Por qué lo hiciste?

—Porque no dejaba de llorar.

—Pero hay otros modos de calmar a un bebé, ¿o no?

—Sí, claro. Puedes darle leche, o llevarlo en brazos y acunarlo. Y si no hay leche o comida, puedes dejar que te chupe un dedo. Puedes cantarle «La araña pequeñita». Puedes cambiarle el pañal o darle un baño. O solo dejar que descanse encima de ti.

Patrice me mira con cara divertida.

—Parece que sabes un montón sobre bebés. ¿Dónde has aprendido todas esas cosas?

Yo cierro los ojos y grito:

—¡Cuidando a mi Pequeña Bebé!

Ahora la miro para ver si entiende.

—No es necesario que grites —dice ella—. Pero tienes que acordarte de que tu Pequeña Bebé no era una bebé real. Has tenido que aprender todas esas cosas en otro sitio. ¿En la televisión a lo mejor?

Yo niego con la cabeza.

—Mi Pequeña Bebé *era* una bebé real —digo.

—Ginny, eso no es cierto. Gloria no ha tenido más hijos. He leído tu expediente mil veces, y tú eras la única niña que había en el apartamento. ¿Tenías algún primito? Recuerdo que tu tía solía ir a visitarlos de vez en cuando.

—Crystal con C —le indico.

—Exacto. Crystal con C. ¿Tenía Crystal un bebé?

Niego con la cabeza. Estoy demasiado enfadada para decir algo con la boca.

—En cualquier caso, necesito que sepas que tus Padres Para Siempre y yo hemos acordado una nueva regla. Es la regla más importante de todas las que te hemos dado. *Cuando nazca la Bebé Wendy, no te estará permitido tocarla.* Tenemos que asegurarnos de que antes aprendes cómo hay que comportarse con los bebés. Asusta que una persona golpee a un muñeco y lo meta en una maleta, aunque el muñeco no sea real. Las maletas no son sitios buenos para meter en ellas a los bebés, ¿verdad?

Me pellizco los dedos. Me pellizco tan fuerte que una gota de sangre oscura brota. La veo crecer y crecer hasta que se rompe y gotea por mi pulgar.

—¿Ginny?

Levanto la vista y al mismo tiempo escondo las manos detrás de la espalda. Donde nadie pueda verlas.

11:03 DE LA NOCHE,
DOMINGO, 12 DE SEPTIEMBRE

Ahora estoy en la cama. Respiro muy deprisa y estoy intentando calmarme. Hoy hemos ido a Portland a ver las fragatas. Y también los fuegos artificiales. Es la última cosa divertida que vamos a hacer antes de que mi Mamá Para Siempre empiece a prepararse para tener al bebé. Eso me ha dicho. Dejé el reloj en casa porque ayer toqué hiedra venenosa y me lastimé las manos y las muñecas. No me pareció mal dejar el reloj en casa, porque suele haber relojes por ahí para ver qué hora es, pero me he distraído debido a que los fuegos artificiales hacían un ruido muy fuerte y había mucho humo, y todo el mundo no hacía más que decir cuando los veía: ¡*Oooooh!* Era como si todos fueran fantasmas. Y el humo era como el fantasma de los fuegos artificiales. Entonces me di cuenta de que puedes retener los fuegos artificiales y el humo en tu mente con solo cerrar los ojos después de haberlos visto. Las imágenes se quedan ahí contigo.

Y eso fue lo que estaba haciendo cuando volvimos al auto. Por eso no vi qué hora era. Me senté en mi asiento con los ojos cerrados y apoyé la cabeza en la ventana mientras seguía viendo el azul, el verde, el rojo y el blanco explotar en mi cabeza.

Solo la música era distinta. Después de los fuegos había unos altavoces enormes por los que salía música de flautas y tambores, pero en el auto mis Padres Para Siempre tenían puesta la radio. Alguien cantaba sobre una chica que ni siquiera se llamaba Billie Jean o Dirty Diana. Se llamaba Carolina o algo así. De modo que abrí los ojos y dije:

—¿No podemos escuchar flautas y tambores? Estoy intentando ver los fuegos.

—Cariño, los fuegos se han terminado —contestó mi Mamá Para Siempre.

Fue entonces cuando vi que eran las 10:43. Eran mucho más tarde de las nueve.

Comencé a pellizcarme los dedos.

—¿Saben qué hora es? —dije.

—Son las 10:44 —respondió mi Mamá Para Siempre.

Miré y tenía razón. El reloj había cambiado. Ya no eran las 10:43, sino las 10:44, así que dije:

—¡Demonios!

Comencé a morderme la piel de los labios.

—Se ha pasado la hora de irme a dormir.

Dije eso y en mi cabeza escribí:

Hora de dormir = 9:00 de la noche.

—No pasa nada —dijo mi Papá Para Siempre—. Está bien acostarse tarde de vez en cuando, ¿no?

—Pero es que son más de las *nueve en punto* —repliqué.

—Cierto —contestó mi Mamá Para Siempre.

Parecía que iba a decir algo más, pero no lo hizo. Se quedó sentada y callada en el asiento delantero mientras alguien en la radio cantaba sobre los números veinticinco y seis-dos-cuatro. Y los números del reloj decían ya 10:45. Ninguno de todos aquellos números coincidían con los que yo tenía en la cabeza, que seguían siendo nueve cero cero.

—Tengo que irme a la cama ahora mismo —dije.

—¿Quieres quedarte un ratito a ver la televisión? Para *relajarte* un poco.

Relajarte significa *reducir la intensidad*. Significa *tomémonos un ratito para calmarnos*. Contesto que no con la cabeza.

—Tengo que irme a la cama *ahora* —digo.

Porque yo me acuesto a las nueve en punto y tengo que comer nueve uvas con mi leche para humanos en el desayuno. Nueve años tenía cuando llegó la policía. Es la edad que tenía antes de que empezara lo de Para Siempre.

—¿Y si te lavaras los dientes? —sugirió mi Papá para Siempre.— ¿No quieres lavarte antes los dientes?

Es una regla que *nos lavamos los dientes antes de irnos a la cama*. Y a mí me gustan las reglas.

—De acuerdo. Sí. Está bien. Después de que me haya lavado los dientes. Y después de que haya ido al baño y me haya lavado las manos. Y después de que haya colocado un vaso de agua en la cómoda y me haya puesto el pijama. Entonces me iré *directo a la cama*.

—¿Qué pijama te vas a poner esta noche? —preguntó mi Mamá Para Siempre—. ¿El de los gatos o el de los calcetines con monos?

—El de los gatos. El de los calcetines con monos es para los lunes.

Entonces pienso en mi Pequeña Bebé y decido cantarle una canción de cuna. Aunque no pueda oírme. Porque yo aún podía ver los fuegos artificiales en mi cabeza, que es donde veo a mi Pequeña Bebé. Empecé a cantar «Estaré allí». Mi Papá para Siempre apagó el veinticinco o seis-dos-cuatro, y mi Mamá para Siempre puso la mano encima del reloj. Cuando llegué a la parte que habla de mirar por encima de mi hombro dije: «¡Oooooh!», justo como Michael Jackson, que no es la misma forma en que lo dice un fantasma, pero da igual. Entonces miré por encima de mi hombro y dentro de mis ojos vi a

Michael Jackson de pequeño abrazando a Bubbles a través de las barras de la jaula del zoológico.

—Lo haces muy bien, mi Hija Para Siempre —dijo mi Papá Para Siempre.

Está bien que me llamen así por ahora porque sigue siendo cierto. Me gusta ser su Hija Para Siempre, y los echaré de menos a los dos, pero ya hace mucho, mucho, mucho que pasaron mis nueve. Pasaron las nueve en punto y pasaron mis nueve años. No quiero volver a ese sitio que me asusta tanto, pero tengo que hacerlo. Tengo que hacerlo. Tengo que hacerlo.

11:32 DE LA MAÑANA, LUNES, 13 DE SEPTIEMBRE

En ciencias estamos estudiando los huracanes. En el proyecto, estoy trabajando con Alison Hill. Tenemos que hacer un póster y escribir un informe sobre cómo se producen los huracanes. También tenemos que escribir una lista de datos, pero mi tarea es hacer el póster. La señora Wake me está ayudando a poner puntos de pegamento sobre una cartulina grande y blanca para que luego pueda pegar bolitas de algodón. No me permiten usar el pegamento, porque la señorita Dana les contó lo que sucedió el año pasado cuando memoricé la combinación del armario de materiales en el Salón Cinco.

No obstante, dentro de un momento voy a necesitar el pegamento. Forma parte de mi plan secreto.

—Está muy bien, Ginny —dice la señora Wake—. Ahora vamos a poner algunos grupos de nubes en la parte exterior del huracán. Los vientos que soplan en el exterior son los más destructivos, así que tenemos que asegurarnos de que se vean bien.

Coloco dos bolas más de algodón en la cartulina. Alison Hill está cerca de la ventana en una mesa larga escribiendo en la computadora la lista de datos.

A Allison Hill se le da muy bien escribir en la computadora. Es más rápida que Larry y que yo, pero a veces se enfada mucho si la presionas para que vaya tan rápido como puede.

Pego la bolita de algodón que tengo en la mano.

—Alison Hill, ¿has terminado ya?

—Todavía no, Ginny —me contesta.

Miro el reloj. Son las 11:35. Coloco el lápiz sobre la mesa tan fuerte que hace un ruido. A continuación respiro hondo para que se oiga.

Alison sigue escribiendo.

Empiezo a recortar con las tijeras las flechas curvadas que la señora Wake me ha dibujado. Vuelvo a respirar fuerte.

—Ya lo tengo todo casi acabado, solo faltan los datos —digo.

Allison da un golpe con las dos manos en el teclado.

—¡Ginny, déjame tranquila!

—Ginny —dice la señora Wake, pero como su voz no ha tenido una entonación de pregunta, no contesto.

—Seguro que ya estarían terminados si los escribiera Larry.

Entonces Alison Hill tira por los aires el papel y el lápiz y se levanta. Yo la miro. Pone las manos en forma de garra. La señora Wake se acerca a ella e intenta *calmar la situación*. Empiezan a hablar rápido y fuerte.

Agarro el pegamento y lo aprieto para que caiga encima de la silla de la señora Wake. Aprieto, aprieto y aprieto. Luego dejo el frasco en el suelo y lo empujo con el pie para meterlo debajo de la mesa y que no se vea.

Cuando la señora Wake ha terminado de ayudar a Alison Hill a tranquilizarse, vuelve para seguir echándome una mano a mí. Ella se sienta y me dice:

—Dejemos que Alison acabe su trabajo. No le hables ahora, pues necesita concentrarse.

—No encuentro el pegamento —digo entonces.

La señora Wake mira a su alrededor.

—Estaba aquí hace un instante. No te lo habrás comido, ¿verdad, Ginny? La señorita Dana dice que...

Entonces pone una cara rara y mete la mano entre sus posaderas y la silla.

Yo me aseguro de tener la boca cerrada.

—¿Tú has hecho esto? —me pregunta y se levanta.

Lleva una bonita falda gris. Intenta mirarse la parte de atrás, pero su cuello no es lo bastante flexible, así que se pasa la mano y a continuación se la mira. Luego me mira a mí. Sus ojos se vuelven grandes y húmedos.

—¡Ginny, no me lo puedo creer! —dice, y sale corriendo de la biblioteca.

Yo me acerco a la computadora en la que está trabajando Alison Hill, pero entonces me acuerdo de que Alison Hill sabe que no puedo usar Internet sin un adulto.

Me paro y empiezo a pellizcarme los dedos.

Veo que al otro lado de la biblioteca un alumno de quinto se levanta de la computadora que estaba usando. Me acerco y me siento. Pongo las manos en el teclado y escribo *Manicoon.com* en el espacio en blanco que hay en la parte de arriba de la pantalla. Y pulso Entrar.

En la pantalla veo gatos de Maine. Observo sus orejas largas y sus rabos peludos. Sus caras me miran como las de Fire y Coke Head. Más arriba de las imágenes veo recuadros que dicen Información, Acerca de mí y Contáctame. Y percibo las palabras *Un mensaje para mi hija.*

Debajo de esas palabras leo:

He ido a la dirección que me diste y esos cabrones llamaron a la policía. Pero no van a poder deshacerse de mí. Yo también tengo mis derechos, como les dije. Nadie puede quitarme la libertad de expresión. Hace cuatro años que te llevaron y desde entonces he estado intentando encontrarte. Gracias a Dios que existe Internet. Pero no le hables a nadie de este blog. No puedo volver a ir a la casa en la que vives, porque la jueza ha emitido una orden de alejamiento. G., te quiero muchísimo. Quiero que vuelvas para que podamos ser otra vez una familia. ¿Tienes idea de lo duro que ha sido estar sin ti? Haré lo que sea para recuperarte. Tendrías que ver las jaulas nuevas que he puesto. Estamos haciéndoles mover ahora la cola. También estoy limpia. He ido a rehabilitación y todo eso. Crystal dice que debería tranquilizarme y dejar pasar el tiempo, pero no puedo tranquilizarme. Me ayudó mucho cuando tú te marchaste, pero tengo que verte, así que dime dónde y cuándo, y allí estaré. Deja un comentario y en cuanto hayas leído esto, lo borraré.

No sé qué significa *deja un comentario*, pero entonces leo la palabra Comentarios debajo de la carta de Gloria, así que hago clic y veo un sitio para escribir. Escribo:

Puedes venir al Concierto de la Cosecha el 18 de octubre. Por favor, saca a mi Pequeña Bebé de la maleta que hay debajo de la cama. No la dejes allí sola.

Entonces hago clic en Subir. No sé qué significa exactamente, pero imagino que se parece a Enviar, y luego hago clic en la X para cerrar la ventana y volver a la mesa a esperar a la señora Wake.

EXACTAMENTE LAS 6:57 DE LA MAÑANA, MARTES, 14 DE SEPTIEMBRE

Antes de salir a esperar el autobús he contado las cinco rebanadas de pan que quedaban en la bolsa y mi Mamá Para Siempre me ha dicho que la palabra *aproximadamente* significa *cerca, pero no exactamente.* Y que *aproximadamente* no nos queda pan. Entonces, si hoy es 14 de septiembre, esta noche cuando me vaya a la cama será *aproximadamente* el día 15. Después, a medianoche, el día 15 empezará *exactamente. Aproximadamente* es una palabra buena para usarla cuando no tienes despertador o reloj. También está bien para pensar en mi Pequeña Bebé si no sabes *exactamente* si alguien la habrá encontrado, o *exactamente* la hora en que Gloria puede llevarla al Concierto de la Cosecha.

Sin embargo, no puedo pensar en la hora a la que ella puede llegar porque el autobús está entrando en el estacionamiento del colegio y veo un auto aparcado que es *aproximadamente* parecido al Auto Verde. Mi reloj dice que *exactamente* son las 6:59. El auto que veo es del verde que yo recuerdo, pero no tiene el plástico grueso con el que Gloria tapaba la ventana de atrás cuando se rompió. Y de pie, al lado del auto, hay alguien que se parece *aproximadamente* a Gloria, pero no es ella *exactamente.* Está lejos, pero me parece muy, muy delgada y lleva el mismo tipo de corte de pelo, pero no la camiseta con la foto de Facebook. La miro y la miro a través de la ventanilla, hasta que nos detenemos delante del colegio. Entonces bajo del autobús. Quiero darle la vuelta al vehículo para ver si es ella, pero la señora Wake me está esperando en la acera. Ella me lleva hacia adentro.

Además, ayer le dije a Gloria que podía venir al Concierto de la Cosecha, así que no debe ser ella.

La señora Lomos llamó ayer a mis Padres Para Siempre por teléfono y les contó lo del pegamento. He tenido que escribir una carta de disculpa para la señora Wake. La saco de mi mochila y se la ofrezco.

—Tenga —digo.

Ella la acepta.

Vamos a mi aula y a continuación, a la clase de artes y letras. Ahora son *exactamente* las 7:45. La señora Wake lee la carta cuando se sienta.

—Gracias, Ginny —dice solamente.

Ella aprieta los labios y no habla tanto como ayer. Imagino que está enfadada, pero como no grita, supongo que no necesito tener cuidado. Aun así, no discuto cuando me dice que saque los deberes. Estamos trabajando en el proyecto del huracán tanto en ciencias como en artes y letras.

Los deberes que tenía que hacer consistían en preparar una lista de cosas que debería llevarme en caso de que llegara un huracán y tuviera que buscar refugio. He hecho una lista de *exactamente* veintitrés cosas, con una línea entre la número cinco y la número seis. Todo lo que está escrito por encima de la línea son las cosas con las que la señora Wake me ayudó ayer. Todo lo que está por debajo es lo que he hecho yo sola.

1. *Un teléfono celular (para llamar a los amigos y la familia)*
2. *Una linterna (para ver las cosas en la oscuridad)*
3. *Comida (para comer)*
4. *Una radio (para oír las noticias sobre el huracán)*
5. *Baterías (para la radio y la linterna)*

6. *Algunos libros sobre Michael Jackson (para leer cuando no esté escuchando la radio)*

7. *Mi iPod (para escucharlo cuando no esté leyendo libros o escuchando la radio)*

8. *Los audífonos de mi iPod (para enchufarlos en el iPod)*

9. *El cargador de mi iPod (para cargar el iPod)*

10. *Algunos juegos como el Uno, por ejemplo (para jugar)*

11. *El cepillo del pelo (para peinarme)*

12. *Una banda elástica (para recogerme el pelo)*

13. *El cepillo de dientes (para cepillarme los dientes)*

14. *Pasta de dientes (para ponerla en el cepillo de dientes)*

15. *Desodorante*

16. *Ropa interior limpia (por si acaso)*

17. *Calcetines (por si se me mojan los pies)*

18. *Chanclas (por si vuelvo a mojarme los pies)*

19. *Una manta (para que todo el mundo pueda sentarse)*

20. *Bebidas (para que podamos beber)*

21. *Una nevera portátil (para mantener las bebidas frescas)*

22. *Pitillos que se doblan (para las bebidas)*

23. *Palomitas de maíz (para comer con las bebidas)*

—Ven conmigo, Ginny —dice una voz.

Levanto la mirada del papel. Es la señora Lomos. Me sorprende que esté aquí. También me sorprenden sus pendientes. Son pequeñas máscaras blancas.

—Ven a mi oficina un momento —ordena.

Le digo que estoy revisando los deberes antes de entregarlos, y ella me dice que tengo que ir *ahora*. Lo hago.

La hora es *exactamente* las 7:52. Sigo a la señora Lomos a su pequeña oficina. Me pide que me siente. Ella cierra la puerta y dice:

—Ginny, ¿cuándo fue la última vez que viste a Gloria?

—La vi hace cuatro años, el 18 de abril, cuando la policía vino para llevarme —le contesto—. Ella lloraba y lloraba, y decía "Lo siento mucho..."

—¿Estás segura de que esa fue la última vez que la viste? —pregunta la señora Lomos.

—Me ha interrumpido —digo yo.

—Siento haberte interrumpido —continúa la señora Lomos— pero es que me has contado cómo lloraba y decía "Lo siento mucho, lo siento mucho" en incontables ocasiones ya. Sin embargo, ahora lo importante es que lo pienses bien y me digas si has visto a Gloria recientemente.

No estoy segura de si la señora Lomos me está haciendo una pregunta, así que no digo nada.

Entonces ella dice:

—Vamos a intentarlo otra vez. ¿Cuándo fue la última vez que viste a Gloria?

—¿Quiere decir *exactamente* o *aproximadamente*? —le respondo.

La cara de la señora Lomos se queda sorprendida.

—*Exactamente*.

Pero aún no estoy *exactamente* segura de si era Gloria a quien vi en el estacionamiento, así que digo:

—La última vez que la vi *exactamente* fue el 18 de abril de hace cuatro años.

—¿Y *aproximadamente* la has visto después?

—Sí —digo yo—. *Aproximadamente* la he visto esta mañana.

—¿Cómo puedes estar segura de que era ella?

—He dicho que ha sido solo *aproxima...*

—Ginny, ¿qué es lo que has visto?

—He visto a una persona cerca de un Auto Verde y su cabeza era casi la misma, pero la camiseta era diferente.

—Gracias —dice la señora Lomos—. Ahora tengo que hacer una llamada, y mientras la hago, voy a darte un trabajo muy importante. Quiero que escribas todo lo que has hecho esta mañana.

Me da un lápiz y un bloc de papel rayado. El lápiz no es mi lápiz de Snoopy, que es el único que me gusta.

—¿Todo? —pregunto.

—Todo. Empieza por cuando te has despertado esta mañana y acaba con lo que hemos estado hablando ahora mismo.

Miro la punta del lápiz, que está muy, muy afilada, y me dispongo a escribir. Entonces empiezo a pensar en cómo Gloria se presentó en la Casa Azul y lo que puede significar que haya visto en la puerta del colegio a alguien que *aproximadamente* es como ella.

Y pienso, pienso, pienso.

Ahora veo que son las 8:06 y la señora Lomos vuelve a su oficina.

—Hola, Ginny —me dice—. Tu mamá y tu papá vienen al colegio para que podamos hablar todos. Un policía estará con ellos. Ya sé que no te gustan los policías.

A veces veo a los policías en la tele o una foto y no pasa nada, pero cuando los policías están en sitios en los que no espero verlos, me sorprendo. Como si por ejemplo me encuentro con uno al girar en una esquina, o cuando vienen al colegio para darnos una charla y nadie me ha avisado. Pero no digo nada de todo eso. No digo nada porque quiero saber por qué mis Padres Para Siempre vienen a hablar conmigo, y por qué un policía viene también, y sobre todo lo que quiero saber es si he visto *aproximadamente* o *exactamente* a Gloria cuando el autobús entraba en el estacionamiento. Porque si la vi *exactamente*, entonces tengo que salir corriendo y meterme en el Auto Verde antes de que el policía llegue.

Porque hace cuatro años, cuando yo tenía nueve, un policía se colocó delante de Gloria mientras otro me llevaba lejos. Mientras uno de los policías me llevaba a mí, el otro le cortaba el paso a Gloria, y cuando Gloria intentaba pasar, él la agarraba por un brazo y empujándola le ponía la cara contra la pared, y su mejilla se volvía plana, sus ojos redondos y blancos, y ella gritaba mi nombre y decía sin parar: «¡Lo siento mucho!

¡Lo siento muchísimo, Ginny!». Y yo daba patadas e intentaba resistirme, mientras Gloria gritaba: «¡Es mi hija! ¡Es mi hija!». Y luego gritaba aún más: «¡Ginny, tú tienes que estar conmigo!».

Y el que me sujetaba empezó a llevarme hacia la puerta, así que yo me volví loca.

Porque ellos no sabían dónde había guardado a mi Pequeña Bebé, y cuando intenté decírselo, no me escucharon. Me metieron en el asiento de atrás del auto patrulla y me llevaron directamente al hospital.

Me levanto de la silla pequeña y dura de la pequeña oficina de la señora Lomos. Dejo el lápiz y luego vuelvo a mirarlo. Sigue estando muy afilado. No he escrito nada. Abro la puerta.

—¿Ginny? —dice la señora Lomos desde algún sitio a mi espalda.

Yo no la escucho. Mis pies comienzan a moverse y oigo el sonido que hacen mis pantalones al rozarse. Ahora corro hacia la biblioteca, porque tiene una ventana desde la que se puede ver el estacionamiento en el que *aproximadamente* o *exactamente* he visto a Gloria apoyada en el Auto Verde.

Paso al lado de la señora Wake. Ella abre la boca para decir algo, pero yo sigo avanzando.

Abro la puerta de la biblioteca y paso junto a las computadoras para ir a la ventana. Miro hacia afuera.

Y la veo. No tiene a mi Pequeña Bebé. Miro fijamente a ver si puedo distinguir lo que hay dentro del Auto Verde. Salto para ver si soy capaz de distinguir lo que hay en el asiento de atrás, pero no veo un asiento o cargador de bebé, ni nada.

Un policía se para delante de Gloria y señala el Auto Verde. Ella niega con la cabeza. La boca de Gloria se abre y sé que está enfadada. Aunque no puedo escucharla, lo sé. El policía señala otra vez el Auto Verde. Entonces llegan otros dos autos de policía muy deprisa, pero no traen las luces encendidas. Oigo sus motores a través del cristal. Dos policías más bajan de cada uno de los autos. Ahora hay cinco de ellos.

Gloria escupe.

Uno de los policías se le acerca mucho, mucho. Ella levanta las manos, vuelve la cara y baja la cabeza, abriendo la puerta del Auto Verde.

Hay un radiador delante de la ventana. Me subo a él, levanto los brazos y los apoyo en el cristal. Luego acerco mi rostro y golpeo el cristal una y otra vez con las manos y empiezo a gritar.

Gloria mira hacia arriba. A la ventana. Me echo hacia atrás para golpear el cristal con todas mis fuerzas. Lo golpeo una y otra vez. Una y otra vez. No logro que se rompa.

Me bajo del radiador de un salto y agarro una silla. La levanto por encima de mi cabeza y corro.

Alguien me sujeta. La silla se me cae de las manos. Es la directora y la señorita Dana. Me vuelvo loca porque necesito decirle a Gloria que no se vaya. Necesito decirle que venga y me ayude a *escapar*, pero la señorita Dana tira de mí y me tumba en el suelo. Se coloca encima de mí para que no pueda levantarme. Yo pataleo y peleo. La muerdo el brazo. Ella grita y me suelta.

—¡Ginny! —oigo decir a alguien—. ¡Ginny!

Es la señora Lomos. Veo sus pies.

Me pongo de pie.

—Era... —digo—. Era *exacta*...

Sin embargo, las palabras no salen y entonces la directora me sujeta por detrás. Me estoy cayendo, pero miro por la ventana y observo al Auto Verde alejándose. Ahora estoy en el suelo otra vez, al lado de una estantería con libros en la que veo *Julie y los lobos* y *La isla de los delfines azules*. Mis ojos quieren llorar, pero no pueden, porque me falta el aliento y no puedo respirar. Veo a la señorita Dana y a la señora Lomos y a la señora Wake y a la bibliotecaria, y ahora es como si estuviera debajo del agua, o debajo de una manta, y todo se vuelve oscuro.

EXACTAMENTE 3:31 DE LA TARDE, MARTES, 14 DE SEPTIEMBRE

Mis Padres Para Siempre están en casa. Los dos. Se encuentran en el salón hablando con un policía que no lleva uniforme. No es el que ha venido al colegio. Sé que es policía porque me lo han dicho mis Papás Para Siempre. Yo estoy en mi habitación, de pie, y no voy a sentarme hasta que se vaya.

Estoy enfadada porque Gloria vino al colegio y no pude irme con ella. Le dije que viniera al Concierto de la Cosecha, pero ha venido hoy. Cuando yo no estaba preparada. No he podido ver si mi Pequeña Bebé estaba en el asiento de atrás. *No se puede confiar en ella*. Ojalá fuera como Crystal con C., porque Crystal con C sabe que no me gustan las frases hechas o los dichos. *Siempre te diré la verdad, Ginny*, solía decirme. *Aunque no sea fácil de escuchar.* Yo le creía siempre al cien por cien. Y yo intento decir siempre la verdad al cien por cien también. O *igualmente*, lo cual en esencia significa lo mismo que *también*, pero se escribe diferente.

Exactamente a las 3:40 el oficial de policía entra en mi habitación con mis Papás Para Siempre.

Yo lanzo un bufido.

Mi Mamá Para Siempre levanta una mano como si fuera a tocarme un brazo.

Yo gruño.

Ahora soy uno de esos gatos Coon de Maine. Tengo todo el lomo erizado. Si alguien me toca...

—Ginny —dice mi Mamá Para Siempre—, este oficial de policía no va a hacerte daño. Ha venido para ayudar.

Los oficiales de policía nunca *están aquí para ayudar*, aunque mi Mamá Para Siempre no mienta. Si *estuvieran aquí para ayudar*, me llevarían de inmediato a casa de Gloria. El oficial de policía habla y habla, pero yo no lo escucho. Entonces dice:

—¿Entiendes?

Y sonríe.

Se llama Oficial Joel, pero su nombre no importa, porque todos los oficiales de policía son *exactamente* iguales. Dice que si vuelvo a ver a Gloria tengo que decírselo a mis Padres Para Siempre o a un profesor inmediatamente. *Inmediatamente* significa *ahora, pase lo que pase*. Dice que tengo que quedarme aquí en la Casa Azul con mi Familia Para Siempre, porque *ellos* son mi familia ahora. Cuando le digo que necesito ver si mi Pequeña Bebé está bien, él me responde que Gloria no es de fiar. Afirma que no es seguro para mí volver al apartamento, porque ella me dejaba sola demasiado tiempo y me hizo daño. Y estaban todos esos hombres extraños y las drogas. ¿Es que no me acordaba de lo que le pasó al gato? El oficial de policía dice que podría haberme pasado lo mismo a mí.

—Y no queremos que algo así pueda ocurrirle a una niña pequeña, ¿verdad?

Entonces grito:

—¿Y por qué no me dejan entonces ir a buscar a mi Pequeña Bebé?

Él mueve la cabeza y sigue hablando. Habla de condiciones insalubres, de abusos y del gato. Snowball. Él se equivoca sobre lo que le ocurrió, pero yo estoy tan enfadada que lo único que puedo hacer ahora es decir las palabras *se equivoca, se equivoca, se equivoca* una y otra vez en mi cabeza y taparme los oídos con las manos porque no entiende. Solo sabe *aproximadamente* lo que sucedió.

Y yo lo sé *exactamente*.

EXACTAMENTE 10:05 DE LA MAÑANA, MIÉRCOLES, 15 DE SEPTIEMBRE

Estoy en la oficina de Patrice. No he ido al colegio.

En la oficina de Patrice hay tres sillas suaves. Una está estampada de flores por todas partes. Ella tiene un gato flaco, blanco y negro que se llama Agamenón al que le gusta *amasar* cuando se sienta sobre tus piernas. *Amasar* es una expresión, porque Agamenón no sabe hacer pan. No hace daño cuando amasa, ya que le quitaron las uñas cuando era pequeñito. Patrice dice que no recuerda la operación. Pero ahora no lo veo. Siempre que vengo lo busco, porque me gustan mucho los gatos. Yo quisiera tener uno, pero mis Padres Para Siempre no me dejan. Dicen que no es *apropiado*. Que algo no sea *apropiado* quiere decir que no está bien, aunque tú creas que sí. Sobre todo después de lo de Snowball.

Patrice está en la cocina.

—Ginny, ¿quieres ayudarme a preparar una merienda?

Dejo de buscar a Agamenón y voy a ayudarla. Patrice dice que la comida y la bebida ayudan a la gente a relajarse. La merienda de hoy es bombones de chocolate y leche. Lleno un cuenco entero de bombones y lo llevo a la habitación donde están las sillas. Me siento y empiezo a comer.

—¿Qué es ese drama del que oigo hablar? —pregunta Patrice.

Yo no sé qué significa la palabra *drama*, así que respondo:
—No entiendo la pregunta.

Patrice me enseñó a decir eso. Se supone que debo decir *no entiendo* cuando hay algo que quiero saber o cuando no comprendo. Patrice dice que pedir ayuda forma parte de lo que ella llama *abogar por uno mismo*.

—Drama significa que hay muchos sentimientos y acciones que llaman la atención —me explica—. Cuando alguien dice que ha habido un drama, quiere decir que han ocurrido algunas locuras.

—Yo no he visto locuras —digo.

Me llevo otro bombón de chocolate a la boca y luego levanto la mirada, porque es una regla que *hay que mirar a una persona a los ojos cuando hablas con ella.*

—Lo siento —dice Patrice—. No debería haberme expresado de ese modo. En realidad, no se trata de un drama. Es que han sucedido muchas cosas todas a la vez. ¿Puedes contarme qué ocurrió ayer con Gloria? Tus padres me han dicho que fue al colegio.

Hago una bolita con el envoltorio plateado del chocolate.

—Sí. Gloria vino al colegio. La vi ayer en el estacionamiento desde el autobús. Estaba junto al Auto Verde.

—¿Qué pensaste nada más verla?

—Que no estaba segura de si era ella o no.

—¿Por qué no estabas segura?

—Porque tenía una cabeza diferente.

—Si hubieras estado segura de que era ella, ¿qué habrías hecho?

No respondo, porque no quiero que Patrice sepa lo que habría hecho. Aprieto fuerte la boca y empiezo a contar.

—Nadie sabe cómo se las ha arreglado para descubrir dónde vives —continúa Patrice—, pero no debería haber venido a verte. No le está permitido visitarte, Ginny. No es seguro para ti. Sigue siendo una mujer muy *impulsiva*. No ha cambiado. Bueno, quizás yo no debería hablar *tanto*, pero creo que sigue perdiendo los estribos.

—¿Salió chirriando las ruedas? —pregunto, porque Gloria se enfada mucho, mucho, mucho cuando alguien le dice que no puede hacer alguna cosa.

—No estoy segura —responde Patrice.

—¿Montó toda una escena?

—Según me han dicho, sí. Intentó entrar en el edificio, pero las puertas estaban cerradas y se negaba a marcharse. Preguntó si podía verte, pero como nadie en el colegio sabía quién era, llamaron a la policía. Entonces intentó abrir la puerta con una piedra. La policía la obligó a meterse en el auto de nuevo y fue cuando tú te subiste a la ventana.

Me siento y pienso. Me alegro de que Patrice me cuente lo que ocurrió. Patrice siempre me dice la verdad. Ella lo llama *hablar sin tapujos* porque mucha gente me oculta cosas.

—¿Ginny? —me llama.

—¿Qué?

He vuelto a pellizcarme los dedos.

—Es muy importante que nunca te vayas con Gloria, porque si te vas con ella podrías resultar herida. Tus Padres Para Siempre ya tienen una orden de alejamiento de modo que no pueda acercarse a la Casa Azul, y ahora van a obtener otra que diga que no se puede acercar a tu colegio. ¿Sabes lo que es una orden de alejamiento?

Yo contesto que no con la cabeza.

—Es como una regla, solo que más grande. Es como una ley. Una ley solo para una persona. Supongo que podríamos decir que *va contra la ley* que Gloria te vea ahora. No es seguro para ti. La verdad es que no entiendo por qué quieres volver a verla. Y a tus Padres Para Siempre eso les preocupa mucho. Estuviste a punto de morir en su apartamento. ¿Puedes ayudarnos a entender?

—Quiero ver si mi Pequeña Bebé está bien —le digo.

—¡Dios mío, Ginny! *Sé* que has pasado mucho, más de lo que cualquier persona debería tener que pasar, ¡pero hemos hablado de esto tantas veces! —dice Patrice—. Recuerda que decidimos que la razón por la que querías cuidar a tu Pequeña Bebé era porque tú misma eras casi un bebé cuando estabas en el apartamento, y no queremos que lo que le sucedió a tu bebé electrónico de plástico te pase a ti. ¿Entiendes lo que te estoy diciendo? Gloria te hizo mucho daño, Ginny. ¿Recuerdas qué aspecto tenías cuando la policía te sacó del apartamento? ¿Recuerdas lo delgadita que estabas? ¿Y las heridas? Fue una suerte que aún siguieras viva. Sé que ella es tu Mamá Biológica, pero Gloria no es capaz de cuidar de una niña.

Ella sigue hablando y me pregunta sobre todas las cosas malas que Gloria me hizo, y cada vez que lo hace yo le digo que sí, que lo sé, que lo entiendo, que Gloria es una persona peligrosa y que por eso es que necesito ir a buscar a mi Pequeña Bebé. Sin embargo, Patrice niega una y otra vez con la cabeza y me dice que no, que lo siente, que mi Pequeña Bebé no era una bebé de verdad, que ha revisado mi expediente.

Así que al final aprieto las manos con fuerza, con mucha fuerza, y cierro los ojos y grito:

—¡No está en el expediente! ¡Está en la maleta!

Entonces se detiene.

—Ginny, sé que piensas que nadie te escucha, pero hemos revisado la maleta. La policía volvió a mirar cuando te llevaron al hospital y no había nada adentro.

—¿No había nada adentro? —pregunto.

—Nada —dice Patrice, negando también con la cabeza—. Había una maleta debajo de la cama, pero estaba vacía. Y la trabajadora social fue a verte varias veces antes de que te sacaran del apartamento. ¿No crees que se habría dado cuenta si hubiera un bebé?

Yo pestañeo. Si la maleta estaba vacía, le dije a Gloria que mirara en el sitio equivocado cuando le escribí el 13 de septiembre. Pero es que no sé cuál es el *lugar correcto*. No sé dónde decirle que busque a mi Pequeña Bebé.

—¿Ginny?

Alguien ha debido sacarlo de la maleta después de que la policía me llevara a mí fuera del apartamento. ¿Pero quién?

—¿Ginny?

—¿Cuándo volvieron a mirar?

—En cuanto te dejaron en el hospital.

Tardamos muy poco en llegar al hospital en el auto de la policía. Yo entonces no tenía reloj, así que no sé cuánto tiempo llevó, pero no pudo ser mucho.

Lo que significa que pudo no haber sido demasiado tarde. O *fue* demasiado tarde y alguien...

—Ginny —me llama otra vez—. ¿Quieres beber algo?

La miro, pero no veo su cara. No veo nada porque mi cerebro está trabajando para intentar averiguar qué pudo pasar después de que la policía me llevara al hospital.

EXACTAMENTE LAS 6:52 DE LA MAÑANA, VIERNES, 17 DE SEPTIEMBRE

¿Quién sacó a mi Pequeña Bebé de la maleta? Estoy en el autobús pensando cosas que no me gusta pensar. Estoy sumergida muy profundo en mi mente. Suelo tener esas cosas encerradas en la oscuridad, pero ahora tengo que sacarlas a la luz, porque la policía revisó la maleta mientras yo estaba en el hospital y no encontraron nada en ella.

Pienso en Donald. ¿Pudo ser él?

Donald tiene pantalones, pero casi siempre va sin ellos por la noche cuando sale de la habitación de Gloria para verme. Era siempre fácil saber si el hombre que estaba en la habitación de Gloria era Donald porque Miller estaba allí. Miller era el nombre del gato de Donald. Miller solía correr por delante de las jaulas y maullarles a todos los gatos Coon de Maine.

Yo le gustaba de verdad a Miller. A lo mejor es porque a los dos nos pusieron el nombre de la misma manera. No le gustaba irse con Donald cuando se marchaba por la mañana. Lo veía tomarlo en brazos como si Miller fuera un bebé y meterlo en su caja transportadora. Entonces se lo llevaba al auto y se iba con él, pero siempre lo traía de nuevo cuando venía a dormir en la habitación de Gloria, que es adonde se iban a jugar a un juego que se llama *Esconde la salchicha*. Me pasé un montón de tiempo buscando la salchicha cuando nadie estaba en casa, pero no la encontré. Supongo que estaría en un cajón secreto, o a lo mejor se la llevaban al salir.

Sin embargo, una vez no quise que Miller se fuera, así que lo metí en una maleta con un montón de mantas y cojines para que se mantuviera callado. Me arañó el brazo y la mano mientras lo sujetaba, pero luego le puse un suéter por la cabeza y bajé la tapa.

Luego cerré también la cremallera y lo metí debajo de la cama. Donald lo estuvo buscando, pero no lo encontró, así que al final dijo:

—Dejaré a ese maldito gato aquí. No te importa, ¿verdad?

—No hay problema —le contestó Gloria—. Tu gatito y tu gatita te estarán esperando aquí.

Entonces él le dio una nalgada, un beso y se marchó.

Y Gloria encontró algo de dinero por la casa y pidió una pizza mientras veíamos una película de vampiros. La pizza era de beicon y cebolla. Es mi favorita. Tomamos bebidas también. Soda en una lata con una pajita que se podía doblar para mí y un gin tonic para Gloria. Por eso me puso de nombre Ginny, porque el gin tonic es su bebida favorita.

Así que me quedé con Miller. Solo que no lo saqué de la maleta, porque no quería que Gloria supiera que lo tenía ni que Donald volviera a llevárselo. Donald estuvo fuera cinco días y cuando volvió nadie podía encontrar al gato. Ha debido escaparse de alguna forma, dijeron. Donald estaba muy enfadado, y le gritaba y gritaba a Gloria, pero después se fueron a ver al proveedor de drogas de Gloria y no hubo más gritos. Entonces puse a mi Pequeña Bebé en la cama y con el brazo que no me dolía saqué la maleta, la abrí y Miller estaba muerto. Muerto significa que estás dormido, pero no vas a despertarte. Y que hueles muy, muy mal. Me llevé a mi Pequeña Bebé al salón y nos quedamos allí hasta que se hizo de noche. Entonces Gloria volvió sola al apartamento y abrió la puerta de mi habitación por el olor. Vio a Miller y dijo:

—¡Demonios, Ginny! ¡Has matado a Miller!

—No he matado a Miller. Solo quería dejarlo salir de la maleta —contesté.

—¿Qué has hecho? ¿Lo has ahogado? ¿O se ha muerto de hambre?

Gloria lo tocó con el pie, pero Miller no se movió.

—Tenemos que hacer algo. Si Donald se entera, te matará. ¿Entiendes? *Hará que te mueras.* Y no estoy bromeando.

Entonces me asusté mucho, porque Donald tenía armas. Y una vez arrastró a Gloria por el pasillo y le dio patadas. Le gusta hacerle daño a la gente y me imagino que también le debe gustar matarla.

Fue entonces cuando Gloria agarró la maleta, la sacó fuera y le dio la vuelta para que Miller cayera al pórtico. A continuación sacó su arma y dijo:

—Te quiero, pequeña —y me dio su Coca Dietética de Cereza.

Ella le disparó a Miller en la cara y su cabeza se desintegró. Quedó hecho un cuerpo peludo con patas y un borrón negro donde antes tenía la cabeza.

Luego Gloria me dijo:

—Ahora Donald nunca sabrá que tú mataste a Miller.

—¿Y quién pensará que lo hizo?

—¡Ja! —exclamó—. Sabrá que he sido yo. No hay mucho tiempo para deshacerse de las pruebas. Si lo pongo en la basura, olerá. A ver si encuentro algo con lo que cavar. Así podría enterrarlo. Tú dame un abrazo y déjame que te vea una vez más antes de que me deje los ojos tan hinchados que no pueda hacerlo. Donald llegará en cualquier momento.

Pero no fue Donald quien vino, sino la policía. Los vecinos debieron haber oído el disparo y la llamaron, me dijo Gloria antes de irse corriendo escaleras arriba para esconderse. Yo los escuché venir. Vi las luces azules. Llamaron a la puerta. Fuerte. Gloria echó a correr. Tiré de la maleta y la arrastré hacia adentro, aunque me hice mucho daño en el brazo. Mi Pequeña Bebé estaba en la cama, la metí en la maleta, puse todos los cojines y mantas y la tapé con todo, a pesar de que la maleta olía muy mal. Vi sus ojos verdes hacerse grandes como círculos y parpadear cuando le puse mi mantita encima. Metí la maleta debajo de la cama y puse más mantas y ropa encima, y a continuación me encerré en el armario de debajo del fregadero de la cocina. Entonces la policía rompió la puerta para entrar.

Aquel fue el día en que empezaron los Para Siempre.

Sin embargo, recuerdo aquel día *exactamente*. Sé que guardé a mi Pequeña Bebé en la maleta. Si la policía no la encontró, ¿dónde puede estar?

El autobús se detiene y yo salgo rápidamente de mi cabeza y respiro hondo por la nariz. Estamos en el colegio. Tengo que encontrar el modo de hacer que la señora Wake me deje sola otra vez para poder escribir en una computadora. Tengo que preguntarle a Gloria qué pasó.

—Hola, nena —dice una voz.

Alzo la mirada. Es Larry. Está de pie en el centro del autobús con la mochila puesta.

—Ya es hora de irse. Pero las señoritas primero —dice.

Esboza una gran sonrisa y hace un gesto con la mano para invitarme a pasar. Entonces se pone rojo y baja la vista. Yo me levanto y paso por delante de él para salir rápidamente por la puerta.

EXACTAMENTE LAS 10:33 DE LA MAÑANA, SÁBADO, 18 DE SEPTIEMBRE

Mis Padres Para Siempre están fuera ahora mismo caminando por el jardín. Mi mamá camina ahora todo el tiempo, porque quiere que el bebé *descienda*. Eso significa que está casi listo para salir.

Yo estoy en mi habitación abrazada a mi mantita y llorando. Porque ya tengo catorce años. Exactamente en este minuto. Ahora mismo. Y no debería ser así. Debería tener nueve años y estar cuidando de mi Pequeña Bebé. Se supone que no debería estar aquí. Debería tener nueve años.

Mi Papá Para Siempre llama a la puerta y abre.

—Ginny, ¿por qué no sales un poco con nosotros? Podríamos jugar un rato a lanzarnos la bola.

—No quiero.

—Está bien. ¿Y al baloncesto? ¿Quieres que hagamos unos tiros al aro?

—Quiero quedarme en mi habitación.

—Ginny, es tu cumpleaños. Sé que han pasado muchas cosas y que te sientes confusa, pero hoy debería ser un día feliz. Vamos a tener regalos y pastel después de cenar.

Él sigue intentando convencerme para que salga, pero yo no quiero. Ahora mismo necesito estar sola dentro de mi mente. Aunque sea mi cumpleaños. Aunque haya regalos y pastel después de cenar. A las 10:36 se marcha por fin.

Manicoon.com. Manicoom.com. Pronuncio ese nombre una y otra vez con la boca. En voz baja. Casi como un susurro. Es lo único que importa. Ayer intenté entrar, pero no hubo manera de que la señora Wake se me despegara. Tengo que entrar en la computadora otra vez para preguntarle a Gloria dónde está mi Pequeña Bebé y decirle que espere. Tiene que esperar al Concierto de la Cosecha como le dije. No puede ser *impulsiva* e intentar venir antes. Tiene que esperar o la atraparán y lo estropeará todo.

Estamos en clase de artes y letras, escribiendo poemas sobre recoger manzanas. Mañana vamos a la granja de la sidra de manzanas y escribir poemas nos ayuda a prepararnos. Para ayudarnos a escribirlos, leemos uno de Robert Frost. Habla de manzanos y una escalera. Si yo tuviera ahora mismo una escalera, me saldría de esta clase. Tengo que *escapar* para poder ir a la biblioteca y escribir en la computadora.

Lo que significa que tengo que encontrar algo nuevo con lo que pegar a la señora Wake.

Cuando escribes un poema tienes que hablar sobre cosas que significan otra cosa. La escalera del poema de Robert Frost significa el *cielo*, según dice la señora Carter, así que en mi poema menciono a una escalera que significa que estoy escapándome por la ventana de mi habitación para irme con Gloria. Tenemos que hacer un dibujo que acompañe al poema, así que dibujo el auto Verde y la Casa Azul y a mí saliendo de mi habitación por la escalera. Después dibujaré a mi Pequeña Bebé en el Auto Verde, pero la señora Carter está al lado de mi mesa mirando lo que he dibujado. Ella dice que no es *apropiado*.

—No, me temo que no —declara la señora Wake cuando ve el dibujo—. Creo que deberíamos enseñárselo a la señora Lomos.

Así que la señora Wake me lleva a la oficina de la señora Lomos. Pasamos la fuente de beber agua, el baño y el cuarto del conserje. Pienso en empujarla allí adentro y cerrar la puerta. Corro y le doy vueltas al picaporte. Está cerrada con llave.

—¿Qué haces? —me pregunta.

—Darle vueltas al picaporte.

Pienso en encerrarla en otro sitio, pero tendría que ser un sitio muy, muy apartado para que nadie la oyera aporrear la puerta queriendo salir.

La señora Lomos dice que la señora Carter tiene razón. Que no es apropiado hacer dibujos de Gloria y el Auto Verde. O de mí, escapando. Cuando le pregunto por qué no, me dice que porque Gloria es peligrosa y los dibujos significan que quiero ir con ella.

Tiene sentido. No es apropiado que dibuje lo que quiero de verdad, porque la gente se entera. Me sorprende que la señora Lomos me lo haya dicho, pero me alegro, ya que ahora podré hacerlo mejor para mantener el secreto.

—Vamos a mantenerte a salvo a pesar de ti misma, jovencita —dice la señora Wake cuando estamos otra vez en el pasillo de vuelta al aula.

No sé qué quiere decir, así que se lo pregunto.

—Pues quiere decir que sabemos lo que te traes entre manos. Sabemos cuál es tu número.

—Tengo catorce años.

—Pues sí. Hace dos días fue tu cumpleaños, ¿verdad?

—Sí.

EXACTAMENTE LAS 3:05 DE LA TARDE, JUEVES, 21 DE SEPTIEMBRE

Estoy a la mesa de la cocina comiendo nueve uvas para merendar.

—Ginny, tenemos que hablar de las computadoras del colegio —dice mi Mamá Para Siempre—. Sabemos que Gloria tiene una página en Facebook y un blog. Borró enseguida los comentarios que le dejaste, pero sabemos que han estado en contacto.

Me meto en la boca la primera uva y espero que siga.

—La policía no puede obligarla a cerrar esas páginas, pero hemos estado controlando lo que escribe allí. Nosotros y también la policía, así que no puedes hablar más con ella.

No sé si ha leído mis comentarios. No sé si Gloria tuvo la ocasión de leer y borrar el último. No sé si mi Mamá Para Siempre sabe que le dije a Gloria que viniera al Concierto de la Cosecha.

—¿Ginny?

—¿Qué?

—¿Has escuchado lo que te he dicho?

—Sí.

—Bien. ¿Y cómo te sientes al respecto?

Lo pienso bien y me aseguro de tener la boca bien cerrada. Quiero ser buena y decírselo, pero no puedo.

—¿Cómo te has sentido en la granja de la sidra de manzana? ¿Y cómo te sientes por el hecho de estar en un lugar seguro y tener mucha comida? ¿Cómo te sientes sabiendo que nadie va a pegarte? ¿Y con lo de ser la hermana mayor y poder quedarte en el mismo colegio dos años seguidos? ¿O en la misma casa?

No grita, pero su voz suena más fuerte. Además, me ha hecho cinco preguntas a la vez. Yo no digo nada. Me como dos uvas más y espero.

Entonces grita.

—¿Por qué demonios estás haciendo esto, Ginny? ¿Por qué demonios le dices a Gloria que venga? ¡Te dará una paliza de muerte! ¡Tenías un brazo roto y estabas muerta de hambre! ¡Estuviste a punto de morir! ¡Yo voy a tener un bebé en dos semanas y no podemos tener semejante locura en la casa de un recién nacido! Ginny, ¿no te das cuenta? ¡Esto tiene que acabar! No podemos...

Se detiene y yo cierro los ojos por si acaso. Entonces la oigo salir de la cocina. Escucho la puerta del baño al cerrarse. Ella está llorando.

Lo cual significa que no me van a golpear.

Respiro profundo y acabo con mis uvas. Las últimas seis.

EXACTAMENTE LAS 4:08 DE LA TARDE, MIÉRCOLES, 22 DE SEPTIEMBRE

—Esto funciona así —dice Patrice—. Cuando una Hija Para Siempre es adoptada, es para siempre, a menos que haga de su Casa para Siempre un lugar peligroso. ¿Entiendes?

—Sí —contesto.

—En las últimas dos semanas le pegaste a tu bebé electrónico de plástico e hiciste que Gloria intentara secuestrarte en dos ocasiones. Has tratado de lanzar una silla a través del cristal de una ventana y mordido a una profesora. Dime, ¿te parece que ese puede ser un buen entorno para una hermanita bebé?

—No —digo.

—¿Sabes qué podría pasar si no dejas de hacer esas cosas?

—¿*Qué cosas*?

—Si no dejas de intentar ponerte en contacto con Gloria.

—No.

—Te lo voy a decir —dice Patrice—. Podrías hacer que renunciaran a la adopción. Te *desadoptarían*. Ginny, tus Padres Para Siempre te quieren, pero no van a permitir que hagas de la Casa Azul un sitio peligroso para la Bebé Wendy. Si no dejas de intentar que Gloria venga a verte, vas a tener que dejar la Casa Azul para siempre.

—¿Significa eso que tendría que irme a otra Casa Para Siempre?

—Lo que significa es que terminarías yendo a una institución en la que están las chicas que corren peligro.

Pienso mucho. Gloria no sabrá dónde estoy si me llevan a otro sitio. Gloria no volverá a encontrarme. Supongo que no conoce la dirección de *una institución en la que están las chicas que corren peligro*. Me ha costado cuatro años acercarme a una computadora y decirle dónde está la Casa Azul.

Eso significa que tengo que ser buena. Tengo que *comportarme*. No puedo intentar *escaparme* ni volver a contactar con Gloria. Tengo que esperar hasta el Concierto de la Cosecha.

—Ginny, este no es momento para quedarse callada. ¿Cómo te sientes con lo que acabo de decirte?

La miro.

—Quiero quedarme en la Casa Azul —digo.

Patrice sonríe.

—Es lo mejor que te he oído decir desde hace mucho tiempo. Ahora, hablemos de lo que tenemos que hacer para que puedas quedarte allí. Tú y yo vamos a vernos tres días por semana durante una buena temporada, así que vamos a trabajar en ello.

EXACTAMENTE 5:29,
LUNES, 18 DE OCTUBRE

Es la noche del Concierto de la Cosecha, pero no es de noche aún. Es sol se está poniendo, pero todavía es de día.

He sido muy, muy buena en la Casa Azul y en el colegio para que no me *desadopten*. Sin embargo, las cosas que tengo en la cabeza siguen intentando arrastrarme a lugares oscuros. Me he pellizcado mucho las manos, pero las escondía entre las piernas para que nadie me viera. No he intentado escribir en la computadora, no le he pedido a Larry que lo hiciera por mí. Le he dicho a Patrice tres veces por semana que quiero ser una buena hermana mayor. Y es cierto. Si no me fueran a secuestrar hoy en el Concierto de la Cosecha, intentaría con todas mis fuerzas *cuidar muy, muy bien* a la Bebé Wendy cuando naciera. En la mochila llevo mi flauta, mi mantita y un litro de leche. Estoy preparada para cuidar de mi Pequeña Bebé en cuanto la encuentre. La señora Wake me lleva al salón de música para prepararme y ensayar con el resto de la banda. Los músicos tienen que estar en el salón a las cinco y media. El concierto empieza a las siete. Pasamos por el vestíbulo y dejamos atrás las tres puertas de cristal por las que se sale a la parada del autobús y el estacionamiento. Miro hacia afuera. Es difícil ver porque el cristal brilla mucho. El sol me da en la cara. Me pregunto cuándo vendrá el Auto Verde. Arrugo los ojos. Después del vestíbulo dejamos atrás la oficina. Veo a algunos chicos del coro que vienen en la otra dirección. Van vestidos con camisa blanca y pantalón negro, y llevan botellas de agua y carpetas negras. Detrás del coro de los niños hay un hombre con una chaqueta azul. Pienso que debe ser el papá de alguno. Luego está una mujer con un chaleco rojo y un suéter debajo. La madre de otro.

Me doy la vuelta. Detrás de nosotras van dos mujeres hablando y caminando. Detrás de ellas avanza otra más. Tiene el pelo recogido en una coleta. Lleva una cazadora marrón grande con la cremallera abierta. Lleva una camiseta púrpura y marrón de franela. No es gorda, pero tampoco flaca como Gloria. Se para junto a la primera puerta del vestíbulo, sonríe y se lleva un dedo a los labios.

Es Crystal con C.

No sé por qué Crystal con C está aquí. Debería ser Gloria. Pero me pongo muy, muy contenta. Es bueno que Crystal con C esté aquí en lugar de Gloria, porque Gloria es muy *impulsiva* y no es *de fiar*.

Además, montó una escena. Dos veces. Y mi Mamá Para Siempre dice que todo el mundo sabía que me estaba poniendo en contacto con ella en la computadora.

—¿Ginny? —dice la señora Wake.

—¿Qué?

—Mira por dónde andas. El salón de la banda es por aquí.

Miro hacia atrás una vez más. Las otras dos señoras ya no están. Crystal con C sigue cerca de la primera puerta. Me doy la vuelta para seguir andando, pero oigo sus pasos. Nos está siguiendo.

Dejamos atrás el gimnasio. Hay un baño allí, así que me detengo.

—Tengo que ir a baño —digo.

La señora Wake asoma la cabeza en el gimnasio. Todo está oscuro, a excepción de una pequeña luz que se ve al fondo.

—Parece que el vestuario de las chicas está abierto —dice—. Ve, pero sal enseguida. Te estaré esperando aquí.

Antes de entrar miro hacia atrás. Crystal con C está en la última puerta del vestíbulo. Sonríe. Me señala. A continuación señala a la puerta. La veo sacar un cigarrillo y salir.

Así que entro en el gimnasio. La puerta del vestuario de las chicas está justo al lado. Entro y voy dejando atrás bancos y taquillas y salgo al otro lado del gimnasio. Veo la luz que dice *Salida* encima de la puerta. Da a los campos. Empujo la puerta.

Y echo a correr.

Corro por la parte de atrás del colegio. Aún no es de noche, pero ya no se ve bien. Dejo atrás el cubículo del conserje y el contenedor de basura. Dejo atrás la puerta trasera de la cafetería. Y la puerta donde se descargan las mercancías. Entonces llego a la esquina del colegio, que es donde los profesores estacionan. Disminuyo la velocidad y observo. Tampoco hay nadie allí. Paso rápido por los espacios para estacionar vacíos. Ahora estoy delante del colegio. Miro la acera que conduce a la puerta de entrada. Vuelvo a mirar al estacionamiento. No veo a Crystal con C.

Miro hacia ambos lados con mucho cuidado y cruzo a la parada del autobús. Me quedo de pie entre dos autos. Camino junto a la fila de autos y miro y miro hasta que veo una forma junto a un vehículo gris. Es una persona. Con un punto rojo al lado de la boca.

—¡Oye, Ginny! —dice—. ¿Preparada para darte un viajecito?

Yo asiento con fuerza. Y sonrío. Porque Crystal con C es quien va a secuestrarme y ella es la que siempre dice la verdad. Me abre la puerta del auto para que suba y yo lo hago.

EXACTAMENTE LAS 5:43 DE LA TARDE, LUNES, 18 DE OCTUBRE

Crystal con C se sube al asiento del conductor rápidamente. Pone en marcha el auto. Tiene una bolita de metal en un lado de la nariz que antes no estaba ahí. Y unas gafas púrpura con la forma de los ojos de un gato. También son nuevas.

Yo sonrío enseñándole todos mis dientes y me encojo de hombros.

—¡Vaya, qué sonrisa tan preciosa! —exclama de inmediato—. Me encantaría darte un abrazo, peque, pero tenemos que irnos de aquí lo antes posible, ¿de acuerdo?

Los neumáticos chirrían un poco cuando sale del estacionamiento. Crystal con C hace una *mueca*, que es lo que haces cuando oyes un ruido fuerte o alguien te va a pegar. Mira al retrovisor y de nuevo a la carretera.

—¿Han encontrado a mi Pequeña Bebé? —pregunto—. Gloria dijo que sí, pero...

Crystal con C mira otra vez al retrovisor. Veo sus ojos en él.

—Tenía el presentimiento de que me ibas a preguntar eso. Sí, hemos encontrado a tu Pequeña Bebé. La encontré yo en realidad. Gloria me llamó desde la comisaría así que fui al apartamento de inmediato. No sabía dónde podías haberla puesto, pero sumé dos más dos y encontré la maleta.

—¿Estaba... —empiezo a decir, pero no puedo terminar la frase—. ¿Está...

Ella me mira.

—¿Que si está *viva*? ¿Es eso lo que intentas decir? ¡Demonios, pues claro que estaba viva! ¿Qué creías? ¿Que habías matado a tu hermanita?

Quiero contestar a su pregunta. Quiero decirle: *Sí, gracias, gracias, gracias por habérmelo dicho al fin*, pero me duele la garganta y no puedo mover la boca, pero entonces se me abre sola y el pecho me sube y me baja deprisa. No sale ningún sonido, pero unas lágrimas ardientes me corren por la cara y caen en mis pantalones. Lloro y lloro y tiemblo mientras Crystal con C me mira, y vuelve a mirar a la carretera, y dice algo, y me vuelve a mirar, pero yo no oigo nada en absoluto.

Luego me detengo. Y respiro. Estoy mejor.

—...bien? —oigo que dice Crystal con C.

No sé qué me ha preguntado, pero yo respondo que sí con la cabeza de todos modos. Crystal con C respira hondo.

—Ginny, es que no me lo puedo creer. Han pasado cinco años. Cinco jodidos años. Sé que tu madre es una persona problemática y que tenías que estar lejos de ella, pero es horrible imaginar lo que has debido pasar sin saber lo que había ocurrido con tu hermana. Sin embargo, ahora lo importante es salir de la ciudad, ¿de acuerdo? Tienes que dejarme conducir un rato. Me imagino que tenemos unos diez minutos antes de que alguien llame a la policía. Vamos a ir por carreteras secundarias. No podemos ir por la autopista, porque la policía pondrá puntos de control.

—¿Qué es un control?

—Es un bloqueo de la carretera. Es un sitio en el que la policía coloca sus autos cerrando la vía para que nadie pueda pasar. Te estarán buscando. Enviarán una Alerta Amber y todo eso.

—¿Está mi Pequeña Bebé con Gloria?

—Sí, está con tu mamá.

Crystal con C me da una palmadita en el brazo y pone cara alegre. Eleva los hombros hasta las orejas y los vuelve a bajar. Luego mira otra vez a la carretera.

—Estaba muy mal cuando la encontré. Supongo que hacías bien en preocuparte. Me asusté mucho al principio, porque llevaba mucho tiempo ahí metida. Una hora por lo menos. En un principio pensé que estaba... *dormida*, pero solo estaba inconsciente. Volvió en sí cuando le hice el boca a boca.

Entonces Crystal con C se queda callada.

—¿De dónde volvió? —pregunto.

—Volvió de... maldita sea, pues no lo sé. Pero está bien, ¿de acuerdo? Está muy bien. No obstante, si yo no hubiera llegado las cosas hubieran podido salir de otro modo.

—Mi bebé está bien —digo para ayudarme a recordar.

—Así es. De modo que para resumir, me la llevé a casa, la bañé y le di de comer. Estaba muy delgada, aunque no tanto como tú. ¿Te acuerdas de lo que dijo el juez en la sentencia? No creo que lo leyeras. Eras demasiado pequeña, así que no pudiste hacerlo. Dijo que parecías salida de un campo de concentración por lo delgada y lo maltratada que estabas. Aun hoy sigo sintiéndome mal. Es que estuve un tiempo fuera del mapa durante aquel primer año en el que Gloria las cuidaba a las dos. Pero lo que dijo aquel juez... era la pura verdad.

Crystal con C habla demasiado deprisa y yo asiento, aunque no sé por qué.

—De todos modos, ella estaba desnutrida. El médico al que la llevé dijo que le sorprendía que hubiese podido sobrevivir tanto tiempo. Tú conseguiste mantenerla con vida, Ginny. Tú le salvaste la vida a tu hermana.

—¿Metiéndola en la maleta? —pregunto.

—¡No! ¡*Dios*, no! Dándole de comer y protegiéndola de tu madre. Quiero a mi hermana mayor, pero no es una buena madre. ¡Y es tan jodidamente impulsiva! Bueno, ha mejorado mucho, sobre todo después de las clases de maternidad, pero aún no tiene la cabeza en su sitio. Ya lo verás.

No sé qué quiere decir con que *no tiene la cabeza en su sitio*, pero pregunto:

—¿Está mi Pequeña Bebé *segura* con Gloria?

Crystal con C se ríe.

—Bastante segura, pero aun así no suelo dejar que pase más de un día sin ir por allí a verlas a las dos. Es que Gloria necesita que la ayude a pensar. Fui yo quien la convenció de que fuera a rehabilitación y a esas clases. Además, hice que se viniera a vivir conmigo hasta que se recuperó lo suficiente.

—¿Le da bien de comer?

—Sí, le da bien de comer.

—¿Y se acuerda de bañarla?

—Bañar...

—¿Y se acuerda de cambiarle los pañales? —le pregunto y entonces me detengo. Empiezo a pellizcarme los dedos, pero estoy tan ansiosa que necesito seguir hablando—. ¿Sabe qué tiene que hacer cuando vomita? ¿Le pone calcetines en las manos para que no se arañe la cara?

—Ginny, ¿se puede saber cuántos años crees que tiene tu Pequeña Bebé?

—Casi un año. Su cumpleaños es el 16 de noviembre.

—¡Vaya! —dice Crystal con C—. ¡Vaya! —repite—. ¿Lo dices en serio? Sí, claro que lo dices en serio. No podrías contar un chiste aunque te fuese la vida en ello. En fin, tenemos mucho de qué hablar, pero no en este momento. No creo que estés preparada aún. Y yo tengo que conducir y pensar. Se me había olvidado cómo funciona tu cerebro.

—El cerebro está en la cabeza —digo yo.

—¡No me digas! —contesta Crystal con C.

EXACTAMENTE 5:27 DE LA MADRUGADA, MARTES, 19 DE OCTUBRE

Me incorporo y miro a mi alrededor. Estoy sola en el auto. El sol no ha salido aun, pero veo que hay árboles con las hojas amarillas al otro lado de las ventanillas. Crystal con C no está.

Abro la puerta y bajo del auto. El viento sopla y aunque llevo la chaqueta tengo frío. Detrás del auto hay una pequeña casa blanca con chimenea, y un humo blanco sale de ella. Oigo música adentro. Me cuelgo la mochila en los hombros y me acerco.

Crystal con C está dentro. La veo pasar por delante de la puerta mientras yo subo los escalones del pórtico. Me acerco a la puerta de malla y me quedo allí quieta, esperando.

Crystal con C vuelve a pasar por delante de la puerta. Me ve y se lleva una mano al pecho.

—¡Ginny! No te había visto. ¿Cuánto tiempo llevas ahí? —me pregunta.

—Desde las 5:28 —contesto. En mi reloj son las cinco treinta.

—Pues entra, ¿quieres? No podemos dejarte ahí a la vista. Estamos bastante lejos de la carretera principal, pero alguien podría subir por aquí. Es que estabas tan dormida cuando llegamos que no he querido despertarte. Antes te despertabas un poco acelerada, y no te gustaba que te tocasen. No sé si eso ha cambiado o no.

Me froto los brazos, abro la puerta y entro. Dentro huele a beicon, tostadas y humo de la chimenea. Tengo hambre. Crystal con C está ahora en la cocina y la sigo. Lleva una camisa marrón y naranja con líneas blancas sinuosas. Me pone un plato de comida sobre la mesa.

—Iba a hacerte algo cuando te despertaras, pero te me has adelantado —dice, y señala la comida.

Me siento, tomo el tenedor y empiezo a comer.

—Tenemos que hablar de unas cuantas cosas —comenta—. Estás saliendo en todos los noticieros. Han activado una Alerta Amber, como te dije. Aún no me he puesto en contacto con Gloria, porque no es seguro. La policía puede ver cualquier cosa que se escriba en la red y tienen acceso a la información de los teléfonos celulares, así que vamos a mantenerte de incógnito un tiempo. Solo unas semanas hasta que podamos irnos a Canadá.

—¿Mi Pequeña Bebé está en Canadá?

—Mi bebé —repite Crystal con C—. ¿Por qué no la llamas por su nombre?

—Porque tú me dijiste que *siempre sería mi pequeña bebé, pasara lo que pasara.* ¿Está en Canadá?

—Tomaste mis palabras al pie de la letra, ¿eh?

—Sí.

—Está bien. Pero contestando a tu pregunta te diré que no. Todavía no. Encontraré el modo de hacerle llegar un mensaje a Gloria cuando las cosas se hayan calmado y le diré que se reúna con nosotras. Las dos nacimos allá arriba, ¿sabes? Y tenemos doble nacionalidad. Tú también. Tu pasaporte lo tengo yo. Se lo quité a Gloria cuando te llevó a Maine. Pero tu Pequeña Bebé nació en mi casa. Gloria no quería ir al hospital porque tenía miedo de que se la quitaran. Para ese entonces ya la policía la conocía bien. A Gloria, quiero decir.

Yo no recuerdo cuándo nació mi Pequeña Bebé. Sé cuándo es su cumpleaños, pero no me acuerdo del día.

—¿Dónde estaba yo cuando mi Pequeña Bebé nació en tu casa? —pregunto.

—Estabas en la tuya, esperando —agarra una taza de café que se encuentra sobre la encimera y bebe un poco—. Tu mamá nunca ha sido una mamá muy buena, pero te quiere un montón. Te quiere muchísimo. Mucho, mucho, mucho. Lo sabes, ¿verdad?

Yo no estoy segura de si lo sé, así que me aseguro de tener la boca cerrada y asiento.

—Lleva años buscándote. En la red, por teléfono, por todas partes. Le importaba más recuperarte que su propia seguridad, así que cuando la encontraste en Facebook se metió en el auto y se fue a buscarte. Luego fue a tu colegio. Yo intenté detenerla, pero no me hizo caso. Esta clase de cosas hay que hacerlas despacio, pero Gloria no vive así. Al final conseguí que se sentara, después de que la policía la amenazara con meterla en la cárcel, y le dije: *"Mira, si no paras, vas a acabar en la cárcel, y no verás a ninguna de tus dos niñas"*. Entonces ella me contó su plan de subir a Canadá.

Ella coloca de nuevo la taza de café sobre la encimera y pregunta:

—¿Cuántos años tienes ahora?

—Catorce.

—¿Y tu Pequeña Bebé sigue teniendo *uno*?

Yo asiento.

—Así que tú eres cinco años mayor y tu Pequeña Bebé sigue teniendo uno. Eres buena en matemáticas, ¿eh? Esa cuenta no cuadra.

—Es porque ella *siempre será mi pequeña bebé*, como tú dijiste —contesto—. ¿Cuándo quiere Gloria que subamos a Canadá?

Crystal con C mueve la cabeza y respira hondo.

—Por ahora vamos a olvidarnos de esa parte, y en cuanto a Gloria, ni siquiera sabe que estoy haciendo esto, porque si se lo dijera, querría participar y terminaría en la cárcel. Sin embargo, Canadá es un sitio estupendo. Tenemos un montón de familia allí. Y es muy fácil desaparecer en Quebec. Pero Gloria no nos está esperando. Ella cree que estoy en mi casa.

—¿Cuándo nos vamos?

—Cuando las cosas se calmen. Probablemente podríamos llegar a la frontera ahora mismo, pero seguro que van a vigilar a Gloria durante un tiempo, y yo no quiero que el día que crucemos la frontera esté cerca del día de tu desaparición.

—Entonces, ¿quién va a cuidar de mi Pequeña Bebé?

—¿Qué quieres decir?

—Que no vas a pasar unas horas al día con ellas y que Gloria no tiene la cabeza en su sitio.

Crystal con C vuelve a respirar hondo.

—Mi hermana mayor va a tener que arreglárselas sola un tiempo, pero creo que estarán bien. Con toda la atención que se va a despertar, Gloria no se va a pasar demasiado de la raya. En realidad, puede actuar de manera bastante razonable siempre que no esté consumiendo drogas o no ande con algún tipo. Bueno, puede ser lo suficiente razonable. Ahora lo siento, pero tengo que irme. Tengo que ir a trabajar y actuar como si no pasara nada raro. ¡Ja! Pero la oficina queda un poco lejos de aquí. Me compré esta casa hace diez años. Es un lugar lejos de mi casa. Hay comida en el refrigerador. Sabes cocinar, ¿verdad?

Me pregunta si puede darme un abrazo y yo digo que sí. Entonces me lo da y se marcha.

EXACTAMENTE LAS 6:23 DE LA MAÑANA, MARTES, 19 DE OCTUBRE

Espero a oír el auto de Crystal con C alejarse por el camino. Entonces empiezo a escuchar algunos de los ruidos vacíos que solía oír antes, cuando estaba sola en el apartamento. El refrigerador y los sonidos que provienen de todas las paredes y habitaciones. Casi puedo oír también la respiración suave y tranquila de mi Pequeña Bebé en mi hombro. Pero entonces oigo el viento que mueve las hojas de fuera y dejo que mis dedos vuelvan a enderezarse.

Salgo al pórtico delantero y pongo los pies en una grieta del suelo junto a la puerta. Afuera no veo vecinos, ni una calle, ni edificios. Solo veo troncos blancos y hojas amarillas, amarillas.

Vuelvo a la casa y voy a la cocina. Me paro delante de la nevera y pienso en la regla de *no abrir el refrigerador*. Mi Mamá y mi Papá Para Siempre han creado esa regla porque saben que tengo *dificultades con la comida*. Pero ellos no están aquí ahora, y yo no estoy en la Casa Azul. Estoy con Crystal con C en su Casita Blanca.

Me tiemblan las manos. Abro el refrigerador.

Dentro veo un cartón con doce huevos y un cartón con nueve huevos. Hay kétchup y veintidós rebanadas de pan en una bolsa. Siete cebollas y un pedazo de queso cheddar que pesa doscientos cincuenta gramos hecho con leche pasteurizada. Cuatro barras de mantequilla en una caja. Dos litros de leche sin abrir. Veo otras cosas también, pero elijo el queso. Y el kétchup, porque es *rápido y fácil.*

Empiezo a comer.

Cuando me he acabado el queso, saco uno de los cartones de leche del refrigerador, porque quiero beber algo. El que es de Crystal con C. El otro es el que he traído yo de la Casa Azul. No recuerdo haberlo guardado. Seguramente lo hizo Crystal con C, pero me pregunto si mis Padres Para Siempre estarán enfadados porque me lo he llevado. Me pregunto si mi Mamá Para Siempre necesitará la leche para mi nueva Hermana Para Siempre que aún no ha nacido. La Bebé Wendy. La semana pasada, mi mamá me dijo que irían al hospital *en cualquier momento.*

En cualquier momento.

Me alegro de que Crystal con C encontrara a mi Pequeña Bebé en la maleta. Me alegro de que la cuidara y de que fuera a verla casi todos los días, pero también estoy preocupada porque Gloria la esté cuidando ahora. Sé que no le dará comida, ni la limpiará. Sé que a veces vienen hombres raros a dormir. Y además, está Donald. Me creo todo lo que Crystal me ha dicho y confío en ella al cien por cien, pero hay cosas que no sabe porque simplemente no estaba allí todo el tiempo. Algunas cosas que yo tengo muy adentro de mi mente y de las que nunca jamás voy a hablar.

Eso significa que tengo que irme ahora mismo a buscar el apartamento de Gloria. No puedo esperar.

EXACTAMENTE 7:02 DE LA MAÑANA, MARTES, 19 DE OCTUBRE

Voy al salón. Necesito encontrar una computadora para poder buscar la dirección de Gloria, porque no sé dónde estoy, ni dónde está ella, ni cómo llegar allí.

Miro la chimenea, que tiene el fuego encendido. Miro el sofá y la silla. No hay televisión. Busco una computadora, pero no veo ninguna. Salgo al pasillo y encuentro el baño. Hago pis. Encuentro luego un dormitorio con las cosas de Crystal en la cómoda. A continuación, encuentro otro dormitorio con una cama y un escritorio. El escritorio tiene una lámpara encima y no hay nada en sus cajones. La cama tiene sábanas, una manta de lana y una almohada.

Miro en todos los armarios y estantes. No hay computadora en esta casa. No hay nada que pueda decirme dónde estoy o dónde está Gloria. No sé su dirección.

Así que me voy a ir a buscar una biblioteca.

La biblioteca es un lugar al que vas cuando quieres buscar algo en una computadora. O cuando quieres enviarle un mensaje a Gloria. Supongo que Gloria no podrá enviarme un mensaje a través de *Manicoon.com*, porque la policía estará vigilándola, pero puede que aparezca su dirección en la página. Recuerdo que había un icono que decía *Contáctame*.

Saco la leche que traje de la Casa Azul para mi Pequeña Bebé. A ella le gusta mucho la leche. Todos los bebés necesitan tomarla. La meto en mi mochila junto con la flauta y mi mantita. A continuación me cierro la cremallera de la chaqueta, voy otra vez al baño, me coloco la mochila y salgo.

El camino discurre por el bosque. Hay hierbas altas a los lados que me rozan el pantalón al pasar. El viento sopla fuerte y el aire resulta frío. Al final del camino llego a una carretera. Puedes ir a la derecha o a la izquierda. Hay árboles al otro lado de la carretera y en este lado también, y no hay autos ni edificios.

Me detengo a pensar. Pasa un auto. Un auto rojo que viene de la derecha y va a la izquierda. No sé si va o viene del pueblo. Si yo estuviera dentro de ese auto, estaría yendo al colegio. Y el colegio está en el pueblo. Así que echo a andar en su misma dirección.

A lo lejos veo a un hombre que viene hacia mí.

Empiezo a pellizcarme los dedos.

El hombre viene subiendo una cuesta. Viste una ropa toda verde y marrón con rayas entrecruzadas. Lleva unas botas marrones grandes y un sombrero. Algo está colgando de su hombro. Es un arma.

Quiero correr y esconderme. No me gustan los hombres, sobre todo si son policías, y este hombre es *como* un policía aunque no creo que lo sea, porque no lleva el uniforme adecuado. Usa lo que se ponen los cazadores. Las líneas verdes y marrones me dicen que se le da bien esconderse y escabullirse.

—Buenas —me dice con voz alegre al acercarse. Se detiene delante de mí. Yo me alegro de que no me pregunte nada, pero de pronto lo hace—. ¿Vas al autobús? El del colegio ha pasado hace dos o tres minutos ya.

Querría decir: *¡Demonios!*, pero solo digo:

—No.

El hombre me mira.

—¿Alguien va a venir a recogerte?

Yo niego con la cabeza. A lo mejor si dejo de responderle con la boca, él dejará de hacerme preguntas con la suya.

—Y entonces, ¿qué haces aquí tú sola en un día de colegio?

No puedo decirle dónde voy. Me atraparán si se lo digo.

—Voy a caminar un rato.

Porque es verdad. Estoy caminando.

—¿Caminando? ¿Vas al colegio caminando?

—No.

—Entonces, solo caminas.

—Sí. Solo camino.

—Está bien —dice, y luego vuelve a hablar—. Oye, no llevarás puesta una camiseta de Michael Jackson debajo de esa chaqueta, ¿verdad?

Me señala con un dedo.

Yo *retrocedo*.

Cuando vuelvo a mirarlo, tiene las dos manos extendidas como si quisiera pedirme que me estuviera quieta.

—Lo siento —dice—. Es que he oído en la radio que están buscando a una chica más o menos de tu edad que viste una camiseta de Michael Jackson y lleva una flauta. Bueno, ten cuidado con los alces en tu paseo, ¿eh? Yo he salido a cazar venados esta mañana, pero los alces siguen cruzando los caminos. Andan por todos lados, y los machos están locos en esta época del año. ¿De acuerdo?

—De acuerdo —digo.

Entonces paso a su lado con mucho, mucho cuidado por si intenta volver a tocarme. Sigo andando, pero no oigo que él se aleje. Sé que continúa mirándome.

Así que empiezo a contar.

Cuando llego a cinco, oigo pasos sobre el asfalto así que miro hacia atrás rápidamente. Él camina de espaldas y me sigue mirando. Yo lo miro a mi vez. Me dice adiós con la mano, se da la vuelta y empieza a caminar de forma normal.

Sin embargo, ahora siento angustia por si llama a la policía. Me detengo y cuento hasta veinte y luego giro en redondo. El hombre ya no está. Comienzo a regresar por el mismo camino que he venido.

Pienso que si llego ahora al pueblo y voy a la biblioteca, me van a atrapar. Volveré a intentarlo mañana.

Entonces me asusto porque alguien más podría verme en este momento. Podría pasar otro auto, o encontrarme con otra persona en la carretera. Me meto en el bosque y camino entre los árboles y la hierba alta hasta que llego a la Casita Blanca al final del camino.

EXACTAMENTE LAS 7:09 DE LA NOCHE, MARTES, 19 DE OCTUBRE

Afuera está oscuro. Veo luces que vienen hacia la casa. Ruedas que suenan en el camino. La puerta de un auto se cierra y alguien sube las escaleras.

Me voy rápidamente al salón.

Entonces Crystal con C abre la puerta y entra.

—Hola, Ginny —dice, y pasa a mi lado para ir directamente a la cocina y dejar dos bolsas de plástico sobre la encimera—. ¿Qué tal ha resultado el día? En el trabajo todo ha ido bien. Nadie ha hablado de la Alerta Amber, a excepción de un contratista nuevo en la sala de descanso.

Oigo que abre el refrigerador y exclama: ¡*Vaya!*

Yo sigo en el salón, al lado de la puerta de malla.

—Ginny, los huevos están aquí. Pero, ¿dónde está el resto de la comida?

—Me la he comido —digo.

—¿Te la has comido?

Yo asiento.

Crystal entra en el salón.

—Ginny, ¿de verdad te has comido todo lo que había en el refrigerador menos los huevos?

Yo vuelvo a asentir, aunque he escondido el pan y la leche en un armario. Va al cubo de basura y mira dentro. Saca el envase de kétchup vacío y los papeles con que envuelven la mantequilla. Y el envase del queso.

—¿De verdad te has comido todo esto?

—Sí.

—¿Has cocinado algo?

—No.

Rebusca otra vez en la basura. Saca la caja de galletas de chocolate vacía.

—¿Esto también?

Yo asiento. Son sabrosas con leche.

—¿Sin cocinar nada? ¿Te has enfermado? ¿Has vomitado o algo?

Pero esas son tres preguntas seguidas.

Crystal con C respira hondo.

—No sé si darte un laxante o preocuparme por la diarrea. Mira, mañana tendrás que comer lo que yo te diga. Te lo escribiré en un papel. No puedes comerte todo lo que hay en la nevera o tu estómago se va a descomponer. Podrías provocarte una obstrucción, ¿entiendes?

No sé lo que es una *obstrucción*, así que digo:

—No.

—Tú solo cómete lo que yo te ponga en la lista, ¿de acuerdo?

—Me gustan las listas.

—Bien. Ahora, ¿por qué no vas guardando las provisiones que he traído mientras yo me cambio? Y después haremos la cena juntas. Te voy a enseñar a hacer huevos revueltos.

Vuelve a tirar la caja de las galletas a la basura.

—Espera —digo.

Ella me mira.

—¿En qué ciudad viven Gloria y mi Pequeña Bebé?

—Siguen en Harrington Falls. Anda, ahora vete a guardar las compras. Yo tengo que quitarme esta ropa.

EXACTAMENTE LAS 6:50 DE LA NOCHE, MIÉRCOLES, 20 DE OCTUBRE

Estoy de pie sobre la grieta que hay junto a la puerta intentando averiguar cómo salir de la Casita Blanca sin mojarme, porque ha llovido todo el día y mi impermeable está en la Casa Azul. Y no me gusta mojarme. Me gusta estar seca siempre, excepto cuando estoy tomando un baño o una ducha, o si estoy en la piscina. No tener impermeable me pone muy, muy nerviosa. Estoy atrapada.

Crystal con C tampoco tiene impermeable. He revisado.

A las siete en punto sigue lloviendo, así que me ducho porque Crystal con C ha dicho que es lo que tengo que hacer a partir de ahora si ella no ha llegado a casa. Cuando cierro el grifo y salgo de la bañera, me encuentro con algo negro y duro en una pierna. No me lo puedo quitar y tampoco veo qué es porque no llevo las gafas puestas. Me las pongo, pero hay demasiado vapor para poder ver. Oigo ruidos al otro lado de la puerta. Supongo que es Crystal con C, así que salgo del baño y voy a la cocina. Está poniendo la mesa.

—Tengo algo en la pierna —digo.

—¡Ginny, tápate con una toalla! —dice ella.

Vuelvo al baño y me tapo con una. A continuación vuelvo a salir y digo otra vez:

—Tengo algo en una pierna.

—Déjame ver —dice, y se acerca a mirar—. Voy a buscar unas pinzas. Ven conmigo al baño, ¿quieres?

Vamos al baño. Saca una pinza del armario de las medicinas y tira de la cosa negra. Duele cuando lo hace, así que digo:

—¡Ay!

Entonces ella me la enseña. Dice que es una garrapata.

—Vamos a ver si tienes alguna más. Hay montones ahí fuera.

Me quita la toalla y me mira las piernas, los brazos y la espalda. Me mira también la barriga y los costados. Encuentra tres más y me las quita. Una estaba en la espalda, donde llevo el cinturón. Otra en la rodilla. Y otra en la pierna.

—¿Por qué se aferran a mí? —pregunto.

—No se han aferrado a ti. Te han picado. Las garrapatas pican la piel de las personas.

—¿Y para qué hacen eso?

—Para beberse su sangre.

Entonces me asusto mucho, mucho.

—¿Como los vampiros? —pregunto.

—Más o menos.

Las imágenes corren por mi mente. Me acuerdo de las películas de vampiros que le gustaba ver a Gloria. Cuando un vampiro mordía a alguien, esa persona se convertía en vampiro. Entonces pregunto:

—¿Me voy a volver garrapata?

—¡Pues claro que no! Pero, ¿cómo es posible que se te hayan pegado tantas? Ginny, ¿has estado fuera?

Eran dos preguntas al mismo tiempo, así que no digo nada.

—Ginny, te he preguntado si has estado fuera.

—Está lloviendo.

—Sí, ya sé que está lloviendo y no te gusta mojarte a no ser que estés en la ducha, pero esa no es la respuesta a mi pregunta. ¿Has estado fuera?

—Sí.

—¿Dónde has ido?

—Por la carretera.

—¿Hoy?

—No.

—¿Cuándo?

—Ayer.

—Ginny, no puedes hacer eso. Si te ve alguien, te atraparán y no podrás ir conmigo a Canadá. No podrás ver a tu Pequeña Bebé.

—Pero es que tengo que asegurarme de que está bien. Gloria no puede cuidarla.

—¡Mierda! ¡Sí que puede! Va a ser por poco tiempo. Tu Pequeña Bebé ni siquiera es...

Pero se calla.

—Mira, yo no soy psicóloga y no sé las cosas que puedes procesar y las que no, pero hay algo que por ahora no estás entendiendo y que yo temo explicarte. No quiero que te enojes, así que por favor, por favor, créeme si te digo que tu bebé está a salvo con Gloria por ahora. Puede que no para siempre, pero por ahora sí. Tú no te muevas de aquí, ¿de acuerdo? ¡Van a ser solo unas semanas!

EXACTAMENTE LAS 6:22 DE LA MAÑANA, JUEVES, 21 DE OCTUBRE

Ya no llueve.

Antes de que me adoptaran, me escapé tres veces de distintas Casas Para Siempre, pero la policía continuamente me encontraba y volvía a llevarme allí. Me escapé de Carla y Mike cuando tenía nueve años, y dos veces de Samantha y Bill cuando tenía once. Sin embargo, esta vez es diferente, porque no estoy huyendo de Crystal con C. Ella me secuestró, así que no podría acudir a la policía aunque quisiera. Si lo hiciera, se metería en problemas.

Sé que esta es una frase hecha, porque en realidad no se trata de un secuestro, pero a veces soy *una chica muy lista*.

Crystal con C se ha ido a trabajar hace cinco minutos. Llevo puesta la chaqueta y estoy de pie en la grieta de la puerta. Ya he metido en la mochila la leche sin abrir, el pan, mi flauta y la mantita. Y salgo. Hace sol, aunque los árboles y la hierba están mojados aún de la lluvia. Y hace frío.

Ahora sé que Gloria y mi Pequeña Bebé viven en Harrington Falls. Aunque no sé dónde está eso, puedo encontrarlo. Puedo ir a la biblioteca o preguntarle a una señora cuando me tope con alguna.

Cuando llego a la carretera, miro a los dos lados. Estoy buscando cazadores. También a la policía. Solo veo la carretera vacía, sin autos, gente ni renos, que están locos en esta época del año. Giro a la izquierda y echo a andar. Supongo que si voy al pueblo nadie me estará buscando, porque han pasado ya dos días desde que me encontré con el hombre de la escopeta al que a veces se le olvida caminar hacia delante. La arena que hay en el arcén me salpica las piernas y se me mete en los zapatos, pero no puede importarme, porque me queda mucho camino hasta Harrington Falls. Y sé que si camino por el bosque se me pegarán muchas garrapatas que me chuparán la sangre.

Oigo un ruido detrás de mí. Un motor. Me doy la vuelta y veo un auto gris que viene. A través del vidrio veo que es Crystal con C.

Llega junto a mí y se detiene. Trae bajada la ventanilla. Yo sigo andando, porque no quiero hablar. El auto se estaciona delante de mí.

—¡Ginny, detente! —me grita Crystal con C, y se baja del vehículo.

Y yo me paro a ver qué va a decir.

—¿Dónde demonios crees que vas?

—Voy a Harrington Falls —digo.

—¡Ya hemos hablado de esto! Tienes que volver a la casa. Si no lo haces, te van a atrapar.

—No me van a atrapar.

—Ginny, eres tan imperceptible como un elefante en medio de un atasco del tránsito. No puedes cuidarte sola, y esto lo demuestra. ¡Alguien tiene que vigilarte constantemente, pero yo tengo que ir a trabajar, cariño! Tengo que ir a trabajar o la gente empezará a preguntarse dónde demonios me he metido.

Yo me miro los dedos.

—Y ahora tú pretendes cruzarte andando todo el estado sin saber siquiera qué camino debes tomar. Y no tienes ni idea de cómo tratar con la gente. Cuando intentas relacionarte con alguien, llamas la atención como un gigante en el país de los enanos. ¿Entiendes lo que quiero decir?

No digo nada.

—Ginny, sube al auto.

—No.

—¿Qué crees que va a ocurrir si encuentras el camino a Harrington Falls? ¡En auto se tarda dos horas en llegar! ¿Sabes cuánto tardarías en recorrer a pie esa distancia? Aunque consiguieras llegar sin que te ocurriera nada, la policía te atraparía. Hablan con Gloria todos los días, ¿lo entiendes? ¡Te están buscando! Si vas allí, te mandarán a la Casa Azul otra vez. ¡Y a mí me meterán en la maldita cárcel! ¡Haz el favor de subir al auto antes de que alguien nos vea!

Oigo un ruido. Otro auto. Es un auto negro que viene de donde yo creo que debe estar el pueblo. Pasa de largo.

—¿Lo ves? —dice Crystal con C—. Esto es peligroso, Ginny. Tenemos que volver a casa ahora mismo, o todo esto fracasará de gran manera. Me quedaré contigo en casa, ¿de acuerdo? Llamaré al trabajo y diré que estoy enferma. ¡Ginny, por favor!

Me aseguro de tener la boca cerrada y entonces pienso. Es cierto que si llego a Harrington Falls y encuentro el apartamento de Gloria, la policía me encontrará a mí. No lo había pensado antes. Por otro lado, ya descubrieron mi escondite debajo del fregadero. Me encontrarán y volverán a llevarme. Crystal con C tiene razón, pero es que mi Pequeña Bebé está sola con Gloria, así que digo:

—Pero mi Pequeña Bebé corre peligro.

—No, no corre peligro. Te lo *juro*. Está mucho más segura que antes. ¡No puedo decirte por qué porque no lo entenderías! ¿Te acuerdas de lo que sucedió cuando preguntaste si existía Papá Noel? Gloria seguía diciendo que sí, y yo te dije la verdad. ¿Recuerdas lo que hiciste?

Lo recuerdo *exactamente*. Me puse como una loca con Gloria, pegué todas sus drogas con cinta adhesiva al pelo de los gatos y les abrí las jaulas. Luego tiré todos sus calcetines por el retrete.

Asiento con la cabeza.

—Tienes que confiar en mí, y te prometo, Ginny, te prometo que tu Pequeña Bebé estará segura hasta que nos reunamos todas en Canadá. No puedo decirte cómo lo sé, porque aún no estás preparada para oírlo.

Gloria mentía cuando decía *te prometo*, pero Crystal con C es distinta. Sé que está intentando ayudarme de verdad, y sé que puedo confiar en ella.

—¡Ginny, por favor! Tienes que confiar en mí. ¡No está en peligro!

Le doy la vuelta al auto para subir a él.

—Gracias —me dice cuando cierro la puerta. Le tiemblan las manos y tiene la cara húmeda—. ¡Demonios, gracias! Gracias.

Entonces ella da un giro con el auto y conduce de regreso a la casa.

EXACTAMENTE LAS 11:33 DE LA MAÑANA, JUEVES, 21 DE OCTUBRE

—Ginny, ¿te has bebido toda la leche? —me pregunta Crystal con C.

Desde el salón oigo cerrarse la puerta del refrigerador. La leche sigue en mi mochila. He olvidado sacarla cuando hemos vuelto a la Casita Blanca.

Crystal entra en el salón. Yo estoy sentada en el sofá mirando el fuego.

—Mira, no quiero dejarte sola. ¡Rayos! De verdad que no quiero dejarte sola, pero necesitamos leche para la masa que quiero hacer, y sé que te gusta beber leche por las mañanas, así que tengo que ir a la tienda. Está al final de la carretera. Si tienes hambre, prepárate algo de comer. Pero que no sea mucho, ¿de acuerdo? No vuelvas a comerte todo el queso y todo el kétchup.

Yo asiento.

—Solo tardaré unos veinte minutos —añade—, y Ginny, no salgas de la casa, ¿está bien? No salgas por ninguna razón. Recuerda lo que hemos hablado antes: tu Pequeña Bebé no corre peligro, y si intentas ir otra vez a Harrington Falls, la policía te encontrará.

Me mira. Yo sigo observando el fuego, porque no me ha hecho ninguna pregunta.

—Ginny, ¿me has oído?

Yo asiento.

—Ojalá fueras un poco más... conversadora —dice.

Cuando se marcha, me levanto. Voy a prepararme algo de comer.

EXACTAMENTE 11:40 DE LA MAÑANA, JUEVES, 21 DE OCTUBRE

Crystal con C dijo que para hacer huevos revueltos hay que cascarlos en un plato, batirlos, echarlos en una sartén y cocinarlos durante cinco minutos. Ella me ha mostrado cómo cascar los huevos, y ya lo he hecho. Hasta he sacado las cáscaras que han caído dentro. Así que empiezo a batirlos.

Echo los huevos en la sartén. Mi reloj dice que son las 11:42. Me quito el paño de cocina del hombro, que es donde Crystal con C se lo pone cuando cocina. Lo dejo en la encimera al lado de la estufa. Luego la enciendo.

Me voy al salón y me siento a esperar.

A las 11:44 huelo a humo.

Entro en la cocina. El paño se ha prendido.

En el colegio nos enseñaron que si hay un fuego debemos llamar al 911, y que *no corremos, sino nos tiramos al suelo y damos vueltas*. Pero en la Casita Blanca no hay teléfono y la cocina es realmente pequeña.

El fuego se está haciendo más grande. Crepita. Alcanza la estantería que hay en la pared, sobre la encimera. Quiero que alguien lo apague, pero no hay nadie aquí. Entonces se dispara la alarma de incendio. Suena muy fuerte y me da miedo. No me gustan los ruidos fuertes, así que me tapo los oídos y *retrocedo*. El ruido no se detiene, de modo que *exactamente* siete segundos después abro los ojos, bajo los brazos y corro al fregadero.

Ahora el fuego está también en la encimera. Lleno un vaso de agua y se lo echo a las llamas. El fuego se aplaca un poco. Hay humo negro por todas partes. Echo más agua, y después de tres vasos el fuego casi se ha apagado del todo, pero ahora el paño de cocina tiene un enorme agujero negro. Si lo muevo, suelta humo. Huele mal. Hay algunas partes rojas en el paño que aún brillan, así que lo tiro a la basura. No quiero que Crystal con C lo vea, y de todos modos está destrozado. Los huevos tienen agua, así que los tiro también. Raspo el contenido de la sartén sobre el recipiente de la basura y la dejo en la encimera, que tiene una marca negra y grande donde antes estaba el paño de cocina. Coloco una cesta de manzanas encima.

Sin embargo, la alarma contra incendios continúa sonando, casi no puedo ver y sigo tosiendo, así que salgo fuera. Miro hacia la carretera y empiezo a contar.

Cuando llego a quinientos treinta y siete, Crystal con C llega a casa. Ella baja del auto, me mira a mí, y luego mira hacia la Casita Blanca. Yo miro hacia allá también, porque antes no lo estaba haciendo. Un montón de humo negro sale por la puerta de malla.

Crystal con C entra corriendo.

Cuando sale, lleva en la mano el recipiente de la basura, del que sale mucho humo. Lo vacía y veo fuego. Ella salta sobre las llamas una y otra vez, y sobre toda la basura. El fuego se apaga.

Entonces Crystal con C da un golpe con las dos manos en el techo del auto.

—¡Ginny! —grita, y se echa a llorar.

Llora y llora, y luego de un rato dice:

—La policía está en el pueblo hablando con todo el mundo. Están enseñando tu foto por todas partes. ¡Alguien te ha visto, maldita sea! ¡Te han visto! Y ahora vuelvo a casa, ¿y me encuentro con esto?

Yo no digo nada.

—Sube al auto —ordena—. ¡Vamos, sube! Voy a buscar tu mochila. ¡Tenemos que irnos!

EXACTAMENTE LAS 2:48 DE LA TARDE, JUEVES, 21 DE OCTUBRE

Vamos en el auto.

El asiento de atrás está lleno de la ropa de Crystal con C. La echó ahí rápidamente antes de que nos fuéramos de la Casita Blanca. Yo llevo la mochila sobre las rodillas. Le he preguntado a dónde vamos, y me ha dicho que no sabe. Ella afirma que simplemente no podemos detenernos.

Crystal con C ha llorado tres veces mientras conducía. Una vez a las 11:53, otra a las 12:28 y otra más a la 1:14. No sé por qué ha llorado. Cuando le he preguntado dice que es porque no sabe qué hacer. Aún no podemos ir a Canadá, y no podemos ir a su otro apartamento. Y tampoco podemos quedarnos en la Casita Blanca, porque la policía nos encontraría.

Estamos otra vez en la autopista. Es la misma autopista por la que conducimos hace tres días, al irnos del colegio. Lo sé por los carteles. El que acabamos de pasar decía *Greensborough, Salida 33, 1 Milla.* Así que digo:

—¿Por qué estamos aquí otra vez?

—Porque tenemos que volver en dirección contraria. La policía sabe que hemos ido hacia el oeste, de modo que ahora tenemos que ir al este, y para eso tenemos que desandar el camino. Sabes lo que es desandar, ¿verdad?

No lo sé, pero la palabra tiene sentido. *Desandar*. Así que asiento.

—Además, nos desviaremos un poco también —dice ella.

—¿Por los *controles*?

—Sí, por los controles. Vamos a tener que atravesar el pueblo, así que voy a necesitar que te agaches. Que no te vean por la ventanilla. Siéntate en el suelo y hazte tan pequeña como puedas para que nadie te vea. Te voy a poner una chaqueta por encima de la cabeza. Así la policía no sabrá que estás aquí cuando pasemos a su lado. Necesito que te escondas, Ginny.

—Sé esconderme muy bien —digo, y me siento en el suelo para que Crystal con C me tape con una chaqueta.

Ya no veo dónde estamos, pero no pasa nada, porque sé que Crystal con C *no me defraudará*.

Hacemos un giro, vamos más despacio, volvemos a girar y avanzamos otro poco. Todo está muy oscuro, así que no puedo ver mi reloj. Giramos tres veces más. Derecha, izquierda, izquierda. Y el auto se detiene.

Oigo la voz de Crystal con C.

—Ginny, quédate donde estás. Voy a bajarme del auto durante un minuto. Mantente preparada.

La puerta del conductor se abre y se cierra. Pasan siete segundos. Entonces se abre la puerta de *mi* lado.

—¡Vamos, Ginny, sal del auto! —me dice en voz baja—. ¡Tenemos que cambiar de vehículo! Bájate, rápido. ¡No levantes la cabeza!

Aparto la chaqueta, me cuelgo la mochila y bajo del auto. Me agacho y mantengo la cabeza baja. Parpadeo varias veces porque la luz brilla mucho. Son las 3:55 y estoy asustada, muy asustada.

—¡Quédate junto al auto! ¡Que no te vean! —dice Crystal con C, y cierra mi puerta. Echa a correr por detrás del auto y yo me asomo a mirar.

Al otro lado de la acera veo un edificio amarillo grande que conozco.

Levanto del todo la cabeza. Al otro lado de la calle está Cumberland Farms y la gasolinera de al lado. También veo la oficina de correos. Estamos en el centro de Greensborough, justo al lado de mi colegio. Más abajo veo la calle que va a la parada del autobús.

Oigo un clic. El sonido de la puerta del auto que se cierra. Crystal con C está de pie al otro lado del auto.

—Ginny, te quiero —dice, aunque su cara está diferente—. Lo he intentado. Te juro que lo he intentado, pero eres demasiado para mí. Eres una chica difícil. Ahora quiero que vayas al colegio y les digas a tus profesores que estás bien. Pero por favor, no le hables de mí a nadie, ¿quieres? No hables de la casa, ni del fuego, ni del color del auto, ¿entiendes? Diles a todos que te fuiste a dar un paseo y te perdiste. Que has estado bien estos tres días, ¿de acuerdo?

Estoy confusa.

—¿Cómo voy a ir a Canadá?

Crystal con C respira hondo.

—No vas a ir a Canadá. Hoy no, por lo menos. Vuelve al colegio, Ginny. Vuelve y finge que nada de todo esto ha pasado. ¡Finge que no te acuerdas!

Pero fingir es lo mismo que mentir si lo dijera con la boca. Quiero explicarle que *no puedo hacerlo*, pero Crystal con C se sube al auto y pone en marcha el motor. El auto se aleja. Quiero correr detrás de él, porque Crystal con C es la única persona que puede ayudarme a volver con mi Pequeña Bebé. Hay otros autos y sé que es peligroso correr por la calle, pero voy a hacerlo de todos modos. Tengo que hacerlo. Doy un paso hacia delante. Entonces escucho una sirena.

Unas luces azules avanzan por la carretera a toda prisa. Vienen tan deprisa que me parece que van a partir la carretera en dos. Llegan más luces azules y un auto de policía se cruza delante del auto de Crystal con C. El ruido es más fuerte que el de la alarma de incendios. Veo carros patrulleros y hombres uniformados que se bajan, y gente corriendo, y más patrulleros y policías que vienen corriendo hacia mí. Me doy la vuelta para echar a correr, pero alguien me agarra, así que *retroced*o, me tapo la cara y aprieto, aprieto y aprieto.

EXACTAMENTE 12:08 DEL MEDIODÍA, SÁBADO, 23 DE OCTUBRE

Mi nueva Hermana Para Siempre nació el 19 de octubre, al día siguiente del Concierto de la Cosecha. La vi ayer *aproximadamente* un minuto. Ella tiene los ojos azules y unas manos y unos pies pequeños. Casi todo el tiempo está llorando o durmiendo. Estuve mirándola *exactamente* trece segundos en el salón mientras mi Mamá Para Siempre la tenía en brazos. Entonces dijo:

—Bienvenida a casa, Ginny. ¿Podrías echarte un poquito para atrás? Nos alegramos de que ya no estés en el hospital.

Porque ahí es a donde fui antes de volver a la Casa Azul. La policía me llevó al hospital y cuando los médicos me revisaron, mi Papá Para Siempre vino a buscarme. Todos los médicos eran mujeres. Querían ver si estaba herida, porque todas ellas sabían que Crystal con C me había secuestrado. No pude *fingir que todo eso no había pasado.*

Además, la policía se llevó a Crystal con C, así que supongo que lo han descubierto todo. Mi nueva Hermana para Siempre se llama Wendy. Es muy pequeñita, así que necesita mucha leche. La leche está en la nevera, aunque yo sé que sale de las vacas, pero mi Mamá Para Siempre dice que ella *le da el pecho.*

Ahora mismo está en el dormitorio de arriba haciéndolo. Yo estoy en el salón pellizcándome los dedos. Mi Papá Para Siempre está preparando la comida. Él no entiende. Al final entro en la cocina y me agarro los pechos para demostrárselo.

—Aquí no hay leche —digo.

El plato de patatas que tiene en la mano se le cae y se lleva una mano a la frente.

—No... sí... Ginny, quédate tranquila.

—Yo le daba a mi Pequeña Bebé leche con una toalla. Todos los días.

—¿Con una toalla?

—Mojas la toalla en la leche y dejas que el bebé la chupe. Y la leche la sacas de un cartón que hay *en el refrigerador*, no de aquí.

Mi Papá Para Siempre mira para otro lado.

—Se ve que Gloria no te amamantó —dice, y comienza a recoger las patatas—. Aunque esas cosas no se pueden recordar porque eras muy pequeña. ¿De verdad usabas una toalla cuando querías leche? ¿No tenían vasos en el apartamento?

Me ha hecho dos preguntas, así que no digo nada.

—Algunas mamás les dan de comer a sus bebés leche de sus pechos —sigue hablando—, y otras les dan leche de vaca. En realidad se llama *fórmula*. Pero cada mamá decide lo que quiere hacer.

Él no lo entiende.

—Mi nueva Hermana para Siempre necesita leche —insisto.

—Por supuesto —responde él.

—Tiene que tomar mucha leche de verdad.

—Claro que sí. Y lo que está tomando *es* leche de verdad. Ahora mismo tu mamá se la está dando allá arriba.

—No —digo yo—. *Eso* no es leche de verdad. La leche de verdad está en el refrigerador.

Él abre la nevera y saca la leche. Llena un vaso y lo pone sobre la encimera.

—Ahí tienes —dice—. Eso es leche de verdad. Leche *de vaca* de verdad.

—Exactamente —contestó, porque a veces *exactamente* significa *correcto*, y me llevo el vaso con la intención de subirlo.

—¿Qué haces, Ginny?

—Subir la leche.

—No —dice—. No lo hagas. Anda, déjala en la encimera. La Bebé Wendy toma leche de pecho.

Yo dejo el vaso.

—Vamos a intentarlo otra vez —dice—. La leche que tú bebes viene de las vacas, pero los bebés pueden tomar leche de sus mamás si ellas deciden darles el pecho, ¿ves?

Cuando la gente dice *¿Ves?* eso significa *¿Entiendes?* Pero mi Papá Para Siempre no entiende nada.

—Yo sé de dónde viene la leche para las personas —digo, y tomo el vaso para mostrárselo, señalando su contenido—. Esta es leche para humanos. Ya sabes *hu-ma-nos.*

—Puedes deletrearlo cuanto quieras, pero esa leche viene de una vaca.

—Entonces, ¿por qué mi madre no se la da al bebé? ¿Por qué no le da leche de verdad?

—*Sí* le da leche de verdad.

Lo miró por encima de mis gafas y vuelvo a estrujarme los pechos.

—Pero si aquí no hay leche —digo.

Tengo pechos desde hace *aproximadamente* un año, y sé que la leche no sale de ahí. De ahí no sale nada.

—Ginny, deja de... a ver... escucha. Sé que has pasado mucho, y siento que todo esto te resulte confuso, pero vas a tener que confiar en mí. Wendy está tomando mucha leche, y leche de verdad. Podrás hablar de ello con Patrice cuando vayamos a verla después de comer. Es genial que haya accedido a verte hoy, en fin de semana. Pero estoy segura de que querrá hablar un poco más sobre lo de volver al colegio el jueves. ¿Sigues pensando que estás preparada?

Está *cambiando de tema*, así que tengo que concentrarme. No puedo distraerme.

Mi nueva Hermana Para Siempre necesita leche de verdad para humanos, pero no se la están dando, y sé que a Gloria se le olvidará darle de comer a mi Pequeña Bebé, porque Crystal con C está en la cárcel y nadie pasará a verlas. En mi mente veo durante un segundo los ojitos y la cara de mi Pequeña Bebé. Sus ojos parpadeaban cuando la tomaba en brazos.

Salgo de mi cabeza. El vaso de leche sigue estando delante de mí en la encimera. De nuevo en mi mente me veo a mí misma mojando una toalla o mi camiseta y poniendo la parte humedecida en la boca de mi Pequeña Bebé.

—¿Ginny?

—¿Qué?

—No te preocupes por Wendy, por favor. Le estamos dando todo lo que necesita. Siento mucho lo complicado que es en este momento todo lo que se refiere a ella. Tu mamá está teniendo mucho cuidado, y por eso se encuentra arriba todo el tiempo. Estaría bien que no te le acercaras tanto cuando baja. Solo... solo dale algo de espacio, ¿de acuerdo? Ya verás como todo vuelve a la normalidad enseguida. El jueves que viene regresarás al colegio y todo volverá poco a poco a ser como antes. Nadie corre peligro. Ya te hallas en casa, la bebé está sana y tu mamá se encuentra bien. Todo va a seguir así. Crystal está ahora en la cárcel y tu hermanita tiene toda la comida que necesita.

—Crystal *con C* —digo, y me voy a mi habitación.

EXACTAMENTE LAS 2:08 DE LA TARDE.
SÁBADO, 23 DE OCTUBRE

—Han pasado ya dos días desde que has vuelto a la Casa Azul y ahora tienes una hermanita —dice Patrice—. Han cambiado muchas cosas.

No es una pregunta, así que no digo nada. Sigo sentada en la silla de flores y miro a Patrice.

—Tus Padres Para Siempre me contaron que has estado muy callada estos días en casa. ¿Qué ronda por esa cabecita? Ginny, quiero que trates de conectarte. Quiero saber cómo te sientes. Quiero que me hables de cómo te sientes con respecto a haber vuelto. Sé que Crystal no te ha hecho daño, pero...

—Crystal *con C* —digo.

—De acuerdo, Crystal con C no te hizo daño. Los médicos del hospital dicen que estás perfectamente bien, pero me pregunto si Crystal con C te dijo algo cuando estuviste en su casa en lo que todavía estés pensando. Cosas de las que te acuerdes. ¿Podrías decirme cuáles son?

—Me dijo que mi Pequeña Bebé va a estar bien con Gloria durante unas semanas, pero que a ella le gusta pasar unas horas con las dos todos los días. Sin embargo, ahora Crystal con C está en la cárcel, así que necesito volver al apartamento.

Patrice escribe algo.

—Ojalá no te hubiera seguido la corriente con lo de tu Pequeña Bebé. Recuerda que no había ningún bebé en el apartamento contigo, o la policía lo habría encontrado. Incluso volvieron a mirar cuando les dijiste que estaba en la maleta. Ahora dime cómo te sientes sobre lo que ha sucedido con Crystal con C.

—Estoy enfadada.

—Eso es bueno. Está bien sentirse enfadada cuando echas de menos a alguien. También está bien estar enojada y extrañar a Gloria. ¿Sabes que tus Padres Para Siempre te han echado mucho de menos cuando te fuiste?

—Sí.

Lo sé, porque me lo han dicho.

—Todo el mundo te echó de menos, Ginny. La ciudad entera. Incluso todo el estado. Todo el mundo te estaba buscando, orando por ti y preocupados. Querían encontrarte y que estuvieras segura.

Ese es el problema. Todo el mundo quiere que no corra peligro, pero *estar segura* en mi caso significa que mi Pequeña Bebé *no esté segura*. Es así:

(Seguro) para Ginny = (No seguro) para mi Pequeña Bebé.

No obstante, si me escapo y me voy a Harrington Falls, la policía me encontrará. Tengo que pensar otro plan secreto.

—Nos hemos visto todos los días desde que has vuelto —dice Patrice—, y nos seguiremos viendo la semana que viene también. Dicen tus Padres Para Siempre que en casa te acercas demasiado a la Bebé Wendy, y por supuesto que eso les preocupa. Les asusta un poco. Dicen que les da un poco de miedo. Sobre todo a tu mamá. Ellos me cuentan que has estado intentando llevarle a la bebé varias cosas de comer y beber, y que no dejas de intentar colarte en su habitación. ¿Qué puedes decir de eso?

—No le están dando de comer —digo.

Patrice me mira con asombro.

—¿Qué te hace pensar que no le están dando de comer?

—Que no le dan leche.

—Tu Papá Para Siempre me ha dicho antes por teléfono que te resulta un poco confuso todo esto. Sabes que tu madre le está dando el pecho a la Bebé Wendy, ¿verdad?

Yo asiento.

—Entonces, ¿por qué piensas que no le está dando de comer?

—Porque la leche no sale de los pechos.

—Claro que sí. Eso es precisamente lo que significa dar el pecho. ¿Nadie te ha hablado de cómo funciona eso?

Contesto que no con la cabeza.

Patrice sonríe.

—Entonces, creo que te va a gustar lo que voy a contarte, pero antes necesito preguntarte si recuerdas la regla más importante de todas.

—*Cuando la Bebé Wendy nazca, no me está permitido tocarla* —digo.

—Así es. Y la Bebé Wendy ha nacido. Está aquí. Así que tienes que asegurarte de que nunca jamás intentes darle de comer tú sola. Confía en tus Padres Para Siempre un poco, ¿de acuerdo? Los dos saben lo que hacen. Tu madre está alimentando de maravilla a la Bebé Wendy. Ahora, hablemos *exactamente* de cómo lo hace.

EXACTAMENTE LAS 6:44 DE LA MAÑANA, LUNES, 25 DE OCTUBRE

No oigo ningún ruido al otro lado de la puerta. Tengo la cabeza y la cara cerca, muy cerca de la puerta, porque estoy escuchando.

Sé que mi Hermana Para Siempre está ahí con mi madre. Sé que mi madre está *cuidando muy, muy bien de ella*, porque mi Papá Para Siempre y Patrice me lo han dicho, pero aunque les creo, necesito estar segura. Necesito verlo.

Cierro los ojos y escucho con más atención aún. Ahora tengo un pitido en los oídos. Tengo la oreja tan cerca de la puerta que suena como si estuviera dentro de una caracola de mar.

—¿Ginny?

Salgo rápidamente de mi cabeza. Es mi Papá Para Siempre. Está parado al inicio de la escalera.

—Baja ahora mismo. Como tu madre te encuentre...

La puerta se abre junto a mi cara.

Me separo de un salto y casi me caigo con la cesta de la ropa sucia. Mi madre está en la puerta.

—Ginny, baja —dice, y luego se dirige a mi Papá Para Siempre—. No pasa nada. Yo me ocupo.

Vuelve a mirarme a mí. Sus ojos se estrechan y su boca se vuelve una línea muy, muy corta.

—Ginny, *tienes* que dejar de espiar así. Se acabó esto de andar acechando mi puerta. Es la segunda vez que lo haces hoy. Wendy está bien. Ahora, baja como te ha dicho tu Papá Para Siempre.

—Vamos, hija —dice mi Papá Para Siempre—. El auto ya está listo y es hora de irse.

EXACTAMENTE LAS 11:28 DE LA MAÑANA, JUEVES, 28 DE OCTUBRE

Faltan tres días para Halloween. Es el domingo. Estoy en el Salón Cinco comiendo con Larry y Kayla Zadambidge y Alison Hill, porque los profesores quieren que mi *transición de vuelta al colegio* sea gradual. Además, mi Mamá Para Siempre ha bajado esta mañana *aproximadamente* tres minutos para decir que hubo un *circo mediático* cuando me secuestraron y que todos los chicos querrán hacerme preguntas. Cuando le he contestado que no he ido al circo, pero que me gustaría ir, ha dicho que no era necesario, porque la principal atracción era yo. Al decirle que no entendía, ella me ha explicado que un circo mediático es cuando un grupo de periodistas va a tu casa buscando información sobre ti y cuentan historias sobre esa persona en la televisión y la radio. Dice que es comprensible que se arme ese circo mediático cuando secuestran a alguien, pero que cuando vuelves a casa con una recién nacida y los periodistas te ponen las cámaras en la cara y llaman sin parar a tu puerta, te sientes un poco nerviosa. Sobre todo si la chica a la que han secuestrado lo ha organizado todo y no muestra un ápice de remordimientos.

Después de eso ha vuelto a subir y cerrado la puerta. Mi Papá Para Siempre me ha llevado al colegio.

Solo los chicos que van al Salón Cinco pueden comer con-migo esta semana. Y la señorita Carol. La señorita Carol es una profesora nueva que me sigue igual que hacía la señora Wake. No es una señora mayor. Tiene el pelo largo y unas gafas que hacen que sus ojos se vean demasiado grandes. Cuando le he preguntado a la señora Lomos que dónde estaba la señora Wake, me ha contestado que la directora decidió que era mejor que se marchara.

—¿De qué te vas a disfrazar en Halloween? —le pregunta Larry a Alison Hill.

—Aún no lo sé —le contesta mientras dibuja una cara en una calabaza anaranjada.

—Solo quedan tres días, Alison Hill —digo yo—. Mejor que te decidas ya.

—¿Y tú, Ginny? —pregunta Larry.

—Voy a ser una bruja. Gloria siempre me disfrazaba de bruja y ella se vestía así también. Las dos éramos brujas, y nos hacíamos conjuros la una a la otra en la cocina y girábamos con los calcetines para que los disfraces volaran. Luego nos montá-bamos en la escoba y volábamos al salón por el pasillo —digo yo.

—Las brujas no existen —comenta Kayla Zadambidge—. Yo voy a ir vestida de reina.

Kayla Zadambidge tiene el pelo largo. Es guapa, y va a ser una reina fantástica, así que digo:

—Vas a ser una reina fea, fea, Kayla Zadambidge. Alison Hill, tú deberías ser Janet Jackson.

—¡Ginny! —interviene la señorita Dana.

Allison Hill hace una mueca.

—¿Quién es Janet Jackson?

Dejo a un lado los paqueticos de confites que estoy pre-parando. Son anaranjados, amarillos y blancos. Pongo voz de mala.

—¿Qué demonios te pasa, Alison Hill? Janet Jackson es una de las hermanas de Michael Jackson.

La señorita Dana levanta la cabeza de la mesa.

—¡Ginny, qué es ese lenguaje! —exclama.

Larry empieza a cantar algo sobre bailar al ritmo de una música.

Alison Hill dice:

—A lo mejor debería ser un hombre lobo.

—Los hombres lobo dan miedo —digo yo.

—¿Y un vampiro?

—No. Los vampiros también dan miedo. Y además, chupan la sangre.

—¿Y alguien de Star Wars? —propone Larry.

—¡Podrías ser la Reina Amidala! —dice Alison Hill.

—¡O podrías ser R2-D2! ¡Ese tipo es *la bomba*! —exclama Larry.

Yo lo miro y digo:

—No, Larry. R2-D2 es un robot. ¿No lo entiendes? ¡Es un jodido robot!

Estoy enfadada, enfadada, enfadada.

—Ginny, vámonos —dice la señorita Dan.

Se levanta y señala la puerta. Los ojos de la señorita Carol se hacen aún más grandes durante un segundo y luego vuelven a su tamaño normal.

—¿Qué pasa con ese lenguaje, nena? —dice Larry.

—Ginny, ven a hablar conmigo al pasillo —dice la señorita Dana.

Me levanto. No respondo a la pregunta de Larry, porque sigo enfadada. Es que aún no tengo un plan, y necesito encontrar el modo de volver a Harrington Falls sin que la policía me descubra. O de ir hasta Canadá y que luego Gloria vaya a reunirse conmigo allí. O de sacar a Crystal con C de la cárcel para que pueda volver a secuestrarme, porque estoy aquí, sentada en el colegio, mientras mi Pequeña Bebé está en el apartamento con Gloria y no hay nadie, nadie que pueda evitar que corra peligro.

EXACTAMENTE LAS 4:14 DE LA TARDE, VIERNES, 29 DE OCTUBRE

—¿Sabes quién ayudó a encontrarte cuando Crystal con C te llevó? —dice Patrice.

—El hombre de la escopeta —digo.

—No. Hubo alguien más. Fue una gran suerte que el cazador te viera, y ayudó mucho llamando, pero hubo otra persona más.

Patrice se limpia la boca con una servilleta. Estamos comiendo bizcochos de chocolate.

—Cuando secuestran a alguien, hay mucha confusión —me dice—. Hubo muchas personas de todo el país que creyeron haberte visto en sitios diferentes. Cuando la gente busca a una persona perdida, comete muchos errores, así que la policía empezó a buscar patrones. Cuando recibían muchos avisos de una misma zona en la que creían haberte visto, iban a ese lugar.

—¿Quién fue la otra persona? —pregunto.

—Eso es lo más interesante. La persona que ayudó a encontrarte no te llegó a ver en realidad, pero conocía a Crystal con C y sabía que tenía una casita de vacaciones. El cazador llamó de la zona en la que está la cabaña y la policía fue allí a investigar.

—¿Quién era?

—Tu papá.

—¿Mi Papá Para Siempre sabía dónde estaba la casita?

—No. Tu Papá Biológico.

—Yo no tengo un Papá Biológico.

—Sí que lo tienes. Todo el mundo lo tiene.

No digo nada. No sé quién es mi Papá Biológico, aunque todo el mundo tenga uno. A lo mejor es porque yo no soy *todo el mundo*.

—Ginny, tu Papá Biológico nos ayudó a encontrarte. Tus Padres Para Siempre no querían siquiera mencionarlo al principio, pero ahora... Pues bien, Gloria lo dejó cuando tú naciste. Literalmente. Se marchó del hospital contigo. Se mantuvo en contacto con él a lo largo de los años por teléfono y correo electrónico, pero nunca le permitió verte. Durante la investigación conoció a tus Padres Para Siempre y ahora dice que quiere conocerte a ti.

Yo pienso un poco. Y un poco más.

—Ginny, ¿qué te parece?

—No sé.

—Es lógico. Todo está ocurriendo muy de prisa, pero quiero que sepas que tus Padres Para Siempre piensan que es genial. Piensan que es una gran idea que conozcas a tu Papá Biológico. Quieren que lo veas en cuanto estés preparada.

—¿En cuanto esté preparada?

—Sí, en cuanto estés preparada.

—¿Y eso cuándo va a ser?

Patrice se ríe.

—Conociéndote, yo diría que en dos segundos.

EXACTAMENTE HALLOWEEN — 2:05, DOMINGO, 31 DE OCTUBRE

Estamos en el estacionamiento del colegio y me estoy poniendo mi disfraz de fantasma. Es una sábana con agujeros para que mis ojos puedan ver. Iba a llevar mi disfraz nuevo de bruja, pero he cambiado de opinión, porque ya no quiero ser yo. Quiero ser invisible. Quiero ser *(-Ginny)*, porque mi Pequeña Bebé está solita con Gloria y yo no soy lo bastante lista para encontrar el modo de ir a buscarla. Sin embargo, no se lo digo a nadie. Guardo el secreto en mi cabeza.

Cuando he cambiado de opinión, mi Mamá Para Siempre comentó:

—La verdad, Ginny, si me lo hubieras dicho la semana pasada, podríamos haber comprado dos juegos de sábanas enteritos por el precio de ese disfraz de bruja, y seguirías llevando exactamente lo que llevas ahora.

Pero no era una pregunta.

Permanezco de pie al lado del auto y espero a que mi Mamá Para Siempre me ayude a enderezarme el disfraz. Empieza por abajo y va subiendo hasta arriba para que mis ojos puedan ver a través de los agujeros que hemos hecho juntas.

—Ya está —dice.

—¡Ooooooh! —digo en voz alta, porque eso es lo que dicen los fantasmas.

—Muy bien —dice mi madre—. Eres un fantasma genial.

Yo digo otra vez:

—¡Ooooooh!

Es que llevo puesto el disfraz y además me gusta hacer ruidos que asusten. Me hace sentir fuerte.

—Ahora sí —dice mi Mamá Para Siempre—. Ya es hora de entrar.

Esta es la primera vez que va a algún sitio conmigo desde que nació mi Hermana Para Siempre. Mi Papá Para Siempre se ha quedado en casa vigilándola.

Hay autos y más autos en el estacionamiento, pero dejo de contar cuando llego a nueve. Cuando llegamos a la puerta, mi Mamá Para Siempre tira de esta y la abre. Dentro se oye música. Avanzamos por el pasillo hasta el gimnasio. Allí hay niños de todo el colegio, todos disfrazados y moviéndose deprisa. Hay adornos anaranjados y negros por todas partes. Un montón de niños pequeños van disfrazados de mariposa y calabaza. Otros de trenes y autos. Hay niños más mayores vestidos como M&M, hombres lobos y zombis. Empiezo a pellizcarme los dedos.

Hay brujas y princesas. Algunos están disfrazados hasta de vacas. Y todos hacen ruido. Hay tanto ruido que no puedo soportarlo. La música está demasiado alta. Y los niños gritan e intentan asustarse unos a otros. Veo vampiros y gitanas. Veo un gusano gigante y un gato. Incluso hay niños disfrazados de bebés. Es como si todas las cosas que guardo en mi cabeza estuvieran ahí fuera. Me quito mi disfraz. Tiro de la sábana y me quedo quieta con ella en la mano.

—Ginny, ¿por qué has hecho eso? —pregunta mi Mamá Para Siempre.

—Tenemos que irnos ahora.

—¿Por qué? —pregunta ella.

—Hay demasiado ruido.

—Ginny, acabamos de llegar. Estoy intentando pasar tiempo contigo sin la bebé.

Mira hacia un lado y hacia otro, levanta un pie y vuelve a bajarlo.

—¿No quieres dar una vuelta y buscar a tus amigos? ¿A Larry y a Kayla? ¿A Alison? Seguro que la señorita Dana también está aquí.

Creo que me ha hecho una pregunta, pero no recuerdo cuál, así que no digo nada. Un niño pequeño con una máscara verde pasa corriendo a mi lado. Su hombro roza mi disfraz.

—¡Ay! —grito, y doy un paso atrás.

Alguien más choca conmigo. Yo *retrocedo* y casi tropiezo con un chico vestido de jugador de fútbol. Dice:

—¡Oye! —exclama poniendo cara de enfadado.

Yo vuelvo a *retroceder*.

—Está bien —dice mi madre entre dientes—. Nadie podrá decir que no lo he intentado. Vámonos.

Ella me tiende la mano. Antes me gustaba darle la mano, pero ya no. Porque ya no soy quien era antes, y no creo que a mi Mamá Para Siempre le guste la persona en la que me he convertido. Creo que a mí tampoco.

Salimos del gimnasio por el corredor y llegamos afuera. El aire es frío, pero me sienta bien en la cara. Halloween ya no es lo mismo que era cuando estaba con Gloria. Nada es lo mismo que era antes. Yo ya no soy Ginny.

No soy Ginny.

Soy *(-Ginny)*.

Y eso me asusta, me asusta y me asusta. Porque no conozco a esa chica.

EXACTAMENTE LAS 2:52 DE LA TARDE, MARTES, 2 DE NOVIEMBRE

M i Papá Para Siempre respira hondo.

—Ginny, por favor, deja de mirar el reloj. Estoy intentando hablar contigo.

Estamos sentados a la mesa de la cocina. Mi Hermana Para Siempre llora. Lo hace mucho. Ese ruido me da ganas de salir corriendo hacia arriba y ocuparme yo de ella, porque sé *exactamente* qué hacer para ayudar, pero no lo hago porque recuerdo la regla más importante.

—Hay dos cosas de las que tenemos que hablar —dice.

Me pongo contenta. Él está usando números, y los números me ponen contenta.

—Primero, tienes que mantenerte alejada de la habitación de tu madre. De nuestra habitación, quiero decir. Ahora ella se pasa el tiempo allí con el bebé, porque necesita intimidad. Ya no puedes entrar allí sin una razón, y no puedes quedarte delante de la puerta escuchando. Y cuando mamá baje con tu hermana, tienes que dejar de decirle cómo debe cuidarla. No más consejos sobre qué darle de comer o qué necesita. Y lo más importante de todo es que debes dejar de acercarte tanto. Dale a tu mamá un poco de espacio, ¿de acuerdo? No suelta

a la bebé en ningún momento porque sabe que te inclinarás
sobre ella y no dejarás de mirarla, y eso la asusta, Ginny. Y a
mí, también. Sé que es difícil oírlo, pero es la verdad.

—¿Cuál es la segunda cosa de la que tenemos que hablar?
Porque ya hemos terminado con la primera.

—La segunda es que tengo la primera carta —dice.

Entonces coloca sobre la mesa una hoja de papel doblada.
Tiene la cara mucho más colorada que antes, y se toma por la
mañana más pastillas ahora. Y por la noche también. A veces
se tumba en el sofá a descansar después de hablar conmigo y
cierra los ojos. Y respira hondo y despacio.

—Es de tu Papá Biológico. ¿Estás preparada para leerla?
Yo digo que sí con la cabeza.

—Conocer a tu Papá Biológico será más fácil así —dice—.
Si se escriben cartas durante un tiempo, tendrán más de qué
hablar cuando por fin se conozcan.

—¿Cuándo nos vamos a conocer por fin?

—Aún no estamos seguros. Vamos a darle un margen de
tiempo y veremos cómo marchan las cosas antes de fijar una
fecha.

El llanto cesa en la planta de arriba. Respiro hondo y estiro
mis dedos.

—¿Puedo leer la carta ahora? —digo.

—Claro.

Desdoblo el papel y leo:

Querida Ginny:
Me alegro muchísimo de tener la oportunidad de hablar
contigo. Ha pasado mucho tiempo, desde luego. Ahora ya
sabrás que soy tu papá. Conocí a Gloria cuando un amigo
mío quiso comprar un gato. Buscaba un Coon de Maine y
concertó una cita para ir a verlos a casa de tu mamá. Mi amigo no se llevó el gato, pero yo conseguí una cita. Tu madre
era la chica más lista que hubiera conocido nunca. Salimos
durante un tiempo y luego me dijo que estaba embarazada.

Yo quise casarme con ella. Incluso teníamos planes para la boda, pero se marchó contigo unos días después de que nacieras. Me fui del hospital para ir a trabajar y cuando volví aquella noche se había ido. Al parecer a Canadá. Volví a encontrarla un tiempo después en Maine, pero me dijo que no quería verme. Creo que había otro hombre de por medio y quizás drogas también. En cualquier caso, lo nuestro había terminado, así que mantuve la distancia. Los papás no tenemos derechos sobre nuestros hijos. Me mantuve en contacto con ella por teléfono y correo electrónico, pero eso es lo único que me permitió. Luego, unos años después, cambió el número de teléfono, dejó de contestar a mis correos y me borró por completo del mapa.

No obstante, de pronto me enteré de lo del secuestro, de modo que fui a la policía y les conté todo lo que podía recordar. Les dije que no me parecía que Gloria pudiera haber organizado algo así, porque a ella no se le da bien mantener la calma. Me preguntaron que quién podría haberlo hecho y les dije que su hermana Crystal. Después me acordé de la casa de vacaciones que se había comprado, y todo lo demás ya es historia.

Ese día me enteré de que ya no estabas con Gloria y te habían adoptado. Tus nuevos padres parecen buenas personas. Están dispuestos a permitir que nos conozcamos, y espero que tú también lo desees.

Te voy a contar algo sobre mí. Soy conductor de un camión. Llevo grandes tuberías de un lado a otro por la costa. No estoy mucho en casa, pero vivo en un sitio agradable y tengo una novia que se ocupa de las cosas cuando yo no estoy. Hasta tenemos un perro. Es un beagle que se llama Sammy. Sin embargo, no tenemos hijos.

Bueno, ¿qué me dices? ¿Me escribirás? Espero que lo hagas.

Tu papá,

Rick.

—Un momento... ¿por qué ha escrito eso? —pregunto, señalando la última palabra.

—¿Te refieres a *Rick*?

Yo asiento.

—Es su nombre —explica mi Papá Para Siempre.

—¿Se llama *Rick*?

—Empieza con la letra *R* —dice él—. Ya sabes como *rojo*.

—Humm... —digo yo mientras empiezo a pellizcarme la piel de alrededor de las uñas.

Rick es un nombre corto. Suena como tic o ring. *Rick* es un nombre rápido. Hace que sientas como si tuvieras un caramelo de fresa demasiado grande en la boca, o como si tuvieras en ella algo pequeño y brillante de plástico rojo.

—¿Cómo te sientes? —me pregunta mi Papá Para Siempre.

—Siento hambre —digo yo—. Y siento que debería beber algo. Debería ver un DVD en mi habitación y *tomar alguna bebida*. ¿Cuándo viene Rick?

—No va a venir, pero quiere saber si le vas a escribir. ¿Quieres escribirle una carta?

—Bueno. Pero hoy no. No está en mi lista.

—Podrías ponerlo en tu lista si quisieras —dice él—. Yo puedo ayudarte a escribirla.

Digo que no con la cabeza.

—A lo mejor mañana. ¿Puedo ver mi vídeo ahora?

—¿No quieres hablar de la carta?

—No.

Porque no quiero. Ya la he leído y sé lo que dice. Dice que conduce un camión y que quiere conocerme. Seguro que el camión tiene mucho sitio para todas mis cosas. Necesito tiempo para meterme en mi cabeza y pensar.

—Necesito ver un vídeo ahora —digo y me levanto.

—De acuerdo —dice mi Papá Para Siempre—. Puedes ver un vídeo. Ya hablaremos de esto en otro momento.

—Y necesito beber algo.

—Ahora te lo preparo.

EXACTAMENTE LAS 9:08 DE LA NOCHE, MARTES, 2 DE NOVIEMBRE

Me encuentro en la cama pensando. Tengo mi mantita extendida sobre el estómago y las piernas. Estoy tumbada boca arriba.

Necesito decirme en mi cabeza lo que sucede justo después de que haya ocurrido. Necesito decírmelo a mí misma porque me ayuda a comprender. Por eso me hablo dentro de la cabeza. Es como llevar un diario, pero escribir no se me da muy bien. Antes lo decía en voz alta, cuando estaba en el apartamento, pero Donald decía que lo volvía completamente loco. Así que me dijo que debía mantener la boca cerrada y no andar por ahí con ella abierta, porque me hacía parecer una cavernícola. Nadie puede escuchar lo que digo dentro de mi cabeza, porque ahí es donde mi cerebro está. Eso me ayuda a hacer cosas cuando nadie mira. Como cuando buscaba los paqueticos de mayonesa y kétchup en la basura cuando Gloria y Donald o alguno de sus otros amigos hombres estaban arriba.

Sin embargo, ahora tengo que prepararme para escribirle una carta a Rick. No puedo limitarme a decir las palabras dentro de mi cabeza y dejarlas ahí. Tengo que escribirlas en un papel. Escribir es un trabajo difícil, pero necesito hacerlo

porque debo conseguir que Rick me lleve a Canadá. Seguro
que él también tiene doble nacionalidad como Gloria y Crystal
con C. Y como yo. Pero tengo que lograr que le diga a Gloria
que se reúna con nosotros allí. Ese es mi nuevo plan secreto.

Así que esta noche diré las palabras de la carta en mi cabeza
y mañana le pediré a mi Papá Para Siempre que me ayude a
escribirlas. La carta va a decir *exactamente* esto:

Querido Rick:

No me gusta el nombre Rick. No te ofendas. Solo lo digo.
A lo mejor podríamos llamarte Richard, o Kevin, o incluso Bobby. No podemos llamarte Michael Jackson porque
Michael Jackson es mi cantante y bailarín favorito del mundo entero. Tengo una foto suya en la pared de mi habitación
además del calendario. Él es mi mayor fan.

Te escribo una carta porque lo he puesto en mi lista.
Quiero que vengas, me subas a tu camión y me lleves a
Canadá. Dile a Gloria que vaya allí con mi Pequeña Bebé y
que se reúna con nosotros. Podemos vivir allí todos juntos,
a menos que quieras volver a vivir con tu novia y Sammy.
Me parecería bien. Si no puedes venir ahora, por favor, ve
a Harrington Falls para ver si mi Pequeña Bebé está bien.
Gloria necesita ayuda para cuidarla. No dejes que se vaya
unos días como hace siempre. Ayúdala como hacía Crystal
con C. Enséñale a cambiarle los pañales y a darle mucha
comida. Lleva tú un cartón de leche, porque no habrá en el
refrigerador. Y aunque es demasiado pequeña para entenderlo, por favor, dile a mi Pequeña Bebé que siento lo de la
maleta. Intenté evitar que corriera peligro, pero me asusté
cuando vino la policía.

Algo que deberías saber sobre mí es que me pongo
como loca cuando alguien me dice que va a hacer una cosa
y luego no lo hace. Deberías subrayar esta parte y guardar
una nota en tu bolsillo para no olvidarla. No tardes en escribir para que pueda saber si vas a ayudarme o no. Además,

tenemos que encontrar el modo de que mis Padres Para Siempre me dejen irme contigo. No creo que secuestrarme pueda funcionar esta vez.

Afectuosamente,

Ginny Moon.

Digo la carta una y otra vez hasta que dice *exactamente* lo que yo quiero que diga. Mañana le pediré a mi Papá Para Siempre que me ayude a escribirlo todo.

EXACTAMENTE LAS 4:17,
MIÉRCOLES, 3 DE NOVIEMBRE

Cuando iba esta mañana al colegio he mirado por la ventanilla del autobús hacia el lugar en el que vi el Auto Verde el 14 de septiembre. Hubiera querido verlo, pero no estaba allí. Recuerdo cuando iba en el Auto Verde cerca de la ventanilla que estaba rota. El plástico se movía hacia dentro y hacia fuera, y a veces Gloria se detenía para ponerle más cinta adhesiva. En ocasiones también dormíamos en el auto cuando íbamos a alguna parte. Gloria decía que era como ir de acampada, pero mucho más divertido, porque cuando vas de acampada tienes que dormir en el suelo. *Y no queremos dormir en el suelo, ¿verdad?*, decía. Yo no contestaba, porque todavía no hablaba. Aprendí a hablar cuando tenía cinco años.

De eso hace ya mucho tiempo.

Y ahora un hombre que se llama Rick dice que es mi Papá Biológico. Me gustaría conocerlo, pero antes necesito convencerlo de que me lleve a Canadá.

Salgo de mi cabeza. Estoy de pie en el último peldaño de la escalera esperando a que mi Mamá Para Siempre se dé la vuelta en la cocina. No quiero decir nada, porque no quiero que se enfade. Mi Hermana Para Siempre está durmiendo, y por eso mi madre se encuentra abajo. Baja a veces cuando cree que no estoy en casa, o cuando estoy en mi habitación con la puerta cerrada. No la he visto desde hace tres días.

—¿Me estás vigilando, Ginny? —me dice sin darse la vuelta.

Voy a contestar, pero me quedo callada. Estoy empezando a olvidarme de cómo hablar con ella. Ahora solo sé hablar con mi Papá Para Siempre.

—Ginny, te he preguntado si me estás vigilando.

—Estoy esperando a que te des la vuelta.

—¿Y me estás vigilando mientras esperas?

Vigilar significa mirar con los ojos durante mucho rato sin moverse. Hay personas que dicen que eso es *tedioso*.

—Sí —digo, y bajo la cabeza—. Lo siento.

Mi madre se da la vuelta. Saca una sartén y la pone al fuego.

—Está bien. ¿Qué hay?

No se refiere a qué hay por allí, así que intento con todas mis fuerzas no mirar a mi alrededor.

—Le he escrito una carta a Rick —digo—. He usado mi mejor caligrafía.

Cuando digo Rick suena tonto y raro, como si hubiera una caca en el suelo y todo el mundo la estuviera mirando. A veces yo también me siento así.

—Lo sé —dice ella—. Me lo ha dicho tu papá. ¿Quieres leérmela?

—Sí.

Y la leo.

Querido Rick:

Me llamo Ginny y tengo catorce años. Me encanta Michael Jackson. Murió el 25 de junio de 2009. Se mueve como nadie. También me gusta escuchar a Diana Ross. ¿Sabes lo que hizo? Un dueto con Michael Jackson.

Me alegro de que podamos escribirnos cartas. No sabía que tuviera un Papá Biológico, aunque todo el mundo tiene uno. ¿Puedes venir a visitarme?
Atentamente,
Ginny Moon.

He descubierto hoy que no puedo decir lo que de verdad quiero decir en la carta cuando mi Papá para Siempre me ha ayudado a escribirla. Hoy hemos dedicado *exactamente* veintitrés minutos a hablar y a escribir. Empecé como lo había pensado anoche en mi cabeza, pero entonces me di cuenta de que iba a tener que cambiarlo. Ya le diré a Rick lo que tengo que decirle cuando venga a visitarme. Se lo diré bajito al oído. Será nuestro *pequeño secreto*, que es algo que oí en una película.

Mi mamá me dice:

—¿Realmente piensas que estás preparada para conocerlo? Yo asiento.

—Eres muy confiada. ¿No quieres saber qué clase de persona es? Por lo que puedas deducir de sus cartas, quiero decir.

No sé lo que significa *qué clase de persona es* o *deducir de sus cartas*, así que no digo nada.

—¿No quieres saber si puedes confiar en él? —me pregunta.

—¿Cómo puedo saber si puedo confiar en él? —digo yo.

Se ríe. Me sorprende su risa, pero me gusta como suena.

—Supongo que tienes razón. Por ahora, enviemos la carta. Déjala en la encimera. La pasaremos a la computadora y se la enviaremos en un correo electrónico. Aún no podemos dejar que te acerques a una computadora. La escribiremos nosotros y se la enviaremos, y vamos a ver qué dice él cuando conteste. Si todo nos parece bien, concertaremos una visita. En el parque, seguramente. ¿Sabes una cosa? Es posible que conocer a tu Papá Biológico sea bueno para todos. ¿Quién sabe qué puede depararnos el futuro?

Se me ocurren un montón de nombres de personas que podrían saberlo, pero no digo ninguno. Mi Mamá Para Siempre apaga el fuego y echa los huevos revueltos en un plato. Recuerdo

que Crystal con C me dejaba comer de los huevos que se pre-
paraba, pero mi mamá no pone el plato en la mesa. Solo saca un
tenedor del cajón y toma un bocado. Mastica y traga.

—¿Cómo te sientes ahora que has escrito la carta? —me
pregunta.

—Me siento como si pudiera comer algo.

Ella se limpia la boca con una servilleta.

—Quiero decir que cómo te sientes sobre lo que has escrito. ¿Estás contenta? ¿Quieres añadir algo más antes de que le
enviemos la carta a Rick?

—Querría añadir algunos bufidos —digo, aunque *bufar* no
es lo mismo que *decir algo*—. Como lo hago en el colegio.

Eso es lo que hacen los Coon de Maine cuando conocen a
alguien. Cuando yo lo hago, me siento fuerte. Hago muchas
cosas que hacen los Coon de Maine.

—Un momento... ¿tú le bufas a la gente en el colegio?

—Sí —respondo.

—¿Cuándo lo haces?

—En el almuerzo y cuando la gente se ríe de mí o me dice
cosas feas. A veces gruño, pero bufar es más fácil.

—¿Por qué no nos lo has dicho? ¿Cuán a menudo le bufas
a la gente?

Son dos preguntas juntas, y mi Mamá Para Siempre ha
empezado a hablar deprisa y más fuerte. Yo empiezo a pellizcarme los dedos.

—Ginny, bufarle a la gente no está bien —dice—. No puedes volver a hacerlo. Nunca. Va contra las reglas.

Yo miro para otro lado y digo:

—¡Demonios!

—¿Qué es eso de *demonios*?

Levanto las manos como lo hizo Crystal con C y luego
vuelvo a dejarlas caer.

—¡Me gusta bufarle a la gente! ¡Se ríen cuando lo hago!
¡Luego ellos me bufan a mí y una profesora los oye y les dice
que me dejen en paz!

—Ginny, se están riendo de ti. Resulta muy raro que andes bufándole a la gente. Eso solo lo hacen los gatos.

—¡No! ¡Yo también lo hago!

Y es verdad al cien por cien. Hace mucho tiempo que aprendí a hacerlo.

—Lo que quiero decir es que solo los gatos están *supuestos* a hacerlo. Las niñas, no. Nunca. No puedes comportarte como un animal salvaje.

—¡Demonios! —vuelvo a decir, secándome los ojos—. ¡Me voy a mi habitación! ¡Ya no quiero jugar a las damas! ¡Solo quedarme arriba!

EXACTAMENTE LAS 8:05 DE LA MAÑANA, JUEVES, 4 DE NOVIEMBRE

En nuestra aula, la señora Henkel me pregunta qué tal me va el día, de modo que le digo:

—Mi Papá Biológico me ha escrito otra carta anoche, así que le he vuelto a escribir.

Toda la clase me mira y se queda en completo silencio. Nunca los había oído tan callados como ahora.

— Ginny, ¿no te referirás a tu Papá Para Siempre?

—No —le digo—. Me refiero a Rick. Es el hombre al que Gloria abandonó en el hospital. Lleva un camión.

—Querrás decir que conduce un camión.

—No, Sarah. No es eso lo que quiero decir. ¿Te parece que no sé bien lo que digo? Es *mi* Papá Biológico, no el suyo.

—No llames a la señora Henkel por su nombre de pila —me susurra la señorita Carol, y parpadea varias veces con sus enormes ojos.

Los chicos de la clase permanecen completamente callados. Me gustan más así.

—¿Has estado hablando con tu papá? —pregunta ella.

—Sí.

—¿Lo sabe la señora Lomos?

— Sí —digo otra vez, y veo que la señorita Carol asiente mirando a la señora Henkel.

Exactamente a las 10:08, durante la clase de estudios sociales, tengo que ir al baño. La señorita Carol viene conmigo también. Cuando vuelvo a clase, Michelle Whipple dice:

—Ginny, ¿tú llevas un camión?

—No, yo no llevo un camión. Mi Padre Biológico es el que lleva un camión. Yo no puedo hacerlo porque soy una niña —le contesto.

Michelle Whipple se ríe así que le bufo, aunque sé que no debería hacerlo. Entonces ella me dice:

—¿Qué? ¿Es que vas a arañarme?

—No. ¿Qué crees que soy? ¿Un gato?

—¡Pues lo pareces! —contesta riéndose.

Veo que sus ojos me observan mientras se ríe, y yo quiero quemarla con mi mirada como Cíclope, o clavarle las garras como Wolverine, o hacer que caiga fuego sobre ella, pero no tengo superpoderes ni cerillas, así que la *ataco*.

Como no quiero que Michelle Whipple me vuelva a mirar, voy a sacarle los ojos. La agarro por el pelo y tiro con fuerza. Intento sujetarla y que no se mueva, porque si se mueve no puedo acercar las manos a su cara. Vuelco una silla y empujo una mesa que me estorba. Gruño, enseño los dientes y araño como Bubbles. La cabeza de Michelle Whipple se zarandea hacia delante y hacia atrás, y grita mientras intenta apartar mis manos con las suyas, pero la estoy atacando como un chimpancé y en unos segundos tendré uno de sus ojos en mi mano.

La señorita Carol me agarra antes de que pueda sacárselo. Me aparta de Michelle Whipple y me sujeta para que no pueda moverme. Sigo estando muy enfadada, pero no con la señorita Carol, así que dejo de moverme.

Sin embargo, Michelle está gritando:

—¡Estás loca, zorra! ¡Estás loca!

Lo grita una y otra vez, así que yo también le grito:

—¡Ya basta, Michelle Whipple! ¡Estás lastimando mis oídos! ¡Esto es *tedioso*!

EXACTAMENTE LAS 3:31,
VIERNES, 5 DE NOVIEMBRE

Me han expulsado del colegio temporalmente, así que me he quedado en casa. Ahora estoy hablando con Patrice.

—Tus Padres Para Siempre me han dicho que tuviste una pelea en el colegio. ¿Puedes contarme lo que ocurrió?

—Michelle Whipple me hizo enfadar.

—¿Ah, sí?

—Me dijo que me parecía a un gato.

—*¿Y te parecías a uno?* Recuerdo que hacías ruidos de gatos hace unos años, cuando estabas con Carla y Mike.

Carla y Mike fueron mis primeros Padres Para Siempre. Me escapé de su casa cuando tenía nueve años. Les dije que iba a salir a jugar y de camino a la puerta me llevé el bolso de Carla, porque tenía dinero y una tarjeta de crédito. Estuve caminando, intentando encontrar un mapa que me ayudara a volver al apartamento de Gloria, pero había tantos autos que me sentí confusa, y además no sabía en qué ciudad vivía. La policía me encontró y me llevó al hospital, y luego me llevaron otra vez con Carla y Mike. Ahora sé que Gloria vive en Harrington Falls, pero no puedo ir allí pues la policía me encontraría. Es lo que dijo Crystal con C. Por eso necesito pedirle a Rick que me ayude con mi plan secreto.

—¿Ginny?

—¿Qué?

—¿Has dicho que estabas haciendo ruidos de gatos?

Yo asiento.

—Parece que estamos volviendo a las viejas costumbres. Tendremos que hablar más de ello, pero por ahora, cuéntame qué tal te va con la Bebé Wendy. ¿Ya la ves más a menudo?

Yo niego con la cabeza.

—Quiero verla, pero siempre está arriba con mi Mamá Para Siempre.

—¿Echas de menos a tu Mamá Para Siempre?

Contesto que sí con la cabeza.

—Ella está preocupada, Ginny. Tu mamá está preocupada de que le hagas daño a la bebé.

Me pellizco los dedos. Me acuerdo del bebé electrónico de plástico. Lo que le hice. Con la boca digo:

—No voy a hacerle daño a la bebé.

—Ya lo sé. Y también está lo que hiciste antes, al darle tu dirección a Gloria y hacer que te raptaran. Los periodistas le hicieron pasar un rato bastante malo a tus Padres Para Siempre cuando tú no estabas. Acababan de volver a casa con su bebé e intentaban aprender a ser Padres Para Siempre primerizos, pero la policía y todas esas furgonetas de los periodistas...

Patrice deja de hablar. Le doy un mordisco a una galleta con trozos de chocolate. Le doy otros dos mordiscos más y empujo el resto para que me quepa dentro de la boca.

—Mira —dice Patrice—, discutes con tu mamá todo el tiempo, te metes en peleas en el colegio y no dejas de intentar escabullirte escaleras arriba para darle de comer a Wendy... ah, sin olvidarnos del juicio, que va a celebrarse pronto. Tus Padres Para Siempre tendrán que testificar. Pues bien, todo eso junto es demasiado. En buena parte resulta comprensible, teniendo en cuenta por lo que has tenido que pasar, pero para ella es simplemente demasiado. ¿Lo comprendes?

No lo comprendo, de modo que no digo nada.

Patrice mira hacia abajo. Luego me mira a mí y después vuelve a mirar hacia abajo.

—Esperamos que de verdad te guste Rick —dice—. De verdad que lo esperamos. ¿Has traído la carta que te ha enviado esta mañana? ¿Te la imprimieron tus Padres Para Siempre para que pudieras leerla?

Eran dos preguntas al mismo tiempo, pero aún así digo que sí con la cabeza.

—¿Podemos leerla juntas?

La saco. La llevo en el bolsillo de atrás plegada en ocho rectángulos. La abro y se la doy a Patrice. Ella la lee en voz alta.

Querida Ginny,

Sí, pienso que sería bueno que nos viéramos pronto. A lo mejor, si todo sale bien, puedes venir de visita y quedarte unos días con tu viejo. Ver cómo es y darle a todo el mundo un respiro. No vivo demasiado lejos. Ahora estoy en la carretera y no volveré hasta dentro de dos semanas. Es un viaje largo. Luego tendré unos días de descanso y volveré a salir el domingo. A lo mejor podemos encontrar un momento para vernos en el parque, como dijo tu nuevo papá.

Dime, ¿te gusta ver el fútbol? Estoy casi seguro de que no, pero si te gustara no sé cuál será tu equipo favorito. Ya sé que te gusta mucho Michael Jackson. ¿Practicas algún deporte en el colegio?

Tu viejo,

Rick.

—Él no vive muy lejos —digo.

—Cierto —confirma Patrice.

—Podría ir a verlo cuando vuelva y darle a todo el mundo un respiro.

—Sé que todo esto es genial, pero tendrás que reunirte con Rick unas cuantas veces antes de poder ir a su casa.

Yo bajo la mirada. Estoy pensando.

—Ginny, ¿sabes qué significa la palabra *respiro*? —me pregunta.

Yo contesto que no con la cabeza.

—Significa *tomarse un descansito*. Sé que es muy pronto, pero como ya te he dicho... en fin, tus Padres Para Siempre esperan que una vez que hayas conocido mejor a Rick puedas ir a tomarte un *respiro* con él. Así ellos podrían pasar un tiempo solos con Wendy y tú podrías conocer a tu Papá Biológico. ¡Está tan feliz de haberte encontrado al fin! Y después... bueno, ya veremos. ¿Qué opinas?

Yo afirmo con la cabeza tres veces.

—Sí —digo—, creo que es una gran idea.

Sin embargo, Rick no estará en su casa hasta dentro de *aproximadamente* dos semanas. No sé si mi Pequeña Bebé estará segura con Gloria hasta entonces.

—A mí me parece un poco pronto, la verdad, pero es una alternativa mejor a la otra que estaban pensando tus Padres Para Siempre. Así que te vas a encontrar con Rick el sábado 20.

Yo me siento más erguida.

—¿Dónde me voy a encontrar con él?

—En el parque, como propuso él. Hacia la hora de comer. Tú irás con tus Padres Para Siempre el sábado 20 y tu abuela vendrá a cuidar a Wendy.

—La semana que viene empiezo a jugar al baloncesto —le digo a Patrice.

—Ah, es verdad. Las Olimpiadas Especiales empiezan este mes. A lo mejor podrías hablarle de eso a Rick en tu próxima carta. Incluso podrías invitarlo a que fuera a ver uno de tus partidos.

Me imagino a Rick dentro de mi cabeza. Mi Papá Biológico. Está sentado en las gradas del colegio viendo cómo hago tiros de gancho, en suspensión y bajo el aro. Rick no es un hombre grande. Va a ser un hombre pequeño, de hombros menudos, pelo negro largo y nariz pequeña. Sonreirá todo el tiempo y llevará unos calcetines muy, muy blancos y zapatos negros. Y unas enormes gafas de sol.

Será mi mayor fan.

—Y deberíamos hablar de la entrevista —dice Patrice.

Salgo de mi cabeza, me aseguro de tener la boca bien cerrada y miro hacia el techo como si no hubiera oído nada. Porque no quiero ir a la *entrevista*. Cuando pienso en la *entrevista* me dan ganas de meterme en una maleta y cerrar la cremallera. Porque en la *entrevista* tendré que hablar con un *detective* y contarle todo lo que hizo y dijo Crystal con C. En lugar de ir al juicio. Pero yo no quiero hablar con el *detective* aunque haya un montón de trabajadoras sociales con él. Pues *detective* es otra palabra para referirse a un *policía*.

—No falta mucho para la fecha —dice Patrice—, pero a lo mejor podemos hablar de eso por teléfono dentro de un par de días. ¿Te parece bien?

Salgo rápidamente de mi cabeza.

—Sí, me parece bien —digo.

EXACTAMENTE LAS 8:24 DE LA MAÑANA, LUNES, 8 DE NOVIEMBRE

Las secretarias en la oficina de mi colegio miran a mi hermana y sonríen. Ella está sobre el mostrador, dormida en su silla para el auto.

Mi mamá se encuentra de pie junto al mostrador y sonríe, mientras que las secretarias ponen la boca en forma de O y dicen:

—¡Oooh!

—¡Qué mooona!

—¡Qué booonita!

Es como si solo recordasen el sonido de esa vocal.

Yo estoy sentada en un banco largo, junto a una papelera. Hay muchos papeles arrugados dentro y los restos de madera de sacarle punta a un lápiz. También un envoltorio de una barrita de cereales y canela y el corazón de una manzana mordida y ya marrón al que le quedan *exactamente* dos mordiscos por el lado que yo puedo ver.

—¿Cómo está tu marido? —pregunta una de las secretarias.

Es la mayor. Sé que no le gusto en lo absoluto. Esta aquí cada vez que vengo a la oficina del director. Siempre me dice que me siente en el mismo sitio: la esquina más alejada del largo banco de madera que queda frente a la pared de cristal que da al pasillo. Es como si ese sitio al final del banco fuera solo para mí.

—Tengo entendido que les ha costado encontrar a alguien que lo sustituyera en el instituto. Y dicen que tiene los días de permiso *justos* para cubrir el resto del año. Está haciendo lo correcto, por supuesto. Eso nadie va a cuestionarlo, pero es que todo un año escolar es mucho tiempo. ¿Y tú? ¿Puedes ocuparse sola tu compañera de todos tus pacientes? ¡Cuánto me alegro de que hayas venido con el bebé!

Me lanza una mirada furtiva. Como si fuera un perro que se hubiera comido los zapatos de alguien. Yo frunzo el ceño.

—Él está bien —dice mi Mamá Para Siempre—. Hoy está en el médico. Tiene la presión alta. Por eso he venido yo a ocuparme de la matrícula de Ginny. Y sí, la doctora Win se está ocupando de mis pacientes por ahora. No sé qué haría sin ella.

Entonces la otra secretaria dice:

—¡Creo que alguien se está despertando!

El pie de mi Hermana Para Siempre se mueve y las dos secretarias respiran hondo y contienen el aliento. Sus ojos y sus bocas se ensanchan y se congelan.

Mi Hermana Para Siempre vuelve a dormirse.

Entonces las secretarias vuelven a hablar.

—¿Come cereal de arroz? ¿Duerme bien por las noches? ¿Sabes? Yo les hacía a mis hijas una papilla de arroz y se las daba en un biberón antes de...

Recuerdo a mi Pequeña Bebé. Nunca comió cereal de arroz y nadie le sonrió. Tampoco tuvo una sillita para el auto, ni una mamá que la arropara con una preciosa mantita.

Mi pierna empieza a dar patadas con el talón en la pata del banco.

—Ginny, ¿quieres dejar de hacer eso, por favor? —dice mi Mamá Para Siempre sin mirarme, porque está mirando a mi Hermana Para Siempre, que permanece dormida como una muñeca, o como un gato muerto o algo así. Como un bebé electrónico de plástico que ni siquiera se moviera. No entienden que cuando un bebé duerme hay que dejarlo tranquilo e ir a buscar comida. Tienes que buscar algo que puedas masticar tú con tu boca hasta que esté lo bastante blando para que puedas ponérselo en la boca a tu bebé y ayudarlo a tragarlo. Tienes que buscar algo de comer para que tu propio estómago no esté tan vacío. Y estirar los brazos hacia adelante y hacer girar los hombros, porque has tenido a tu bebé en brazos tanto tiempo para que no llore que te duele todo el cuerpo mucho, mucho.

—¡Ginny, basta! —dice mi Mamá Para Siempre.

Doy una última patada fuerte y mi pierna impacta con la papelera. Hace un ruido estridente y se vuelca. Me alegro. Los puñitos de mi hermana se alzan por encima del borde de la silla del auto. Las secretarias y mi Mamá Para Siempre contienen el aliento y la miran. Luego me miran a mí. Con caras enfadadas.

—Ginny —dice mi Mamá Para Siempre—, ¿puedes quedarte sentada y tener paciencia, por favor? Y recoge esa papelera. Casi despiertas a Wendy.

Me levanto y me agacho para poner de pie la papelera. Vuelvo a meter en ella los papeles arrugados. Recojo el corazón de la manzana. Por el otro lado hay un mordisco entero que no había visto. Me gustaría esconder lo que queda de la manzana detrás de la espalda, pero no lo hago debido a que todo el mundo me está mirando. Patrice me explicó cómo le da de mamar mi madre a la Bebé Wendy, pero yo sigo pensando que tengo que buscar comida para masticársela y ayudarla a comer.

Miro el corazón de la manzana. Me tengo que esforzar para tirarlo a la basura.

—¿Qué tal te sientes siendo la hermana mayor por primera vez, Ginny? —me pregunta la secretaria más joven.

Es una pregunta que no debería haber hecho, porque no sé cómo contestarla. Para hacerlo, tendría que tener nueve años y estar al otro lado de Para Siempre. Tendría que irme de este lado para volver al otro.

—¿Ginny?

—¿Qué?

—¿Te gusta ser hermana mayor?

Respiro hondo. Y con la cabeza digo que sí.

EXACTAMENTE LAS 5:53 DE LA TARDE, MIÉRCOLES, 10 DE NOVIEMBRE.

Estoy en el auto de camino a las Olimpiadas Especiales con mi Papá Para Siempre. Llevo mi camiseta azul y pantalones cortos de deporte, esos con los que se me ven las zapatillas deportivas y los calcetines. Los cordones están bien atados y apretados. Estoy *preparada para lo que sea*.

Cuando llegamos al estacionamiento del colegio hay un montón de autos. Es de noche, así que no se ve muy bien. Mi Papá Para Siempre me recuerda que no debo abrir la puerta y bajarme sin más. Tengo que esperar a que sea él quien me la abra. No es una buena idea echar a correr en un estacionamiento, ya que un auto podría darte un golpe, o una furgoneta, o incluso una moto. Las motos son *extremadamente peligrosas* si no llevas casco.

Mientras camino pienso en Gloria. Si supiera que mi entrenamiento es todos los miércoles a las seis, a lo mejor venía a verme. Puede que incluso tratara de secuestrarme. Ella es lo bastante *impulsiva* como para intentarlo. Y entonces se metería en líos con la policía. De modo que miro a mi alrededor. No veo el Auto Verde por ningún lado, pero sí observo un auto de la policía. Me acerco a mi Papá Para Siempre. Él saluda con la mano al policía que está en el auto y el policía le devuelve el saludo. Yo pongo cara de enfadada y me cruzo de brazos.

Vamos al gimnasio del colegio. Cuando llegamos, veo a Brenda Richardson y a sus padres. Brenda Richardson es una niña nueva que va al Salón Cinco. Veo a Larry y a Kayla Zadambidge y a muchos otros niños. No sé sus nombres. Sus cabezas son tan distintas y se mueven tanto que no puedo contarlos. Larry me ve y me saluda levantando una de sus muletas.

La señorita Dana es una de las entrenadoras. Nos enseña a organizarnos con los compañeros y a pasar el balón hacia delante y hacia atrás. Nos enseña a lanzar tiros bajo el aro y tiros libres. Nos enseña a levantar los brazos para que los del otro equipo no puedan pasar el balón. Hay mucho que aprender, pero a mí se me da bien aprender, así que me gusta. El otro entrenador es Dan. Es muy agradable, pero como es un hombre, no hablo con él. Solo hablo con la señorita Dana. Todo el mundo en las Olimpiadas Especiales se abraza cuando comete un error, pero como a mí no me gustan los abrazos, choco la mano con los demás. Me encantan las Olimpiadas Especiales. Es como si Bubbles se encontrara con un montón de chimpancés, o Michael Jackson cuando niño se encontrara con sus hermanos, o Michelle Whipple se encontrara con un montón de Michelle Whipples, aunque Michelle Whipple sea *una comemierda*, pero esa es solo una frase hecha. Porque una persona no puede comer mierda en verdad. Sin embargo, las Olimpiadas Especiales son lo mejor. Son *la bomba*, que es lo que dice Larry, y no puedo esperar para volver el miércoles de la semana que viene *exactamente* a las seis en punto, después de la cena.

Alison Hill me lanza el balón y este rebota hacia el fondo de la cancha. He estado entrenando solo un poco, pero necesito beber algo.

Veo a mi Papá Para Siempre y camino hacia él. Son *exactamente* las 6:13. Está sentado en las gradas con otros Padres Para Siempre, hablando con un hombre que lleva una cazadora de

piel de los Patriots y una gorra de cuero de los Patriots. Le pido
a mi Papá Para Siempre la botella de agua.

Me la da y yo tomo un sorbo.

—¿La estás pasando bien?

—Sí —digo cuando he terminado de beber.

Si hablas mientras bebes el agua se te cae de la boca. Con
el jugo pasa lo mismo. Y con la leche. Cuando la leche se te
cae de la boca, tienes que limpiarla rápidamente con un trapo y
chuparlo. En mi cabeza veo a mi Pequeña Bebé acostada sobre
mi mantita.

Entonces recuerdo. Recuerdo lo que se supone que debo
estar haciendo. Debería estar en el apartamento cuidando a mi
Pequeña Bebé. En el apartamento, o en Canadá. Pero cuidando de ella. No debería estar jugando.

Alguien grita mi nombre. No sé quién es y no me importa,
porque estoy sumergiéndome en mi mente.

—La señorita Dana te ha enseñado un pase nuevo hoy, ¿eh?
—dice mi Papá Para Siempre.

Yo no lo veo.

—Tengo que volver —digo.

—De acuerdo.

Me vuelvo y doy dos pasos.

—¿Ginny?

Salgo de mi cabeza y miro a mi alrededor. Veo las gradas,
las luces y el gimnasio a mi alrededor. Estoy confusa.

—¿No olvidas algo? —pregunta mi Papá Para Siempre.

Miro mis manos. Sigo llevando la botella en la mano, así
que se la doy. Él se ríe y yo sonrío un poco. Entonces oigo otra
voz. El hombre de la chaqueta de cuero de los Patriots se está
riendo con nosotros, pero se ríe más de lo que yo quiero que lo
haga. Más de lo que debería hacerlo. No es una risa perversa,
pero se está riendo demasiado.

Lo miro con dureza. Deja de reírse y aparta la mirada.

—Ah, casi se me olvida —dice mi Papá Para Siempre—.
He estado hablando con los abuelos. Me han preguntado si

querrías pasar unas horas en su casa el sábado mientras mamá y yo vamos a algún sitio. ¿Qué te parece?

—No puedo quedarme a dormir el sábado 20 de noviembre —digo. El hombre de la chaqueta de cuero de los Patriots mira hacia el techo—. Tampoco el viernes 19 de noviembre, porque el sábado voy al parque a conocer a Rick y el viernes tengo que prepararme.

—Qué bien que te acuerdes —dice mi Papá Para Siempre—, pero yo me refiero al sábado próximo, al día trece. Y ya que lo mencionas, ¿cómo te sientes con lo de conocer a Rick?

—Me parece una idea genial.

—Bien. ¡Ahora regresa a la cancha, que quiero ver esos supermovimientos de baloncesto que haces!

Vuelvo a la cancha y la señorita Dana me da el balón para que yo se lo pase a Alison Hill. Miro de nuevo hacia las gradas. Mi Papá Para Siempre sigue hablando con el hombre de la chaqueta de cuero de los Patriots. Sigo sin saber quién es, pero me siento diferente cuando lo miro. Me entran ganas de bufar.

EXACTAMENTE LAS 6:44 DE LA MAÑANA, VIERNES, 12 DE NOVIEMBRE

Me encuentro en la Casa Azul, aunque debería estar en el colegio. Hoy no he asistido al colegio porque tenía que ir a la *entrevista*. Con mi Papá Para Siempre. Nos iremos en cuanto acabe de desayunar.

Voy al baño para cepillarme los dientes y hacer pis. A continuación miro la pizarra blanca. Está en la pared de al lado de la cocina, de camino al comedor. Mi Papá Para Siempre la colgó ahí cuando dejó de trabajar en el colegio para cuidar de mí lo que queda de curso. Él dice que la pizarra me ayuda a *ordenar mi día* y a no *sentir ansiedad*. Cada día escribe ahí lo que vamos a hacer. Hoy ha escrito: *Ir a Wagon Hill*, y luego *Ir a la entrevista*, y luego *Salir a almorzar*, y luego *De vuelta a casita, que es así y así, que por la chimenea sale el humo así y así*.

Esa es la letra de una canción infantil.

Vamos a ir a Wagon Hill para hacer ejercicio. El ejercicio hace que nos sintamos mejor, según dice siempre mi Papá Para Siempre.

—Y hoy, necesito que te sientas muy bien para que podamos llevar a cabo la entrevista.

Voy a la mesa y me siento en mi sitio. Al lado de mi leche hay dos tostadas, un yogur de vainilla y un plato con nueve uvas.

—¿A qué parte de Wagon Hill vamos a ir? —pregunto.

No me gusta ir a Wagon Hill, porque siempre vamos a pasear allí. Hay montones y montones de caminos allí y todos se unen, así que nunca sabemos cuándo vamos a terminar, hasta que alguien dice que *ya es hora de irse a casa*. Pero yo nunca sé cuándo va a ser eso.

—Ah, probablemente solo a dar un paseo corto. No te preocupes, porque tenemos que volver al auto a las nueve y media para llegar a tiempo a la entrevista, así que el paseo durará solamente lo que nos permita estar en el estacionamiento a esa hora.

Me gusta que mi Papá Para Siempre me ayude a saber cuándo vamos a hacer las cosas. Eso hace que me sienta tranquila y segura.

Cuando llegamos a Wagon Hill aparcamos el auto y salimos del estacionamiento. Hay grandes campos abiertos por todas partes, con un río más allá de los árboles y una vieja carreta en lo alto. Hay caminos que atraviesan los campos. En verano, la hierba es tan alta que los caminos parecen un laberinto. Y alguien la corta con un cortacésped gigante.

—¿Quieres que vayamos hasta el río, o a ver la carreta? —me pregunta mi Papá Para Siempre.

Lleva su cazadora verde y respira fuerte, porque estamos caminando.

—Si vamos al río, ¿podemos nadar?

—Ginny, hace un buen día para ser el mes de noviembre, pero hace mucho frío para nadar.

—Si vamos hasta la carreta, ¿podemos dar un paseo en ella? —le pregunto entonces.

Vuelve a decir que no, porque la carreta es una antigüedad y no tiene caballos.

—¿Cómo voy a saber a dónde quiero ir si no hay nada divertido que hacer en ninguna parte? —le digo.

—Es que hoy no venimos a divertirnos, mi niña. Se trata de hacer un poco de ejercicio —comenta mientras se detiene y se apoya en una piedra enorme—. Espera un momento.

Yo miro mi reloj. Él respira hondo.

—Esto es *tedioso* —digo.

Mi Papá Para Siempre se ríe y vuelve a incorporarse.

—No, qué va —dice—. Me gusta pasar tiempo contigo, ¿sabes? No hemos podido hacerlo desde este verano. Subamos hasta la carreta. Es una distancia más corta.

Hace más viento a medida que subimos por la colina. Llevo mi chaqueta roja puesta y me alegro. Entonces llegamos a la carreta. Está pintada de un verde brillante. Hay tres personas allí. No tienen la chaqueta cerrada del todo, así que puedo ver lo que llevan debajo. Ninguno viste una camiseta de Michael Jackson.

Mi Papá Para Siempre se sienta en un banco y se inclina hacia delante apoyando los brazos en las rodillas. Le pregunto si puedo subirme a la carreta y me dice que sí. Me subo por la parte de atrás. El suelo de la carreta está hecho con seis tablones largos. Parece un sitio en el que Michael Jackson podría actuar, así que empiezo a chasquear los dedos de la mano derecha, dándome una palmada con ella luego en la pierna derecha. *Un, dos, tres, cuatro.* Entonces flexiono la rodilla izquierda y comienzo a subir y bajar la cabeza.

Canto.

Canto «Billie Jean» en voz baja y suave, y cuando llego a los coros, canto más y más fuerte. El viento sopla y mi pelo vuela hacia atrás. Miro los campos y el cielo, y canto como Michael Jackson. Y digo *¡oh!* y *¡ay!* donde toca.

A continuación canto «Bad». Y «Beat it».

Hago todos los giros y me apoyo en la punta de los pies. Cuando termino, miro a las tres personas que no llevan una camiseta de Michael Jackson. Están de pie abajo, en la tierra, observándome. Sus bocas permanecen abiertas. Sus rostros demuestran sorpresa. Uno de ellos empieza a aplaudir y los otros dos hacen lo mismo. Veo que mi Papá Para Siempre también lo hace. Está de pie junto a una de las ruedas de la carreta. No recuerdo haberlo visto moverse hasta allí.

—Has estado genial, Ginny, pero te tienes que bajar ya. Es hora de irnos.

Doy un golpe con el pie en el suelo y frunzo el ceño.

—No quiero —digo—. Quiero hacer otro número.

—Ginny, es la hora. Bájate *ya*.

—¡No *quiero*! —alzo la voz.

Estoy *empeorando* la situación. Patrice dice que lo hago porque así siento que tengo el control. Pongo la cara en contra del viento y dejo que el pelo vuelva a volar hacia atrás. Levanto la mano como lo hace Michael Jackson y me las paso por la cabeza.

Las tres personas le sonríen a mi Papá Para Siempre y se alejan. Parece que mi público se está yendo, así que vuelvo a patear las tablas del suelo. Una mujer mira hacia atrás, pero se vuelve y sigue andando.

—Ginny, por favor —dice mi Papá Para Siempre. Se pone una mano en el pecho, mira hacia otro lado y respira hondo—. No puedo enfadarme por esto. Se supone que no debo gritar ni alterarme. Anda, baja. Baja ya. Ven aquí y caminamos otro poco. Luego nos vamos a la entrevista y comemos. Te dejo elegir el sitio.

Desciendo de la carreta.

Me gusta mi Papá Para Siempre porque es muy bueno. No tanto como Michael Jackson. Además, no sabe bailar. Ni cantar. Pero aun así resulta muy agradable.

Estoy apoyada en mis manos y rodillas sobre la alfombra. Mi Pequeña Bebé llora, pero no la encuentro. No sé si está en mi habitación. No sé si *yo* estoy en mi habitación. Permanezco despierta, pero está oscuro afuera y está oscuro también en mi cabeza. Cuando me hallo muy metida en mi cabeza, todos los sitios son iguales. Todas las casas en las que he estado continúan presentes en mi mente, así que si me despierto por la noche, aunque abra los ojos, podría encontrarme en cualquiera de ellas.

El llanto se está volviendo más fuerte. No puedo encender la luz, porque Gloria me va a ver. O Donald. Tengo que encontrar a mi Pequeña Bebé y esconderla antes de que vengan. Le pondré mi mantita encima y la meteré en el armario. O la sacaré por la ventana.

Encuentro una cama. Puedo distinguir el colchón y las sábanas. Miro detrás y bajo la ropa. Mi mano toca una rejilla de calefacción. A gatas recorro la habitación buscando y buscando. Mi Pequeña Bebé no está por ningún lado, pero yo la oigo. Quiero encender la luz, pero tengo miedo, mucho, mucho, mucho miedo.

Arriba oigo pasos y más llanto. ¿Estará arriba mi bebita? Porque no creo que pueda ir a buscarla sin que me atrapen. Las pisadas se acercan. Quiero esconderme, pero no puedo dejarla sola donde esté. Donde quiera que esté. No puedo salir por la ventana sola, porque Gloria o Donald la encontrarían en lugar de encontrarla yo, así que gateo hasta el centro de la habitación y me pongo de pie. Me preparo para *volverme loca* y que así el problema sea yo y no el llanto. Tengo que hacerles pensar en mí. Solo en mí, y no en mi Pequeña Bebé.

Respiro hondo. Con los ojos cerrados, empiezo a gritar. Tan fuerte como puedo.

La puerta se abre rápidamente. Siento que encienden la luz. Sigo gritando con los ojos apretados. Tengo que gritar tan fuerte que...

—¡Ginny! ¡Despierta! ¡Tienes que despertarte! ¡No pasa nada!

Abro los ojos, pero no me callo. Oigo una voz diferente, pero veo a Donald. Grito más fuerte para que venga Gloria también.

—Ginny, despierta. ¡Despierta! ¡Nadie va a hacerte daño!

Y entonces...

—¡Deja de gritar!

Oigo una voz de mujer. Parece asustada.

—¡Ginny, por favor, estás asustando al bebé!

Así que hago silencio y escucho.

—El bebé está intentando volver a dormirse arriba. Eso es todo. No pasa nada.

—Mi Pequeña Bebé está llo...

Estoy saliendo de mi cabeza. Veo a mi Papá Para Siempre. Se encuentra de pie delante de mí.

—No —dice—. Es la Bebé Wendy. Ella está intentando dormirse arriba.

Eso significa que estoy en la Casa Azul. Estoy con mis Padres Para Siempre. No hay peligro.

Siento las rodillas y las piernas. Me caigo. Alguien me sujeta antes de que llegue a desplomarme sobre la alfombra.

—¿Puedes volver a acostarte? —pregunta mi Mamá para Siempre.

Yo contesto que sí con la cabeza. Mi Papá Para Siempre me ayuda a meterme en la cama. Mi Mamá Para Siempre respira hondo y arregla las sábanas. Tiene los labios muy, muy apretados. Se incorpora y cruza los brazos. Mi Papá Para Siempre me trae una toalla mojada y me pone la mano en el hombro. Yo le dejo aunque es un hombre. Me quedo quieta y dejo que me limpie la cara.

—Ha sido solo un sueño —dice—. ¿Quieres venir y sentarte con nosotros en el salón? ¿Necesitas compañía?

Yo contesto que no con la cabeza.

—De acuerdo. Entonces, ¿quieres volverte a dormir?

Digo que sí con la cabeza.

—Bien —añade—. Si necesitas algo, ven a buscarnos. Estaremos aquí en el salón un rato hasta que la bebé se duerma. ¿De acuerdo?

Cierro los ojos y digo que sí con la cabeza. Siento que apagan la luz y se marchan.

Los oigo hablar al otro lado de la puerta en voz baja. Abro mucho los oídos para escuchar.

—¿Por qué demonios tienes que ser tan complaciente? —dice mi Mamá Para Siempre—. No sé cómo vamos a seguir adelante. Cuando éramos solo nosotros dos, estaba bien, pero ahora las cosas son diferentes. ¡Ya no estamos seguros!

—Nos comprometimos a...

—¡Pamplinas! ¡Eso es una tontería! No hemos...

—¡Shhh! ¡Y no, ella no es peligrosa! Las circunstancias en que...

—¡Hablas como Patrice! ¡Antes del secuestro las cosas eran distintas! Antes de la bebé *y* el secuestro. Antes de todo eso ella era... ¡manejable! ¡*Esto* era manejable! ¿Pero es que se te ha olvidado lo que le hizo al muñeco? Y encima le da nuestra dirección a la lunática de su madre, la cual se presenta aquí a amenazarnos. ¡Y luego lo de los periodistas y la policía! Has tenido que llevarla a esa maldita entrevista y ver a todos esos abogados. ¡Y *luego* al juicio! ¡Piensa en tu salud! El médico te dijo que... ¿qué rayos haría yo si...? ¡Por muy consejero escolar que seas, a duras penas consigues lidiar con el asunto! Sé que tienes todos esos días de permiso, pero esto ha sido suficiente para mí. ¡Y ahora estoy empezando a perder pacientes! Mira, no podemos exponer a una bebé a todo esto. ¡No voy a consentirlo!

Entonces sus voces dejan de oírse. Han debido alejarse para hablar en otro sitio. Sé que cuando mi Mamá Para Siempre decía que *ya no estamos seguros*, no se refería a mi Pequeña Bebé. Pero es que mi Pequeña Bebé tampoco está ya segura, y yo soy la única que puede hacer algo para arreglarlo.

EXACTAMENTE LAS 6:22 DE LA TARDE, MIÉRCOLES, 17 DE NOVIEMBRE

Mi Papá Para Siempre está sentado con el hombre de la chaqueta de cuero y la gorra de los Patriots. Supongo que le gusta mucho el azul y el rojo. Están hablando mucho. Es como si fueran los mejores amigos.

Hay una chica aquí que se pasa todo el tiempo subiéndose los calcetines. Se agacha, se sube primero el izquierdo, luego el derecho, y cuando llega su turno de hacer un calentamiento, participar en el partido o hacer un tiro bajo el aro, aprieta los puños y exclama: *¡Sí!* Ella dice que se llama Katie MacDougall y no Katie McDonalds. Está de visita en casa de Larry y viene de una escuela diferente. Larry es su primo. Y Larry dice que ella es *su* prima también. No le he preguntado quién es primo de quién, y tampoco dónde vive, cuándo es su cumpleaños o cuál es su color favorito, pero me imagino que son el blanco y el gris, porque de esos colores son sus calcetines. Mis Padres Para Siempre dicen que cuando conozco a una persona no debo preguntarle dónde vive, cuándo es su cumpleaños y cuántos gatos tiene, pues eso es *demasiado directo.*

En el otro extremo de la cancha, Katie MacDougall se está subiendo otra vez los calcetines. Yo me subo los míos también.

Tener los calcetines bien subidos hace que me sienta preparada para cualquier cosa, aún más que apretarme los cordones de las zapatillas deportivas. Larry se acerca a mí con sus muletas y levanta las manos para que podamos chocarlas. Katie Mac-Dougall se acerca a nosotros. Trae la boca un poco abierta y respira fuerte.

—Katie MacDougall —digo cuando llega—, te conozco *aproximadamente* desde las 5:42.

—Sí —dice ella.

—¿Vas a decirme cuándo es tu cumpleaños?

—Es el 20 de septiembre.

—El 20 de septiembre —repito yo—. *Exactamente* dos días después del mío. ¡Nadie me había dicho que soy mayor que tú!

—Me gustan mucho tus calcetines —dice, y se sube los suyos todavía más.

Yo tiro de los míos hasta que suben todo lo que dan de sí y me llegan más alto que a ella los suyos.

—Sí —digo—. Son la bomba.

Nos empezamos a pasar el balón. Me lo tira demasiado fuerte y se me escapa. Se va rebotando y llega a las gradas. El hombre de la chaqueta de cuero de los Patriots lo recoge. Se levanta. Veo que mi Papá Para Siempre no está ya con él. Mi Papá Para Siempre no está allí.

El hombre se encuentra de pie delante de mí con el balón en la mano. Yo me acerco a él.

—Aquí tienes, Ginny —dice ofreciéndomelo.

Yo lo tomo.

—Gracias —le digo.

No sé si es un desconocido o no, porque un desconocido es alguien a quien no conoces, y a él ya lo he visto aquí antes.

—Buen trabajo en la cancha —comenta—. Eres muy buena.

Vuelvo a darle las gracias aunque *no se habla con desconocidos*.

Él continúa mirándome como si hubiéramos estado hablando durante mucho tiempo.

—Tu Papá Para Siempre volverá en un momento —dice.

—Debe estar en el baño —respondo.

El hombre de la chaqueta de cuero de los Patriots debería volver a sentarse, o debería decir: *Bueno, es mejor que vuelvas a la pista.* Debería comportarse como un desconocido normal, pero no lo hace. Se queda ahí plantado mirándome, y cuando yo lo miro a los ojos, él baja la mirada. Como lo hizo el otro día. Entonces observo el lugar que está mirando, pero no veo nada interesante o distinto. Y sigo observando.

Entonces oigo que Katie MacDougall dice que le gustaría ser una de los Harlem Globetrotters. Miro hacia un lado y veo a mi Papá Para Siempre saliendo del baño, pero quiero saber qué está mirando el hombre de la chaqueta de cuero de los Patriots, así que levanto la cabeza y le pregunto:

—¿Qué está mirando?

Él traga saliva, pero no responde.

—Solo a una niña preciosa que al final ha resultado estar muy bien.

Tiene los ojos húmedos. Es como si fuera a llorar, y eso no tiene sentido, porque es un hombre, así que supongo que se le ha metido algo en los ojos. Bajo otra vez la mirada. Observo mis zapatillas deportivas y sus botas de trabajo. Cuando levanto de nuevo los ojos, veo a mi Papá para Siempre.

—Perdona, ¿qué está pasando?

—Este hombre tiene los ojos llorosos —le contesto.

El hombre de la cazadora de cuero de los Patriots se los seca.

—Solo estamos hablando.

—Pues se acabó —dice mi Papá Para Siempre, enfadado—. Esto no es lo que habíamos acordado.

—El balón ha venido rodando hasta las gradas —explica—. Lo he recogido y se lo he devuelto.

Mi Papá Para Siempre me mira. Yo le muestro el balón, que en mis manos parece tan grande como el mundo entero.

—Ella no debe hablar con desconocidos —dice mi Papá Para Siempre.

—¿Yo soy un desconocido?

—Estamos intentando crear buenos hábitos, así que hasta que hayas sido presentado en el momento acordado, eres *exactamente* un desconocido, ¿verdad, Ginny?

Yo asiento.

—Exactamente —digo.

El hombre de la cazadora de cuero de los Patriots da un paso atrás y levanta las manos.

—De acuerdo. Entendido. Es mi culpa –dice, dirigiéndose luego a mí—. Me ha gustado hablar contigo, Ginny.

Y se aleja.

—Anda, ve y juega un poco más —dice mi Papá Para Siempre.

Y es lo que hago. Pero cuando le paso la bola a Katie Mac-Dougall, veo que mi Papá Para Siempre y el hombre de la cazadora de cuero de los Patriots vuelven a hablar en las gradas. Mi Papá Para Siempre está diciendo que no con la cabeza. Habla fuerte y señala, pero no grita. Me siento mal por el hombre de la cazadora de cuero de los Patriots. Me parece que se ha metido en un lío.

Me alegro de no haberle bufado la semana pasada.

EXACTAMENTE LAS 10:55 DE LA MAÑANA, SÁBADO, 20 DE NOVIEMBRE

Estamos en el auto yendo al parque a ver a Rick. Mis Padres Para Siempre van a quedarse conmigo todo el tiempo, así que no voy a poder decirle todo lo que quiero decir. O pedirle que me lleve a Canadá para reunirme con Gloria y mi Pequeña Bebé. Tengo que tener cuidado, como cuando escribí la carta. Tendré que esperar.

Me he subido los calcetines nueve veces al salir de casa, y me los subiré una más para tener buena suerte cuando lleguemos. No hace mucho frío afuera, aunque estamos en noviembre, pero llevo mi abrigo de invierno y un gorro.

Cuando llegamos al parque, espero a que mis Padres Para Siempre se bajen primero. Siempre me hacen esperar, porque a mí me gusta bajarme deprisa. Abren la puerta. Yo bajo de un salto, me subo una vez más los calcetines y busco a Rick con la mirada. No lo veo. Solo alcanzo a ver el estacionamiento y algunos árboles sin hojas, y las barras del paso del mono y los columpios que empuja el viento.

Entonces veo a un hombre cerca del subibaja. Lleva una cazadora de los Patriots azul y roja, y una gorra de los Patriots azul y roja. Mi mamá se acerca a mí y me dice:

—Mira allí. ¿Lo ves?

—Es el hombre de las Olimpiadas Especiales —digo.

—En realidad es tu Papá Biológico —dice mi Papá para Siempre—. Es Rick.

—Creo que le gusta el azul y el rojo —comento.

Rick se acerca a nosotros. Él y mi Papá Para Siempre se estrechan la mano, y a continuación me la ofrece a mí.

—Hola, Ginny.

Yo le estrecho la mano. No puedo ver sus ojos porque lleva gafas de sol oscuras, pero veo dos imágenes de mí reflejadas en sus cristales. Una en cada ojo.

No digo *Hola, Rick* o *¿Qué tal?*. Solo le doy la mano y me quedo quieta.

—Me gustó mucho verte en las Olimpiadas Especiales.

No ha sido una pregunta, así que no digo nada. No quiero hablar, porque estoy intentando imaginar por qué no me dijo quién era.

—Queríamos conocer a Rick antes de que te conociera a ti —explica mi Papá Para Siempre—. También deseábamos que él viera cómo te desenvuelves con otras personas.

—He oído hablar mucho de ti —dice Rick—, y ciertamente me ha costado mucho no poder conocerte tan pronto como me hubiera gustado. No te había visto desde que eras una bebé. Solo pudimos estar juntos un día en el hospital. Ir a verte entrenar ha sido... ha sido genial.

Sigo pensando, así que no digo nada. Solo pienso y pienso.

Rick continúa hablando.

—Lo entiendes, ¿verdad? —dice—, pero es que no podía seguir manteniéndome lejos. Tu nueva familia quería que fuéramos con cuidado después de todo lo que ha pasado. Y desde luego no los culpo.

Cuando dice *tu nueva familia* baja un poco la cabeza. Rick parece un hombre tranquilo y agradable, y yo me pregunto si me llevaría a Canadá si se lo pidiera. Creo que hará *cuanto pueda* por ayudarme. Ahora tengo que encontrar el modo de que mis Padres Para Siempre se alejen para poder pedírselo.

—¿Dónde está tu camión? —pregunto.

—No tengo camión. Tengo un Honda pequeño y un poco viejo.

—En la carta decías que *llevas un camión*.

Él sonríe y asiente con su cabeza.

—Así es, pero los camiones no son míos. Conduzco para varias empresas. Estoy tratando de obtener un permiso especial para poder llevar cargas grandes. Sí.

Cuando dice *sí* sonríe con la boca como de medio lado y tira con las dos manos de su chaqueta.

—¿Y dónde está el Honda pequeño y un poco viejo?

Me veo a mí misma acercándome y alejándome en el cristal de sus gafas. Me pregunto quién es Ginny y quién es (-Ginny). Me pregunto cuál es la verdadera Ginny.

Él señala el estacionamiento. Veo un auto gris allí.

—Gloria tiene un Auto Verde. La ventanilla estaba rota —digo—, pero ya la arreglaron.

—¿Te acuerdas del auto de tu madre? Demonios, yo también me acuerdo de ese auto.

—Lo vi el 14 de septiembre en el estacionamiento del colegio.

—Creo que es hora de ir a los columpios —dice mi Papá Para Siempre.

—Vayan ustedes dos a los columpios —le propongo—. Yo me quedo aquí a hablar con mi viejo, Rick.

Mi Mamá Para Siempre se ríe.

—Lo siento, pero tenemos que estar juntos.

Yo señalo a los columpios.

—Pueden estar juntos ahí si quieren, y nosotros nos quedaremos juntos aquí mismo.

—Ginny, no vamos a perderte de vista —dice mi Papá Para Siempre—. No después de lo que ya ha sucedido.

Él se refiere al secuestro.

—¿Sabes una cosa? Lo de los columpios me parece una idea genial —dice Rick—. Me apetece columpiarme un rato.

Así que todos nos acercamos a los columpios. Estoy enfadada, porque mis Padres Para Siempre no *van a perderme de vista*. Me pregunto si también *se imaginan mi plan*.

Me siento en uno de los columpios y empiezo a balancearme. Rick se sube al que se encuentra al lado del mío. Las cadenas están frías. Mis Padres Para Siempre se sientan enfrente y nos observan. Creo que no voy a poder preguntarle lo que quiero.

—¿Sabes si alguien va a pasar a ver a mi Pequeña Bebé?

—¿A ver a tu bebé? No, no sé nada de eso.

—Necesito saberlo —digo—, porque igual tiene hambre. ¿Crees que Gloria se estará portando *razonablemente bien*?

Rick mira a mis Papás Para Siempre. Los dos se encogen de hombros y lo miran. Rick se inclina hacia atrás y empieza a moverse.

—¿De qué quieres que hablemos?

—No has respondido a mi pregunta.

—Vaya pues... no lo sé. Se trata solo de un muñeco, ¿no? ¿No hay otra cosa de la que quieras hablar?

—Sí.

—¿De qué?

Miro a mis Padres Para Siempre y bajo la cabeza. Sé que pueden oírme, así que me resulta imposible preguntar lo que de verdad quiero preguntar. En lugar de eso, hago la siguiente pregunta más interesante.

—Quiero saber si irías a su apartamento para asegurarte de que la están cuidando bien.

Rick arrastra sus botas de trabajo por la arena. Mira a mis Padres Para Siempre. Ellos lo miran a él.

—En realidad estamos hablando de lo mismo, ¿no? Tus Padres Para Siempre me han contado que piensas en tu antigua

Pequeña Bebé todo el tiempo. Debes echarla mucho de menos ¿no?

Yo asiento con la cabeza.

—Sí.

—Pues a lo mejor podemos conseguir una nueva —dice—. Nunca he tenido la oportunidad de hacerte un regalo, así que...

—No —digo—. No quiero una nueva. Quiero que te asegures de que la de antes está bien. Gloria no sabe cuidar de ella.

—Bueno, de acuerdo.

Entonces mi Mamá para Siempre dice:

—No, Rick. No digas *de acuerdo*, porque Ginny te tomará al pie de la letra.

—¿Qué? Ah, ya entiendo —dice Rick.

—Ginny —explica mi Mamá Para Siempre— lo que él quiere decir es que *de acuerdo, no irá a comprarte un bebé nuevo*, así que no te preocupes. No dejaremos que nadie lo haga —y luego se dirige a Rick—. De esto es de lo que hemos estado hablando. No va a renunciar a la idea. No sirve de nada intentarlo.

—Siempre he pensado que intentar las cosas nunca hace mal a nadie —responde Rick con tranquilidad. Me mira.

—¿Cuál es tu color favorito?

No quiero distraerme, pero tengo que contestar.

—Me gusta el rojo —digo.

—A mí también. Me gustan el rojo y el azul.

—Son los colores de los Patriots.

Él se ríe.

—¡Me encantan los Pats!

—¿Cuándo podemos tomarnos *un respiro*? —pregunto—. ¿Cuándo podemos darles a todos *un descansito*?

—Es demasiado pronto para eso —dice enseguida mi Papá Para Siempre—. ¿Verdad, Rick?

Rick tarda *exactamente* tres segundos en contestar.

—Cierto. Es demasiado pronto. Pero a lo mejor podemos quedar en vernos en otro momento —gira la cabeza y mira a mi Papá Para Siempre—. ¿Sería posible?

Las cejas de mi Papá para Siempre se vuelven puntiagudas, como una V.

—Por supuesto que sería posible —dice mi Mamá Para Siempre—. Al fin y al cabo, todos queremos que pasen tiempo juntos. Tanto como sea posible.

—Pero nada de respiro aún —comenta Rick.

—Exacto. Aún no —dice mi Papá Para Siempre.

EXACTAMENTE LAS 12:41 DE LA TARDE, LUNES, 22 DE NOVIEMBRE

En la mesa estamos solo Larry y yo. Alison Hill y Brenda Richardson están en la fila recogiendo la comida. La señorita Carol permanece de pie junto a la fuente de agua hablando con otra profesora. Me está mirando, pero no está tan cerca como para oír lo que digo.

—¿Cómo te ha ido con el tal Rick este fin de semana? ¿Era alguien agradable? —me pregunta Larry.

Son dos preguntas, pero sé que quieren decir lo mismo, así que digo:

—Era el hombre que estaba en las Olimpiadas Especiales.

—¿Te refieres a ese con el que tu Papá Para Siempre estaba hablando todo el tiempo?

Yo asiento. Larry asiente también.

—¡Vaya! ¿Quién lo sabía?

—Nadie. Solo mi Papá Para Siempre.

Larry pone una cara graciosa.

—¿Cómo es que lo llamas tu Papá Para Siempre en todo momento? Bueno, ya sé que eres adoptada, pero... ¿no podrías llamarlo solo papá? Quiero decir, no es como si fueras a irte a vivir con nadie más.

Pienso.

—Voy a tener un *respiro* con Rick. Mis Padres Para Siempre necesitan un *descansito*.

—¿Un descanso de su propia hija? Eso es raro. Oye, no estarás pensando en irte a vivir a casa del Rick ese, ¿no? Porque, si te fueras...

Él deja de hablar. Entonces con voz temblorosa empieza a cantar una canción acerca de que solo Dios sabe qué iba a hacer sin mí. A veces deja de cantar y dice *dum, dum, dum, dum*, primero bajito y luego más fuerte.

—¿Me copias? —dice cuando termina la canción.

Lo que quiere decir es *¿me comprendes?*, así que le respondo:

—No, Larry, no te copio.

—¿No quieres ser mi... no quieres que seamos novio y novia? Algún día, quiero decir.

—No, Larry —digo de nuevo.

—Vaya, qué mierda —dice.

Tira una de sus muletas, que cae al suelo con estrépito y rebota. Tiene la cara contraída y hay lágrimas en sus ojos. Entonces dice:

—Es que... los que somos como nosotros, los especiales... tenemos que estar juntos, ¿sabes? Porque ninguno vamos a tener una oportunidad con una chica normal. O sea, con una persona normal. Aunque bueno, lo entiendo. No te intereso. Podemos seguir siendo solo amigos. Pero no quiero que te vayas a ninguna parte. Quiero que te quedes siempre aquí, en Greensborough, ¿de acuerdo?

Yo no digo nada. Utilizo el tenedor para darle la vuelta a los espaguetis que están en la bandeja. Tengo que contestar a la pregunta, a menos que tarde mucho en pensar la respuesta y Larry diga algo más.

Eso es *exactamente* lo que ocurre.

—Bueno, espero que te quedes. El año que viene pasaremos al instituto, y dura cuatro largos años. Va a ser la bomba. No querrás ir al instituto en otro sitio, ¿verdad?

—No —digo.

Porque no quiero ir a ningún instituto. Quiero ir a Canadá a cuidar de mi Pequeña Bebé, o a cualquier otro sitio, pero con mi Pequeña Bebé. Donde sea. Cinco años es mucho tiempo y ahora que Crystal con C está en la cárcel, tengo que evitar que corra peligro con Gloria.

—Bueno, eso está bien. A veces pienso que no soportas estar aquí. Parece que nunca eres feliz, y hay cosas buenas aquí para ti, ¿sabes? Como yo. Haría lo que fuera por ti. Lo sabes, ¿verdad?

—Lo sé —digo.

Y no voy a olvidarlo.

EXACTAMENTE LAS 11:41, VIERNES, 26 DE NOVIEMBRE

Rick está ahora en mi habitación, conmigo y con mis Padres para Siempre. Mi Mamá para Siempre permanece en la puerta, y mi Papá para Siempre se encuentra sentado en la cama. El Día de Acción de Gracias ha sido ayer, así que hoy ha venido de visita. Se va a quedar a almorzar. Mis Padres Para Siempre han dicho que querían que viera cómo estoy en casa. Ellos desean que vea cómo es mi habitación para que pueda prepararse para nuestro *respiro*. Ahora están con nosotros, pero cuando se vayan, le pediré que me lleve a Canadá y que le diga a Gloria que se reúna con nosotros allí.

—¿Qué te gusta desayunar? —pregunta Rick.

Está mirando mis pósters de Michael Jackson y mi calendario.

—Veo que no quieres que se te olvide ni un solo cumpleaños.

—Mayormente huevos, cereales, panqueques y tostadas francesas —digo—. Y tostadas con mantequilla, beicon y avena. Y nueve uvas. Con un vaso de leche para humanos.

Se inclina para mirar los libros que tengo en la repisa. Luego mira las fotos. Todos los marcos son rojos.

—¿Sabes cocinar? Si no sabes, no importa.

Yo digo que sí con la cabeza.

—Crystal con C me enseñó a hacer huevos revueltos.

Rick se incorpora.

—Siempre la llamas Crystal con C —dice—. No sé de qué otro modo se puede escribir ese nombre. ¿Con Ch, quizás?

Yo digo que no con la cabeza.

—Con K.

—¿Con K? Creo que nunca lo he oído así.

—El nombre de mi Pequeña Bebé se escribe así.

Mi Mamá para Siempre abre los ojos de par en par, tanto como los de la señorita Carol.

—Ginny, ¿acabas de decir que tu Pequeña Bebé tiene nombre? —pregunta mi Papá Para Siempre.

Yo asiento.

—¿Y se llama Krystal con K?

Asiento otra vez.

—¿Quién le puso el nombre?

—Gloria.

—Pero tú siempre la llamas *mi Pequeña Bebé* —dice mi mamá.

—Krystal con K es mi Pequeña Bebé —me escucho decir a mí misma.

Krystal con K. Las palabras suenan graciosas cuando me las oigo decir, porque nunca antes las había pronunciado. Porque en mi mente, mi Pequeña Bebé *siempre será mi Pequeña Bebé*, como decía Crystal con C. Gloria es la que dice mentiras y Crystal con C la que dice la verdad.

—Espera —dice mi Papá Para Siempre—. Tu Pequeña Bebé tiene un nombre de verdad. ¿Quién la llamó Krystal con K?

Tiene un ojo entrecerrado y la boca un poco de lado.

—Gloria se lo puso para distinguirla de Crystal con C.

—Ginny, ¿estás diciendo que... que tu Pequeña Bebé es *un bebé de verdad*? —pregunta mi Mamá Para Siempre.

Todo se detiene. Todo se congela. ¡Lo han entendido! ¡Por fin lo han entendido!

Yo asiento e intento decir *sí* con la boca, pero la palabra se queda atascada y no logro que salga. Mi cabeza no quiere dejarla ir, porque nunca he llamado Krystal con K a mi Pequeña Bebé, aunque ese sea su nombre. Entonces, de pronto, la palabra sale por sí sola y me oigo decir:

—Sí.

Y al poco rato repito:

—¡Sí!

Eso es lo que he estado intentando decirle a la gente durante cinco años.

—¡Santo cielo! —dice mi Papá Para Siempre.

—¿Hay un *bebé de verdad*, y Gloria le puso el nombre de tu tía Crystal con C? —pregunta mi Mamá Para Siempre.

—¡Sí! —digo.

Rick mueve la cabeza hacia delante y hacia atrás, y también mueve las manos en el aire.

—Yo no sé nada de todo esto —dice—, pero Gloria siempre admiró a Crystal. Estaban muy unidas. Crystal la cuidaba mucho cuando eran jóvenes. No me sorprendería que le hubiera puesto su nombre a una hija suya.

Yo digo que sí con la cabeza.

—Entonces, ¿por qué la llamabas *mi Pequeña Bebé*?

Pienso.

—Porque era mi tarea *cuidarla muy, muy bien* —digo—. Además, no sabía cómo se escribía. Y además...

—Tengo que hacer una llamada —me interrumpe mi Mamá Para Siempre—. Rick, vamos a tener que terminar la visita.

Y sale a toda prisa de la habitación.

—¡Pero si acabo de llegar! —dice él—. Si queremos que esto funcione, tienen que...

La voz de mi Papá Para Siempre suena más fuerte.

—Rick.

—Está bien, está bien. Ginny, te envío un correo electrónico esta noche, ¿de acuerdo?

—Rick, por favor, márchate. ¡Necesitamos que te marches!
—grita mi Mamá Para Siempre.

Rick mueve la cabeza, ahora de un lado a otro.

—Esta gente... —le escucho decir.

Luego se pone su abrigo y se marcha.

EXACTAMENTE 4:17 DE LA TARDE, LUNES, 29 DE NOVIEMBRE

—Están pasando muchas cosas en tu vida —dice Patrice—. Otra vez.

Está sentada en la silla de flores.

—Ajá —dijo yo, porque tengo la boca llena de galletas Graham.

—¿Te gusta estar con tu Papá Biológico? ¿Quiero decir, con Rick?

—Ajá —vuelvo a contestarle.

—Eso está bien. Antes de que te des cuenta, podrás ir de visita a su casa. El plan es que vayas a pasar un fin de semana después de las vacaciones de Navidad. Todo el mundo espera que te sientas a gusto con él. Esperan que desees quedarte con él. Incluso irte a vivir a su casa, si te agrada bastante. Él parece estar encantado contigo, aunque no se lleve demasiado bien con tus Padres Para Siempre.

Yo asiento y le doy otro mordisco a la galleta.

—Llamé a Servicios Sociales después de que tu Mamá Para Siempre me llamara a mí, ¿sabes? Les pedí que fueran al apartamento a ver a Gloria. Ella era la principal sospechosa cuando el secuestro, así que estaba acostumbrada a que la policía y otras personas fueran a su casa a hacerle preguntas, pero no se esperaba que Servicios Sociales volviera a presentarse. Iban con un policía. ¿Te imaginas lo que encontraron cuando llegaron a la puerta?

—¿Un gato *Coon de Maine*?

—No. A tu hermanita. Encontraron a tu Pequeña Bebé.

Dejo de masticar y escucho.

Patrice respira hondo y se queda quieta, pero yo oigo un zumbido en mis oídos que cada vez se hace más y más fuerte. Puedo sentir cada pelo de mi cabeza como si estuviera electrizado.

—Las trabajadoras sociales llamaron a la puerta, y cuando Gloria abrió, el oficial de policía entró directamente y allí estaba. Tu hermana. Y sí, hubo toda una escena, pero lo importante es que nosotros estábamos equivocados, Ginny. Y lo siento. Llevas cinco años diciéndonos que tu Pequeña Bebé era un bebé de verdad, y tenías razón. Krystal con K está indocumentada del todo, por eso nadie sabía de ella. Desde luego Gloria ha hecho un trabajo asombroso manteniéndola oculta. Debía tener muchísimo miedo de que la policía se la quitara.

Yo asiento.

—A Gloria no le gusta la policía —digo—.Y es una *chica lista*.

—Eso nadie lo va a negar, pero ahora estamos empezando a entenderlo todo. Es casi como si hubiéramos tenido delante un enorme rompecabezas que por fin sabemos cómo terminar. Así que una vez más te digo que lo siento. No obstante, también estoy emocionada, porque ahora estoy empezando a comprenderlo todo. Ahora entiendo por qué sabías tanto de cuidar bebés.

Quiero decirle a Patrice que estoy contenta. Quiero decirle que me alegro mucho, mucho, pero me estoy cayendo hondo, muy hondo dentro de mi cabeza, y solo puedo decir lo que estoy viendo. Lo que recuerdo.

—Era mi tarea cuidar a la bebé. Gloria decía que tenía que cuidar muy, muy bien de ella y que no llorara nunca.

—¿Te dijo eso? —pregunta Patrice.

Sin embargo, no oigo nada de lo que dice. Solo oigo a Gloria. *Cuida muy, muy bien de tu Pequeña Bebé, Gin. No dejes que la vean o que la oigan. Donald va a venir esta noche y quiero que sea mágica.* Fue entonces cuando aprendí a meterle el dedo en la boca para que pudiera succionarlo y estuviera callada. Y cuando aprendí a llevarla en brazos diciendo *sh, sh, sh* para que se mantuviera en silencio. A poner leche o mayonesa en una cucharilla para darle de comer, porque después de un tiempo ya no había biberón, pero yo tenía que conseguir que permaneciera callada.

Estar callada es lo que más me asusta, aunque es lo que me hace mantenerme a salvo. Veo a Gloria que sale a encontrarse con su proveedor de drogas. La puerta se cierra a su espalda.

—Gloria te dejaba con Krystal con K todo el tiempo —oigo que dice Patrice—. Se marchaba durante horas y horas de fiesta o a buscar drogas. Y tú mantenías a Krystal con K escondida para que los vecinos no la vieran. Y lo peor es que, cuando Gloria se encontraba en casa, estaba drogada o demasiado enfadada para cuidar del bebé.

—Hice un buen trabajo cuidando a mi Pequeña Bebé —digo—. Por favor, ¿puedo regresar a cuidar de ella de nuevo?

Patrice me mira con cara divertida.

—Me estaba preguntando cuántos años tendrá ahora Krystal con K. ¿Tú lo sabes? Es decir, ni siquiera sé cuándo es su cumpleaños.

—El 16 de noviembre.

—¿El 16 de noviembre? A ver entonces cuántos años tiene.

Patrice mira al techo y empieza a contar con los dedos. Sé que está intentando hacer cálculos.

Yo me trago lo que tengo en la boca y tomo un sorbo de leche.

—Mi Pequeña Bebé tiene *aproximadamente* un año.

Patrice no mueve la boca. Es como si tuviera la sonrisa congelada.

—¿Solo un año? Entonces aún no puede ir al colegio.

Yo asiento.

—Tienes que tener cinco años para ir a preescolar.

—¿Y cuántos años han pasado desde que te fuiste del apartamento de Gloria?

—Pues...

Iba a decir cuatro años, pero me detengo porque me acuerdo de que mi cumpleaños fue el 18 de septiembre. Antes decía *cuatro años* cuando la gente me preguntaba cuánto tiempo hacía desde que me había ido del apartamento de Gloria, pero ahora son *cinco*, porque ha pasado otro año.

—Cinco años —digo.

—Exactamente —afirma Patrice.

—Exactamente —digo yo también, pero en realidad no sé por qué lo digo. Estoy demasiado ocupada pensando.

—Ha sido una sorpresa enorme para todos cuando dijiste su nombre —dice Patrice—. Nadie sabía que tuviera nombre.

—Yo la llamaba *mi Pequeña Bebé*.

—Claro. En realidad era casi un muñeco para ti. La llevabas contigo a todas partes y la cuidabas constantemente. Pero han pasado... ¿cuánto ha pasado? Ah, sí, cinco años. Cinco largos años. Por eso querías ir a verla con tanta insistencia. Podrían haber sucedido muchas cosas en todo ese tiempo. Querías asegurarte de que estaba bien.

—Claro —digo—. Necesitaba ver si Gloria le estaba cambiando los pañales y si tenía comida para comer. Además, si no hay nadie allí para calmarla cuando esos hombres amigos suyos van a...

Dejo de hablar y me miro el regazo. Tengo un montón de miguitas de galletas. Entonces digo:

—Tengo que asegurarme de que nadie le haga daño.

—Creo que podemos ayudarte con eso —dice Patrice.

La miro.

—Los Servicios Sociales van a volver al apartamento de Gloria —explica—. Van a enviar a unas personas para que

verifiquen los hechos y hagan que todo esté bien. Van a ir a la
cárcel a hablar con Crystal con C también.

—¿Qué significa *verificar los hechos*?

—Significa que van a ir al apartamento de Gloria para
averiguar por qué no hay informes del nacimiento de Krystal
con K. En realidad, están allí hoy. Tenemos nuestras sospechas,
pero necesitamos oír lo que Gloria tiene que decir. Y se van a
asegurar de que la pequeña Krystal esté bien.

—Pequeña Krystal —digo yo.

—Cinco años es mucho tiempo para que Gloria cuide de
ella, ¿no te parece?

Pienso. Y pienso y pienso más.

—Sí. Cinco años es mucho tiempo.

—Mi Pequeña Bebé se llama Krystal con K y nació el 16 de noviembre —digo—. Es mi hermana. Sigue viviendo con Gloria, pero créanme cuando les digo que no corre ningún peligro. Está bien, ¿de acuerdo?

Respiro hondo y abro los ojos. Estoy en la mesa del comedor con todos los chicos del Salón Cinco.

—Pero yo no vivo ya con Gloria. Vivo con mis Padres Para Siempre en la Casa Azul. Y anoche, Patrice llamó para decirme que las trabajadoras sociales fueron a casa de Gloria y averiguaron que el nacimiento de mi hermana no estaba documentado. Es que Gloria dio a luz a mi Pequeña Bebé en casa de Crystal con C. Mi hermana no tiene *número de seguro social* o *vacunas*, pero se las van a poder. Creo que necesito una bebida.

Tiro de mis calcetines tanto como dan de sí. La señorita Carol está sentada a mi lado, escuchando detrás de sus gafas.

—Tranquilízate, Ginny —dice.

Brenda Richardson me mira desde el otro lado de la mesa. Tiene el ceño fruncido y la boca abierta.

—Un momento —dice—. ¿Tienes una hermana?

—Sí. Se llama Krystal con K y nació en noviembre. Es mi Pequeña Bebé. No te olvidarás de su cumpleaños, ¿verdad?

—Creía que tu hermana se llamaba Wendy —dice Brenda Richardson.

—Así se llama mi Hermana Para Siempre.

—Pero ella es una bebé, ¿no?

—Sí, las dos son bebés. Bebés de verdad, con pies y todo eso. Y con bocas que se abren del todo. Pero estoy hablando de Krystal con K.

—¿Dónde vive... tu otra hermana? —pregunta Larry.

—Con Gloria.

—¿Y dónde vive Gloria? —pregunta Kayla Zadambridge.

—En el apartamento donde se encuentra estacionado el Auto Verde —digo yo—. Está en Harrington Falls.

—¿Eso es en California? —pregunta Larry, y de repente se levanta, extiende los brazos y comienza a cantar una canción sobre alguien que encera una tabla de surf.

—¡Ginny necesita beber algo! —grita Kayla Zadambridge.

Alguien me da un batido de chocolate con un pitillo.

—La policía me sacó de casa de Gloria porque no me estaba cuidando bien. Pero Krystal con K se quedó porque yo la escondí en...

Dejo de hablar porque estoy volviendo a ver en mi cabeza todo lo que sucedió. Entonces me acuerdo de que Crystal con C encontró a mi Pequeña Bebé.

Todos parecen confusos.

—A lo mejor deberías contárselo a la señora Lomos —sugiere Kayla Zadambidge.

—La señora Lomos ya ha hablado conmigo. Dice que explica muchas cosas que mi Pequeña Bebé sea real —digo—. Ella nació el 16 de noviembre. ¿Lo han apuntado todos?

Larry y Kayla Zadambidge empiezan a buscar en sus mochilas para sacar lápiz y papel. Brenda Richardson le da un mordisco a su galleta.

—Yo también tengo una hermana. Se llama Peg.

—¿La llevabas todo el tiempo en brazos y cuidaste de ella cuando eras pequeña? —le pregunto—. Eso es lo que yo hice con la mía.

—Peg es mayor que yo.

—Quiero cuidar muy, muy bien de Krystal con K —digo—. Quiero volver a envolverla en mi mantita y darle un montón de leche para humanos. No leche materna. Eso es distinto. Puede dormir en mi cama debajo de mi brazo como antes.

—Nena, sé que quieres a tu hermanita, pero creo que deberías quedarte aquí con todos nosotros. No querrás irte lejos, ¿verdad?

Tomo un sorbo del batido de chocolate. Lo dejo sobre la mesa.

—No sé por qué las trabajadoras sociales permiten que se quede con Gloria —digo—. Gloria no sabe cuidar de los bebés. Además se enfada y...

Otra vez me quedo callada.

—¿Gloria es tu mamá? —pregunta Brenda Richardson.

Mi mente me empuja de nuevo hacia la conversación.

—¿No te acuerdas de que ya te lo he dicho? Gloria es mi Mamá Biológica. Es la única Mamá Biológica que tendré en la vida —empiezo a pellizcarme los dedos—. Y Rick es mi Papá Biológico. Rick quiere que vaya a pasar un fin de semana a su casa después de Navidad. Dice que sería bueno que todos pudieran *tomarse un descanso*. Además, a mi Mamá Para Siempre ya no le gusto porque piensa que estoy loca. Anoche la escuché decirle a mi Papá Para Siempre que no puede esperar a que me vaya. Entonces todos *podrán respirar otra vez*.

Intento pensar, pero ya no sé qué más pensar. La señorita Carol escribe algo en un cuaderno.

—¡Ginny necesita otra bebida! —anuncia Kayla Zadambridge.

Larry me pone la mano en el hombro. Yo *retrocedo*, pero él se quita las muletas, se arrodilla y me canta sobre un surfista que está en la orilla mirando. Alison Hill se ríe, pero yo no puedo prestarle atención a Larry. He vuelto a meterme en mi cabeza. Las trabajadoras sociales no entienden que Gloria no puede cuidar a mi Pequeña Bebé. No entienden que se enfada y pega. No entienden que Crystal con C *pasa un rato con ellas todos los días.*

Eso significa que tengo que asegurarme de que Patrice les diga que no dejen a Gloria sola con la bebé. Gloria necesita que alguien esté con ella todo el tiempo o mi bebé *sufrirá serios abusos y negligencia,* que es lo que me ocurrió a mí.

Alguien me acerca otro cartón de leche desde el otro lado de la mesa. Esta vez es blanca. Saco el pitillo de la leche con chocolate y me la bebo toda.

EXACTAMENTE LAS 2:48 DE LA TARDE, MIÉRCOLES, 1 DE DICIEMBRE

Mi Papá Para Siempre no está en casa. Se supone que debería estar aquí cuando me bajo del autobús, pero no veo su auto en la entrada. Dejó de trabajar después del secuestro para poder cuidar de mí. A lo mejor es que tiene otra cita en el médico. Ahora va al médico constantemente.

Quiero decirle que necesito volver a hablar con Patrice. Por teléfono está bien. Necesito hablar con Patrice ahora para que les diga a las trabajadoras sociales que Gloria se enfada y pega. Necesito decirle que no pueden dejarla sola con mi Pequeña Bebé.

El autobús se aleja a mi espalda. Entro. Dejo la mochila abajo en mi habitación y voy a las escaleras. Y escucho.

Oigo la puerta de la habitación de mi Mamá Para Siempre cerrarse.

No quiero subir, pero tengo que hacerlo. Mi Papá Para Siempre dice que es mejor que deje a mi Mamá Para Siempre sola, pero tengo que pedirle a alguien que llame a Patrice. Mi Pequeña Bebé no está segura. Subo las escaleras sin hacer ruido, me paro delante de la puerta de su dormitorio y llamo.

Ella no dice *pasa* o *espera un momento*, ni nada. No oigo nada en absoluto.

Así que abro la puerta.

Está en la cama con la Bebé Wendy en brazos. Sus ojos son dos líneas finas.

—¡Ginny, sal de aquí!

—Pero es que necesito...

—¡Ahora!

Respiro hondo. Tengo que mantener la calma.

—Necesito que...

Pero ella me interrumpe con un grito.

—¡Fuera, Ginny! ¡Mantente alejada de mí y de mi hija!

Entonces yo cierro los ojos y grito también.

—¡Necesito hablar con Patrice!

En ese momento escucho a la Bebé Wendy llorar. Allí, delante de mí. Doy un paso hacia delante. Sé cómo ayudar a un bebé que llora.

Mi Mamá Para Siempre se levanta de un salto.

Retrocedo.

Pero el llanto se hace más fuerte, y empiezo a decir:

—Sh, sh, sh...

Extiendo los brazos para acercarme a la bebé.

Algo me golpea en la cara. Me tira al suelo.

El llanto se vuelve más suave. Se aleja. La cabeza me duele y oigo pasos. Escucho la puerta de la entrada que se cierra. Me pongo de rodillas. Mi mamá se ha ido y la Bebé Wendy se ha ido, y ya no oigo el llanto, pero escucho el auto. Cuando me levanto y miro por la ventana, la veo dando marcha atrás. Da marcha atrás hasta la calle y se aleja.

EXACTAMENTE LA 1:58 DE LA TARDE, SÁBADO, 4 DE DICIEMBRE

Anoche nevó. Estamos en Wagon Hill y voy a montar en trineo con mi Papá Para Siempre. No sé qué hora es *exactamente* porque tengo guantes puestos y no puedo ver el reloj. Llevo mis grandes gafas de sol sobre las regulares, y cuando me bajo del auto digo:

—Sé lo que estás pensando. Soy la viva imagen de Michael Jackson.

—Tienes razón —contesta él—. Eso es exactamente lo que estaba pensando.

Wagon Hill es muy divertido en invierno, porque es un sitio genial para montar en trineo. El año pasado vinimos a montar antes de que mi Mamá Para Siempre supiera que estaba embarazada. Es la mejor colina del mundo para deslizarse con el trineo. Es más larga que el campo de fútbol del instituto y tiene pendiente. Puedes bajar rápido de verdad. Es muy, muy divertido, lo cual está muy bien porque ayer las cosas se volvieron un poco *intensas* en la Casa Azul. Eso es lo que me ha dicho mi Papá Para Siempre cuando me comentó que íbamos a montar en trineo. Entonces yo le dije que tenía que hablar con Patrice, y él me contestó que la llamaría enseguida. Y lo hizo. Incluso me dejó hablar con ella por teléfono, y Patrice me dijo que no me preocupara, que las trabajadoras sociales van a ver a Gloria todos los días. Incluso los fines de semana. Así que me siento feliz. Patrice dice que me contará más cosas cuando vaya a verla el miércoles, y que debo intentar no *obsesionarme* con ello.

Ya hemos bajado una vez por la colina y ha sido genial, pero cuando llegas abajo tienes que volver a subir andando. No hay nadie que te suba, ni un autobús. Le pregunto a mi Papá Para Siempre si me subiría tirando del trineo hasta allá arriba y me ha dicho que no. Hay otros Papá Para Siempre tirando de sus hijos, así que le digo:

—¿Y por qué no?

Hace ruido al respirar. Tiene la cara roja.

—Porque tú pesas cincuenta y siete kilos y esos niños solo tienen cuatro o cinco años.

Sin embargo, yo sigo viendo montones de niños a los que remolcan.

—No es justo. Mira a todos esos niños. No tienen que caminar. Esto es *tedioso*.

Mi Papá Para Siempre sigue subiendo. La cima de la colina está lejos. A veces se para a descansar y respirar y veo muchas nubes saliendo de su boca. Preferiría estar en casa viendo un vídeo, o escuchando a Michael Jackson, o leyendo un libro durante *exactamente* treinta minutos. O también organizando mi mochila para el *respiro*. Subir andando esta cuesta no es nada divertido.

—¿No podrías subirme en el auto o algo así? —digo—. No me estoy divirtiendo.

Se da la vuelta.

—¿Hemos comprado chocolate de camino hacia aquí?

—Sí. En Dunkin' Donuts —digo—. Estaba demasiado caliente, así que dijimos que lo mejor era dejarlo en el auto para que no me quemara la lengua.

—¿Y no llevas deseando deslizarte en trineo desde el verano?

—Sí.

—Entonces, ¿no podrías intentar ser un poco más agradecida?

Sé que a veces tienes que fingir que estás agradecida si no quieres que te peguen. Pero mis Padres Para Siempre no pegan. Dicen que *no creen en ello*, así que no tengo que fingir. No obstante, el miércoles, hace tres días, mi Mamá Para Siempre me pegó cuando intenté tocar a la bebé. Así que a lo mejor ella ahora sí pega, pero mi Papá Para Siempre aún no lo hace.

Además, *agradecida* significa que estás contenta por algo, o que te gusta, o que a lo mejor no te importa. Pero es que a mí sí me importa tener que subir la cuesta andando.

—Esto es tan, tan *tedioso* —digo.

Mi Papá Para Siempre levanta las manos y las deja caer sobre sus piernas.

—Vamos —dice—. Llegaremos antes arriba si seguimos andando.

Lo sigo.

—¿No hay algo más divertido que podamos hacer? —le pregunto.

Vuelve a mirarme.

—¿Te has vuelto loca? Estamos aquí porque querías montar en trineo, ¿y ahora ya no quieres? ¿Tienes idea de la cantidad de mierda que tenemos que pasar por ti? ¿Tienes idea de hasta qué punto tengo alta la presión? Tu madre no quiere salir del dormitorio y yo estoy perdiendo ni se sabe cuánto tiempo de trabajo. Esto ya no es como era antes, Ginny. La situación empieza a ser insoportable. Estoy intentando ser todo lo transigente y generoso que puedo, pero no sé cuánto tiempo más voy a ser capaz de lograrlo.

Mierda es la caca que sale de una vaca, pero a veces es una expresión.

—Me estás tomando el pelo, ¿no? —le pregunto, mirándolo por encima del borde de mis gafas.

Pero mi Papá Para Siempre no se ríe; ni siquiera sonríe como suele hacer.

—Nos vamos a casa —dice—. No más trineo por hoy. No puedo más.

—¡Pero yo quiero bajar una vez más! —digo, y doy una patada al suelo con el pie.

—El auto está por allí —dice, señalando la ladera de la colina—. Iremos más rápido si cruzamos por las pistas, pero ten cuidado con los trineos, ¿de acuerdo?

Empieza a caminar atravesando las pistas. Una niña pequeña baja justo por delante de él en un trineo improvisado con forma de rosquilla. Mi Papá Para Siempre espera a que pase y luego cruza. Sin embargo, yo no quiero irme a casa aún, así que me quedo donde estoy. Él ve que no me he movido y echa a andar hacia mí. Dos trineos más pasan a toda velocidad. Cuando llega a mi lado su respiración es muy, muy agitada.

—Ginny, tienes que volver conmigo al auto. Si no lo haces, no te dejaremos ver más vídeos ni escuchar a Michael Jackson durante una semana.

Me cruzo de brazos y empiezo a caminar a su lado.

—¡Esto no es divertido! —protesto, pisando con fuerza la nieve—. ¡No quiero que me traten así! ¡Quiero irme a vivir con Rick!

—¡Ginny! —grita mi Papá Para Siempre—. ¡Cuidado!

Pero no lo escucho porque tengo más cosas que decir:

—Voy a...

Pero mi Papá Para Siempre me da un tirón del brazo y me tira al suelo. Unos niños pequeños gritan y ríen. Sus voces están justo en mi oído antes de alejarse pendiente abajo. Desde donde estoy tirada en la nieve veo un trineo largo de madera con cuatro chicos montados en él. Va bajando el resto de la ladera muy deprisa.

Me incorporo. Luego me pongo de pie. Tengo nieve en los pantalones y el abrigo.

—¡Estoy enfadada! —digo.

Algunas personas que suben por la ladera se detienen y me miran.

Mi Papá Para Siempre también se levanta.

—¡Ese trineo ha estado a punto de arrollarte, Ginny! ¿Y te quejas de que te haya apartado del peligro? Vamos al auto, por favor —dice, tirando de mi brazo.

Yo *retrocedo*.

—No tienes permiso para tocarme —le digo—. ¡Este es *mi* cuerpo! ¡Es lo que dice Patrice! ¡Nadie puede tocar mi cuerpo a menos que yo lo diga! ¡Y no lo he dicho!

Es que no me gusta nada que los hombres me toquen. Deberían quedarse todos arriba en el dormitorio de Gloria y dejarme en paz. Mi Papá Para Siempre se lleva una mano al pecho y respira más rápido.

—Si no echas a andar hacia el auto, puedes usar ese condenado cuerpo tuyo para volver a casa caminando —dice—. Y si llego al auto antes que tú, me pienso tomar tu chocolate.

—¡Ah, no! ¡De eso, nada! —digo, y empiezo a caminar deprisa.

Paso a su lado y me aparto cuando tres trineos más bajan por la pendiente. Sigo caminando y caminando hasta que llego al sitio donde están los autos estacionados, y me quedo junto al nuestro hasta que mi Papá Para Siempre llega. Abre la puerta y subo. Me pongo el cinturón de seguridad y agarro el chocolate. Está tibio y no quema, así que me pongo contenta.

EXACTAMENTE LAS 3:55 DE LA TARDE, MIÉRCOLES, 8 DE DICIEMBRE

—La fecha será el viernes 7 de enero —dice Patrice.

Quiero pedirle el *informe* que me dijo que me iba a dar, pero ella menciona una fecha *real*, y las fechas son más importantes. Cuando oigo una fecha tengo que guardarla en mi cabeza y pensar en ella. Pensar mucho.

Además, estoy nerviosa. El 7 de enero es cuando me voy a ir a casa de Rick. Para el *respiro*. Él tendrá una habitación preparada para mí, pero espero no tener que verla. Espero que en cambio me lleve directamente a Canadá. Hablaré con él sobre eso en cuanto nos sentemos en el auto. Las trabajadoras sociales visitan a Gloria a diario para que mi Pequeña Bebé no corra peligro y Gloria se irá a Canadá para que podamos reunirnos allí. Entonces yo volveré a hacerme cargo y *volveré a cuidar muy, muy bien* de mi bebé.

—Te recogerá directamente en el colegio —continúa Patrice—. Todas tus cosas irán en el asiento de atrás, bien preparadas.

—¿Estará mi mantita? —pregunto.

Porque si mi plan secreto funciona, no volveré a la Casa Azul. No me importa dejar todo lo demás, pero no mi mantita, porque a mi Pequeña Bebé le gusta y necesitaré algo en lo que envolverla por las noches.

—Por supuesto —dice Patrice—. No olvides que tú misma ayudarás a tu Papá Para Siempre a prepararlo todo la noche antes.

—El jueves por la noche.

Patrice asiente.

—El jueves por la noche. Solo necesitarás ropa para dos días, pero puedes llevarte tu mantita, desde luego. Ahora, vamos a hablar de tu Mamá Para Siempre. Tengo entendido que sucedió algo entre las dos la semana pasada. Maura me ha llamado para contármelo.

—Ella me pegó.

—¿Por qué lo hizo?

—Porque yo iba a agarrar a la bebé.

—¿Ella te dijo que *no* la tocaras?

—No.

—Entonces, ¿qué te dijo?

—Me dijo *fuera de aquí*.

—Pegarle a otra persona está mal, Ginny. Eso es completamente inaceptable y nunca jamás está bien. Yo sé que tú lo sabes. Lo que hizo tu Mamá Para Siempre estuvo mal y ya he hablado con tus Padres Para Siempre de ello, pero aun así necesito que hagas algo por mí. Necesito que recuerdes que debemos mantener una distancia entre nosotros y la persona que nos está gritando. Las personas que gritan no son seguras. Fue peligroso acercarte a tu Mamá Para Siempre cuando estaba enfadada. ¿Puedes recordar eso? Es decir, ¿serás capaz de mantener una distancia segura de tu Mamá Para Siempre si se enfada y vuelve a gritarte?

—No.

—¿Por qué no?

—Porque podría tener en brazos a un bebé que llora, y yo sé cómo ayudar a los bebés que lloran —digo.

—Te creo —contesta Patrice—, pero un bebé que llora no necesariamente está corriendo peligro. ¿Corría peligro la bebé Wendy cuando tú intentaste acercarte?

—No.

—¿En qué pensabas cuando intentaste tomarla en brazos?

—Estaba pensando en mi Pequeña Bebé.

—Eso es lo que me imaginaba —dice Patrice—, así que creo que deberíamos hablar de la diferencia que hay entre lo que es real y lo que tenemos en la cabeza —hace una pausa y se humedece los labios—. Ginny, quiero preguntarte cómo te sientes respecto a tu Mamá Para Siempre. Ha cambiado mucho desde que llegaste a su casa y ella tuvo a la bebé. ¿Cómo te sientes con ella?

Pienso. No me siento contenta ni triste por ella. Solo me siento entusiasmada y ansiosa por irme a Canadá.

Patrice sigue hablando.

—Ginny, parte de mi trabajo consiste en ayudarte a *vincularte con los demás. Vincularte* significa *formar una relación fuerte* entre tú y otra persona. Sé que tienes dificultades con las emociones por tu autismo, pero han ocurrido algunas cosas que dificultan enormemente que tu mamá y tú se vinculen y estén unidas. Tu Papá Para Siempre está haciendo un trabajo magnífico cuidando de ti y pasando tiempo contigo. Está intentando con todas sus fuerzas que todos sigan unidos, pero eso le está generando un estrés tremendo. No me gusta tener que decirlo, pero no sé si es posible establecer ese vínculo entre tu mamá y tú en este momento. Un vínculo es algo que hay que *querer* tener. Sé que *tú estás* dispuesta, pero si ella no lo está...

Se detiene. Yo espero.

—Todo gira en torno a la Bebé Wendy —dice al fin—. Tienes que demostrarle que la bebé no corre ningún peligro estando contigo. Que el hecho de que estés en la casa no supone ningún peligro para Wendy.

—No me está permitido tocarla. Es la regla más importante —digo.

Patrice baja la mirada. Tiene los ojos mojados.

—Así es —responde—. Ni siquiera si está llorando. Ni siquiera cuando pienses que necesita algo de comer. Ni siquiera sabiendo que tocar a la bebé sería lo único que ayudaría en ese momento.

EXACTAMENTE LAS 2:51 DE LA TARDE, JUEVES, 16 DE DICIEMBRE

Estamos sentados en la sala de reuniones alrededor de una mesa grande. Todas las sillas están ocupadas.

—Parte del objeto de esta reunión es presentarles a Rick a los profesores de Ginny —dice la señora Lomos—. ¿Rick?

—Encantado de conocerlos a todos —dice Rick.

Él se levanta y su silla golpea contra la estantería que tiene detrás. Se tambalea y se quita la gorra con rapidez usando las dos manos, la estruja y vuelve a sentarse.

—Hola, Rick —dicen mis profesores. Están todos. La señora Winkleman, la señorita Dana, la señora Carter y la señora Henkel. También la señorita Carol y la señorita Merton y el señor Crew. Incluso la señorita Devon, la directora. Además de mis Padres Para Siempre.

—Es necesario que todo el mundo sepa que Rick es el Padre Biológico de Ginny, y que habrá ocasiones en que sea él quien venga a recogerla —dice la señora Lomos—. En este momento Ginny utiliza el servicio de autobús del colegio, pero habrá ocasiones en las que sus padres llamen para avisar de que Rick vendrá a recogerla.

—Él tiene nuestro permiso formal —dice mi Mamá Para Siempre—. Toda la documentación al respecto está firmada y depositada en la oficina. También pueden hablar ustedes con él respecto a las calificaciones y el historial de Ginny. Rick va a ser parte importante de la vida de ella ahora.

—Voy a ir a su casa para un *respiro* el 7 de enero —digo yo.

Todo el mundo sonríe y asiente excepto mi Papá Para Siempre, que tiene la miraba baja y arrugas en la frente.

—Estoy segura de que lo pasarás estupendamente —dice la señora Lomos.

—Mi Mamá Para Siempre dice que necesita un descanso —comento.

Todo el mundo se queda callado *exactamente*.

—Las cosas han sido últimamente bastante difíciles tanto en casa como en el colegio —dice la señora Lomos con rapidez mientras observa todos los rostros—. Todos estamos dispuestos a hacer lo que haga falta por la seguridad de nuestros hijos, pero también necesitamos un descanso a veces. Ginny no es una excepción.

Rick se mueve en su silla y hace un ruido con la boca.

—¿Hay algo que quiera añadir? —dice la señora Lomos.

—Pues que ojalá alguien hablara de lo encantadora que es Ginny —dice Rick—. Que dijeran que es una niña divertida y lista porque, con tanto hablar de seguridad y de tomarse un descanso, es como si estuviéramos intentando meterla en una caja. Estamos intentando mantenerla alejada de todo. Yo no soy psicólogo, pero creo que lo que necesita es estar más cerca de la gente.

Me siento confusa y mi Mamá Para Siempre lo sabe. Ella alarga el brazo para tocar mi mano, pero vuelve a meterlo bajo la mesa.

—Es solo una frase hecha, Ginny. Nadie va a meter a nadie en una caja —dice, y luego se dirige a Rick—. Sí, Rick, todos estamos de acuerdo en que Ginny es una solucionadora de problemas muy creativa. Y llena de recursos también. Estamos muy contentos de que formes parte de su vida para que puedas experimentar de primera mano lo encantadora que puede llegar a ser.

Rick baja la mirada y luego vuelve a levantarla.

—Yo solo... —empieza a decir, pero mi mamá lo interrumpe.

—Gracias, Rick —dice ella—. *Muchas* gracias.

EXACTAMENTE LAS 3:03 DE LA TARDE, MIÉRCOLES, 22 DE DICIEMBRE

Esta noche va a haber un Concierto de Invierno y Rick y mi Papá Para Siempre van a ir a verme tocar la flauta. Mi Mamá para Siempre se quedará en casa con mi Hermana Para Siempre. Rick va a cenar con nosotros antes de que nos vayamos. Vamos a cenar temprano, *exactamente* a las cuatro y media. Luego me pondré mi *atuendo de concierto* y nos iremos.

Rick acaba de llegar a la puerta.

—Patrice dice que las trabajadoras sociales fueron al apartamento —le digo—. Dice que están investigando y que van a ir a visitarla todos los días.

—Seguro que a Gloria no le gusta nada eso —responde él.

Rick se quita el abrigo. Mi Papá Para Siempre lo recoge y lo guarda en el armario. Vamos a sentarnos en el salón. Yo me siento en el sofá y mi Papá Para Siempre a mi lado. Rick se sienta en la silla que está al lado de la ventana. Mi Mamá Para Siempre se queda apoyada en la puerta. Tiene el pelo más largo de lo que yo recordaba.

—En el papel escribieron que *a su llegada* mi Pequeña Bebé *no daba muestras de estrés inusual* —digo, porque Patrice me leyó el informe anoche por teléfono.

—Eso es bueno —comenta Rick.

—Van a visitarla cada día porque Crystal con C ya no está. Van a *estar pendientes* durante un tiempo.

Rick toma un sorbo de su café.

—¿Te has preguntado alguna vez si Gloria habrá cambiado?

—Su camiseta era muy diferente.

—Sí, pero lo que quiero decir es que a lo mejor ha cambiado como persona. Las madres también son personas, ¿sabes? Y cambian, como todo el mundo. Según tengo entendido, las cosas fueron muy difíciles para ella cuando tú estabas allí. Eres una niña muy especial, Ginny. Además, estaba el bebé y ella era drogadicta.

En mi cabeza veo que él tiene razón. La gente cambia. Yo he cambiado y nadie lo sabe. Ahora soy (-Ginny).

—Entonces, ¿crees que ya no se enfada ni pega? —pregunto.

—Yo no he dicho eso, pero la verdad es que no sabemos con certeza que siga haciéndolo. Como he dicho, las mamás cambian.

—Mi Mamá Para Siempre ha cambiado —digo.

Mi Papá Para Siempre se incorpora en el sofá. Mi Mamá Para Siempre deja de apoyarse en la puerta.

—¿De verdad? —dice Rick.

Yo digo que sí con la cabeza.

—Ella...

—Ginny —dice mi Papá Para Siempre—, Rick tiene razón. Es probable que Gloria haya cambiado mucho desde que tú vivías con ella en el apartamento, pero tenemos que dejar que las trabajadoras sociales acaben su investigación. Nadie sabía que tu tía iba todos los días para ayudarla a cuidar de tu Pequeña Bebé.

—¿Quién sabe? —dice Rick—. Si Gloria recibe la ayuda que necesita, a lo mejor puede venir a visitarte.

Todos miran a Rick.

—No creo que eso vaya a suceder —dice mi Mamá Para Siempre.

—¿Por qué no? —pregunta Rick.

—Eso, ¿por qué no? —digo.

—Porque yo no lo voy a permitir —responde ella.

—Estamos hablando de alguien que participó en un secuestro —dice mi Papá Para Siempre.

—Crystal se encuentra en la cárcel —responde Rick.

—Crystal *con* C —digo.

—De acuerdo, pero no pensarás que ella actuaba sola ¿verdad? —dice mi Papá Para Siempre—. No sabemos lo que la policía haya podido descubrir, pero no me he creído ni por un segundo que ellas dos no obraban juntas. El caso no está resuelto, pero de todos modos Gloria no es una persona a la que queramos tener cerca de Ginny. Es demasiado volátil.

—Como he dicho antes, la gente cambia —responde Rick—. ¿Es que ustedes nunca han tenido momentos complicados? Yo desde luego que sí. Y ahora, míranos.

Miro, pero no veo nada diferente. Espero que nadie me mire a mí.

—Gloria nunca vendrá a esta casa de visita —dice mi Mamá Para Siempre—. Por encima de mi cadáver.

—Está bien —dice Rick—. Ya veo cómo son las cosas. Yo soy un poco más abierto, eso es todo. Es posible que un poco más indulgente.

—Solo queremos que nadie corra peligro —dice mi Papá Para Siempre.

—Lo sé, lo sé, pero a veces es menos peligroso dejar que la gente se acerque que mantenerla separada. Sin embargo, que quede claro que aprecio muchísimo lo que están haciendo aquí. Conmigo y con Ginny. Verla y poder hablar con ella después de todos estos años me ha llenado. Y si todo sale bien...

Él deja de hablar y me sonríe. No sé por qué, pero le devuelvo la sonrisa.

EXACTAMENTE 11:56 DE LA NOCHE, VIERNES, 24 DE DICIEMBRE. NOCHEBUENA.

Exactamente a las siete de la noche me di mi ducha en casa de la abuela y me puse el pijama, aunque no estaba en mi habitación de la Casa Azul. Todo el mundo sabe que el verdadero significado de la Navidad es *Jesús, el Salvador de las Crisis del Mundo*, pero la Navidad en realidad tiene que ver con regalos. Había un montón de gente en casa de la abuela y todos me llevaron regalos: una camiseta de Michael Jackson, un libro de Michael Jackson, otras cosas más de vestir y algunos cuadernos para colorear. También un rompecabezas de Michael Jackson y una jarra de Michael Jackson.

Una vez abiertos los regalos he comido pescado y brócoli y chucrut, y una cosa que se llama ravioles con carne y queso dentro, y puré de patatas y ensalada y después, *exactamente* a las 9:07, hemos comido unas salchichas pequeñas pinchadas con palitos de madera y unas pequeñas *kielbasas*, que son también como unas salchichas raras, y luego he vomitado en el fregadero. Quería comer un poco más, pero mi Mamá Para Siempre me ha dicho que no, que ya era suficiente.

Ahora estoy sentada en el auto y vamos de camino a casa. El reloj del auto dice que son las 11:56. Ya tendría que estar en la cama, pero hemos hablado toda la semana acerca de que la noche de Nochebuena no pasa nada porque te quedes levantada hasta más tarde, pues Nochebuena es una ocasión especial. Mi Hermana Para Siempre está dormida en su sillita del auto y mi Papá Para Siempre conduce. Dejamos el auto delante de la puerta de la Casa Azul. Todo está blanco, porque esta tarde ha nevado *aproximadamente* a las cuatro, cuando estábamos en casa de la abuela, pero ahora hay unas huellas nuevas en la nieve. Desde el auto puedo ver que hay un regalo enorme en el pórtico, junto a la puerta.

Todos salimos del auto. Tengo todos mis regalos metidos en una bolsa grande con dos asas. Miro la caja grande que está en el pórtico. Me imagino que es para mí, porque me gustan los regalos. Me gustaría abrirlo. Veo un sobre que sobresale de la puerta. Entonces mi Papá Para Siempre se detiene.

—Ginny —dice—, vuelve a subirte al auto con tu mamá y tu hermana por un momento.

Las tres nos subimos al auto. Mi Papá Para Siempre avanza hasta el pórtico y toca el regalo con el pie, luego abre el sobre, saca una hoja de papel y la lee.

Está oscuro y empieza a hacer frío aquí, sentada en el asiento de atrás.

Cuando mi Papá Para Siempre ha terminado con el sobre, abre la puerta de la casa. La abre deprisa. Entonces entra y enciende todas las luces. A continuación vuelve al auto y abre la puerta y dice:

—Todo está bien. Vamos adentro y hago unas llamadas.

Sujeta la puerta para que podamos salir y me dice que no toque el regalo, que entre y espere.

Yo me detengo junto al regalo y lo miro. El papel tiene bastoncitos de caramelo.

—¿Qué decía en la carta? —le pregunto.

—Lo siento, pero no puedo decírtelo. Entra lo más rápido que puedas, Ginny. Es importante.

Una vez dentro, llevo todos mis regalos a mi habitación y mi Mamá Para Siempre me dice que suba con ella mientras prepara a la bebé para acostarla. Me pide que entre al baño y me lave. Oigo a mi Papá Para Siempre hablando por teléfono. Dice algo sobre una carta y acerca de que alguien ha transgredido sin permiso la entrada de nuestra casa. *Transgresiones* es una palabra del *Padre Nuestro*, que es una oración, lo cual a su vez es algo que dices en la iglesia. Pero yo no pienso que él esté hablando con un sacerdote. Me lavo los dientes y la cara. Quiero bajar a buscar mi cepillo del pelo que está en mi habitación y así poder mirar por la ventana, pero mi Mamá Para Siempre dice que me quede donde estoy hasta que mi Papá Para Siempre cuelgue el teléfono.

Cuando termino de cepillarme los dientes, mi Papá Para Siempre ya está en el dormitorio de arriba. Habla con mi Mamá Para Siempre y le da las buenas noches a la bebé Wendy. Entonces me dicen que baje a prepararme para irme a dormir.

—¿Ahora puedo preguntarte por el regalo del pórtico? —digo.

—Lo siento, pero no —dice—. Podremos hablar de ello mañana por la mañana cuando te despiertes. ¿Recuerdas a qué hora debes levantarte mañana?

—A las nueve en punto.

Digo que a las nueve porque es la hora a la que me gusta levantarme. Me ayuda a recordar los años que se supone que tengo.

Me voy a la cama. Estoy preparada para que llegue Papá Noel, pero sigo queriendo saber qué es ese regalo tan enorme. Supongo que mi Papá Para Siempre lo sabe, porque ha leído la carta, y me gustaría que me dijera lo que es.

Me imagino que el regalo es de Gloria, pues intentan no hablar de ella. Supongo que Gloria ha debido traérmelo y lo ha dejado en el pórtico, lo que significa que si hubiéramos estado en casa cuando vino, mis Padres Para Siempre habrían llamado a la policía.

Empiezo a pellizcarme los dedos.

Oigo a mis Padres Para Siempre hablando en el salón, pero no distingo lo que dicen. Quiero ir a hablar con ellos del regalo y de Gloria, pero sé que se enfadarían, así que me quedo en la cama. Dormiré *exactamente* hasta las nueve de la mañana como se supone que debo hacer y me levantaré. Habrá montones de regalos para abrir, pero no me importará, porque será de día y podré mirar por la ventana. Le pediré a mi Papá Para Siempre que me cuente del regalo, y espero que me *hable claro* como Patrice.

EXACTAMENTE LAS 6:16 DE LA MAÑANA. SÁBADO, 25 DE DICIEMBRE. DÍA DE NAVIDAD.

Se supone que vamos a abrir los regalos cuando yo me despierte, que será *exactamente* a las nueve en punto, pero son solo las 6:16 y mi Mamá Para Siempre está en la habitación. Ella me dice que tengo que levantarme pronto, porque vamos a volver a la casa de la abuela. Abriremos mis regalos allí.

—Pero aún no son las nueve —digo.

Miro el reloj y son las 6:17. Las cortinas de mi habitación permanecen cerradas y la luz está encendida.

—Es porque hemos tenido un cambio de planes —dice mi Mamá Para Siempre—, así que ve al baño y vístete. Pero usa el baño de arriba, ¿de acuerdo? Ya tenemos el auto preparado, así que en cuanto estés lista, nos vamos a casa de la abuela.

Ahora me estoy cepillando el pelo delante del espejo. Afuera está oscuro. Apoyo la frente contra el cristal negro y frío de la ventana. Mi respiración lo empaña. El gran regalo de gloria sigue en el pórtico. Crystal con C dijo que Gloria *me quiere con locura*, pero no sabe cuidar de las niñas ni de las bebés. Tampoco sabe cuidar de sí misma o no habría llevado allí el regalo, porque eso ha sido algo muy, muy peligroso, aunque quiero saber qué hay dentro. Es como si Para Siempre fuera algo que ella tuviera que atravesar y estuviera utilizando el regalo para abrirse camino. Como si se encontrara allí, intentando abrirse paso en la oscuridad. La oscuridad dentro del regalo. O como si estuviera intentando salir. Se está esforzando mucho, mucho, mucho. La primera grieta la hizo en la Casa Azul. Luego trató de entrar por las puertas del colegio y ahora está intentando salir de la oscuridad del interior del regalo que me ha dejado en el pórtico.

Me separo de la ventana y termino de cepillarme el pelo. En el espejo observo mis gafas y lo que llevo puesto. Mi bonito pijama de buhitos. La banda elástica me sujeta el pelo. Ahora tengo muchas cosas bonitas. No tenía cosas bonitas cuando estaba en el apartamento. Y mi cuerpo parece diferente. Aún sigo muy delgada, pero no tanto como antes. Espero que mi Pequeña Bebé me reconozca cuando nos reunamos todos en Canadá. Espero que no vea que ahora soy (-Ginny).

Bajo la escalera. Mi mamá está saliendo del otro baño. Miro por la ventana del salón. Las luces del pórtico están encendidas y veo que el regalo ha desaparecido. ¿Dónde está? Miro y miro, pero no lo veo por ninguna parte.

—Es hora de irse —dice mi Papá Para Siempre.

Lleva una bolsa de pañales. Mi mamá está colocando a mi hermana en su sillita para el auto. Caminamos hasta el vehículo. Sigo buscando el enorme regalo, pero no lo veo. Cuando subo al auto, observo que han plegado el asiento que está detrás de mí y hay un montón de bolsas ahí. Están llenas de regalos de Papá Noel y mis Padres Para Siempre. Estoy ansiosa, porque quiero saber qué me ha mandado Gloria. Quiero saber qué decía la carta, así que muevo mis pies hacia delante y atrás, me estiro los calcetines, hablo y tengo cuidado de no meter la pata con lo que digo. Mi Hermana Para Siempre está sentada a mi lado en su sillita y los regalos se hallan detrás de mí y mis Padres Para Siempre se están abrochando los cinturones.

—Quiero abrir mis regalos en cuanto lleguemos a casa de la abuela —digo—. Quiero entrar, quitarme las botas, colgar el abrigo e irme derecho al árbol de Navidad. Quiero abrir primero el regalo de Gloria.

Hace mucho frío y puedo ver mi aliento al respirar dentro del auto.

—¿Qué te hace pensar que el regalo grande es de Gloria? —me pregunta mi Papá Para Siempre.

Antes de que pueda responder, mi Mamá para siempre dice:

—El regalo grande no ha venido con nosotros.

No sé si debo contestar la pregunta o decirle a mi Mamá Para Siempre que estoy enfadada, porque me ha interrumpido incluso antes de que pudiera decir *no se debe interrumpir*. Pero si digo que estoy enfadada, habrá una discusión y nunca podré saber dónde está el regalo, así que comento:

—Quiero ir al árbol y abrir todos los regalos. Los que me ha dejado Papá Noel y los de ustedes.

—No vamos a abrir los regalos nada más llegar —dice mi Papá Para Siempre—. Es muy temprano y estamos en casa de la abuela, así que tienes que recordar que no hemos venido solo para abrir regalos. Hemos venido porque los abuelos nos han invitado.

—¿Y por qué nos han pedido que volvamos tan pronto?

—¿No te parece divertido? —interviene mi Mamá para Siempre con una voz rara—. A mí me encanta levantarme antes de que haya amanecido el día de Navidad después de haber estado despiertos toda la noche vigilando por las ventanas, porque alguien ha puesto toda nuestra información personal en Facebook y ahora la Reina de la Basura Blanca sabe dónde vivimos. En particular cuando está helando fuera y tenemos a una bebé de solo dos meses. Genial, ¿cierto?

Ha hecho una pregunta, pero sé que no tengo que contestar. Quiere que diga algo para poder gritarme, así que me quedo sentada en mi asiento sin hablar, meto las manos palma contra palma entre las rodillas, y me imagino que estoy en una caja.

EXACTAMENTE LAS 4:00 DE LA TARDE, SÁBADO, 25 DE DICIEMBRE. DÍA DE NAVIDAD

Seguimos en casa de los abuelos. Llevamos todo el día aquí. El oficial Joel ha venido a vernos. Yo me he esforzado para no bufarle. Ha hablado con mis Padres Para Siempre mucho rato en la cocina mientras yo estaba en la otra habitación jugando con mis juguetes nuevos. Me han traído un dispensador de caramelos de Michael Jackson, un calendario de Michael Jackson, un llavero de Michael Jackson y un libro sobre Michael Jackson. Son cuatro cosas de Michael Jackson. Y tengo también una mochila nueva con un bolsillo a cada lado y un bolsillo secreto especial en el interior que se cierra con una cremallera.

Me vendrá bien cuando llegue el momento de irme a Canadá con Rick.

Cuando el oficial Joel se marcha, mis Padres Para Siempre vuelven al salón. Mi mamá toma en brazos a mi Hermana Para Siempre, a la cual sostenía mi abuela, y la abraza. Todo el mundo dice que es una belleza.

Mi Papá Para Siempre se sienta en el sofá. Me mira, yo lo miro, y entonces digo:

—¡Feliz Navidad! ¿Puedo abrir ahora el regalo grande?

—Ginny, el regalo grande no está aquí, ¿recuerdas? Además, no era para nosotros. Quienquiera que lo dejó en nuestra casa se confundió —dice él.

No le contesto. No está *hablando claro*. Miente. Nunca lo había hecho. Es la primera vez que me miente. Imagino que lo que quiere es que no corra peligro, pero ahora sé que no puedo creer lo que dice.

—¿Podemos abrir otros regalos? —digo.

—Sí, claro —me contesta.

Y me pasa una caja grande envuelta en papel azul con lagos cubiertos de nieve y un lazo blanco. Muestro una gran sonrisa en la cara y lo abro.

EXACTAMENTE LAS 11:05 DE LA MAÑANA, DOMINGO, 26 DE DICIEMBRE

Yo tenía razón. El regalo grande era para mí. Era de Gloria. Lo sé porque me mantuve muy callada y muy quieta todo el tiempo mientras mi hermana estaba durmiendo y mi mamá hablaba por teléfono, aunque sé que *no debemos escuchar las conversaciones telefónicas de otras personas*. Oí que dejaba de hablar y vi que miraba en mi habitación, pero ella no sabía que yo estaba en el salón, así que acercó la mano al teléfono para taparse la boca y dijo:

—Era un animal de peluche. Un gato gigante. ¿Puedes creerlo? ¡Un gato gigante espantoso! Después de todo lo que ha pasado... ¡Esa mujer no tiene cabeza ninguna!

Entonces dejó de hablar. A veces, cuando hablas por teléfono, tienes que esperar a que la otra persona diga algo. Al poco rato volvió a hablar:

—Claro que no. Brian lo metió en el cobertizo esa misma noche y al día siguiente lo lanzó a la basura. No hemos querido llevarlo a la beneficencia por si la madre lo veía. Nunca se sabe. Ella compra en sitios así.

Y mi Mamá Para Siempre tiene razón. Gloria compra en sitios así. Una vez me llevó a una tienda de la beneficencia a comprarme unas botas nuevas. Y las encontramos *exactamente* por dos dólares con noventa y cinco centavos. Gloria no llevaba suficiente dinero para comprarlas, así que me hizo pedírselo a una señora mayor, y la señora me las compró. Yo me puse tan contenta que me las calcé en ese mismo momento y le di un abrazo a la señora. Gloria lloró un poco, lo cual me confundió, porque a mí me gustaban mucho las botas. Eran negras con un ribete rosa. Yo era muy pequeña entonces. Me cuesta trabajo recordarlo.

Quiero ese gato gigante y espantoso, porque es un mensaje de Gloria. Y además, está la carta. Ella intenta decirme que no se va a rendir. Quiero leer su mensaje y enviarle otro de vuelta que diga: *Ten cuidado o te van a atrapar. Tú espera a que hable con Rick en el respiro y haremos planes para huir a Canadá.*

Estoy enfadada porque no puedo hablarle a mi Papá Para Siempre de todas estas cosas. Quiero conversar con él y contarle cómo me siento, pero no puedo porque él no desea que corra peligro. Yo quiero gritar y quejarme y decir: ¡Demonios! Sin embargo, no puedo hacerlo. Porque si él supiera lo que tengo en la cabeza, sabría que he estado espiando y escuchando una conversación telefónica, lo cual es algo que se supone que no debo hacer. Voy a tener que hacer muchas cosas que se supone que no debo hacer y me voy a poner muy ansiosa, pero necesito hacerlo, porque seguramente mi Pequeña Bebé estará *sufriendo serios abusos y negligencia* igual que yo, y tengo que impedirlo.

EXACTAMENTE LAS 8:23 DE LA NOCHE,
VIERNES, 31 DE DICIEMBRE.
VÍSPERA DE AÑO NUEVO.

Es la víspera de Año Nuevo. Los abuelos, el tío Will y la tía Jillian, y el tío John y la tía Megan, están aquí, en la Casa Azul. Y Rick. Todos llevan unos gorros muy graciosos, y yo también. El mío es como un cono de helado puesto cabeza abajo. Es rojo con letras plateadas que dicen *Feliz Año Nuevo*.

Para cenar hemos tenido comida china. El tío Will ha traído dos bolsas grandes que eran marrones, como las del supermercado, y dentro había *exactamente* seis envases grandes de plástico en forma de rectángulo con tapa y cinco recipientes blancos con asas de metal. Yo he comido pollo y carne ensartados en un palo y unas costillas rojas pequeñas, y algo que parecía espaguetis marrones, y frituras de cangrejo y palitos de pollo. Entonces mi mamá me ha hecho comer un poco de brócoli y guisantes. No me gustan la mayoría de los vegetales. Y después he tenido que parar a descansar, me ha dicho, porque *no queremos repetir lo de Nochebuena, ¿verdad?*

Todos los recipientes de comida, un montón de servilletas y los cubiertos de plástico están todavía sobre la mesa. Mi Papá Para Siempre sigue mirando por la ventana cada dos o tres minutos. Es como si estuviera esperando a Papá Noel o algo así, de modo que le digo:

—¿No sabes que Papá Noel ya ha venido? Estamos en vísperas de Año Nuevo.

No me contesta, así que sé que está mirando para ver si Gloria se presenta.

Ahora estoy sentada en el suelo en pijamas, con la tía Megan, la tía Jillian y Rick. Rick tiene una copa con mucho hielo. Estamos jugando a un juego que se llama Yahtzee. Me gusta porque cuando tiras los dados puedes ver los números y contarlos. El juego trae una libreta especial en la que puedes anotar tu puntuación. Y a veces puedes gritar muy fuerte: *¡Yahtzee!*, y entonces uno de mis Padres Para Siempre dice: *¡Shhh!*

Veo luces delante de la puerta, lo que significa que alguien llega. Me asusto, porque si es Gloria, pueden atraparla. Pero también podría traer a mi Pequeña Bebé con ella, así que me levanto de un salto y miro. Veo un auto allí, pero no distingo quién está adentro, ya que las luces me deslumbran. Aparto rápidamente la mirada, cierro la boca y me la tapo con una mano para que nadie pueda ver lo que tengo adentro.

Entonces oigo que la tía Jillian dice:

—Ginny, ¿por qué te tapas la boca?

Y la tía Megan llama:

—¿Brian?

Pero yo me he vuelto a sentar con los labios apretados. Aparto la vista de la ventana y me quito la mano de la boca. Veo a mi Mamá Para Siempre con el teléfono en la mano y a mi Papá para Siempre delante de la ventana otra vez, mientras Rick, el tío Will, el tío John y el abuelo permanecen de pie ante otra ventana, y esas luces tan brillantes iluminan la casa desde fuera. Es como si Para Siempre estuviera todo iluminado con las luces. Como si intentara atravesar las paredes con unos enormes rayos láser de fuego.

—Es un auto —dice el tío Will.

—¿De qué color?

—¿Cómo rayos lo voy a saber? Está oscuro como la boca de un lobo, y las luces me dan en toda la cara.

El tío Will vuelve a mirar por la ventana.

—Blanco, creo.

Entonces llaman a la puerta.

Mi Papá Para Siempre abre. Es un repartidor de pizzas. Lo sé porque trae una. Y sé *exactamente* de qué clase, porque la huelo.

—¿Puedo ayudarte? —dice mi Papá Para Siempre.

—Traigo una pizza.

—Lo siento, pero nosotros no hemos pedido ninguna.

—Es para Ginny —dice el repartidor—. Y ya está pagada.

—¿Cómo dice? —pregunta mi Papá Para Siempre.

—La pizza es para alguien llamado Ginny —dice, y saca un papel que le da a mi Papá Para Siempre. Él lo lee, lo arruga y se lo guarda—. Hasta han pagado la propina.

El repartidor le entrega la pizza a mi Papá Para Siempre y añade:

—Feliz Año Nuevo.

Y luego se marcha.

Mi Papá Para Siempre cierra la puerta. Todos lo estamos mirando. La pizza es de beicon y cebolla. Mi favorita. Y huele de maravilla, así que digo:

—¿Puedes dármela, por favor?

—Ginny, tu papá y yo tenemos que hablar —dice mi Mamá Para Siempre.

Y yo digo:

—De acuerdo. Empezaré a comerme la pizza mientras hablan.

—No —contesta mi Papá Para Siempre.

—¿Por qué no? —digo yo, aunque su voz suena enfadada.

Entonces Rick dice:

—Sí, ¿por qué no?

Pero nadie lo escucha.

Mi Papá Para Siempre mira a mi Mamá Para Siempre, y ella lo mira a él.

—Bueno, pues no sé qué rayos tenemos que hacer —dice ella.

—Es comida —dice mi Papá Para Siempre—. No podemos tirarla sin más.

—Tampoco podemos aceptarla sin más.

—Repito, *¿por qué no?* —dice Rick, pero un poco más fuerte.

Esta vez todos lo miran.

—Porque Gloria no tiene permiso para ver a Ginny —dice mi Papá Para Siempre.

Rick deja su copa. El cristal hace un ruido.

—Es que no la está viendo. Solo quiere hacer algo bonito por su hija. ¿Qué tiene eso de malo?

—Si le das a esa mujer aunque sea solo un centímetro... —dice mi Mamá Para Siempre.

—¿Entonces qué? ¿Violará una orden de alejamiento y hará que la detengan? ¡Vamos!

—Ella es completamente impredecible —dice mi Papá Para Siempre.

—*No se puede confiar en ella* —digo yo—. ¿Puedo comerme ya la pizza?

—Bueno, me parece que son demasiado inflexibles en algunas cosas —dice Rick.

—Creo que mi amigo Rick se ha tomado algunas copas de más —dice mi abuelo y le pasa un brazo por los hombros.

Rick se tambalea y sonríe.

—Puede ser. Puede ser. Pero aun así...

—Rick —dice mi Papá Para Siempre.

—...no se puede mantener separada a la gente, porque al final la situación te explota en la cara. ¡Boom!

Mi Mamá Para Siempre parece a punto de gritar.

—Rick, por favor, deja que seamos nosotros los que nos ocupemos de esto —dice mi Papá Para Siempre, y se vuelve a mirar a mi Mamá Para Siempre—. El daño ya está hecho. La pizza está aquí.

Entonces digo yo:

—¿Puedo comérmela ya, por favor?

Porque es una regla que *hay que decir siempre por favor cuando se pide algo.*

—Ahora no, Ginny —dice mi Mamá Para Siempre.

—Pero es que lleva mi nombre —digo, y señalo la caja.

Todo el mundo la mira. Está escrito G-I-N-N-Y en mayúsculas en un lado de la caja, con un marcador negro grueso.

—Hija de perra —dice mi Papá Para Siempre y deja caer la pizza sobre la mesa, haciendo un ruido fuerte—. Adelante. Cómetela.

Así que abro la caja. Estoy tan emocionada que las manos me tiemblan. Cuento las porciones.

—Una, dos, tres, cuatro...

—¡Hay ocho porciones! —me dice mi Mamá Para Siempre—. Todas las pizzas tienen *siempre* ocho porciones *exactamente*. ¡No tienes que contarlas!

Pero yo tengo que estar segura, así que empiezo de nuevo.

—¡Hazlo en silencio! —dice, así que termino de contar para mí sola.

Tiene razón. Y yo sé que la pizza es de Gloria. Seguro que piensa que es la chica más lista de todas. Sigue intentando atravesar los muros de Para Siempre. Me está diciendo otra vez que no va a rendirse, aunque todo el mundo diga que no va a volver. *¡Se equivocan, se equivocan!* —les grita—. *Y esta pizza de beicon y cebolla lo demuestra.* Pero yo sé que si acaba atravesando el muro y me rapta, la pillarán. La policía la atrapará y la meterá en la cárcel.

Miro a Rick. Está apoyado contra la repisa con su copa en la mano. Tengo que hablar con él sobre lo de ir a Canadá. Si Gloria sigue intentando atravesar los muros, no voy a poder esperar al *respiro*. Tengo que hablar con él esta noche.

—Esto no es una violación de la orden de alejamiento, ¿verdad? —pregunta mi Mamá Para Siempre.

—Creo que no.

—¿Y qué hacemos? No podemos dejar que se la coma entera. Son ocho raciones, y ya se ha atracado bien de comida china.

Yo no digo nada porque tengo la boca llena, pero como parece que tienen intención de llevársela, como más deprisa.

—Ginny, más despacio —dice mi Papá Para Siempre—. Nadie te va a quitar la comida. Cómete solo una porción esta noche. Mañana si quieres puedes comerte otra para desayunar.

La pizza no es comida para un desayuno, pero no quiero que me digan que no puedo comerla para desayunar, así que digo:

—¿Y en el almuerzo?

—En el almuerzo también.

—¿Y en la cena?

—De acuerdo. En la cena también.

—¿Y qué rayos hacemos ahora? —dice mi Mamá Para Siempre—. ¿Llamar a la policía y decir que queremos denunciar que nos han traído una pizza?

—Es una forma de acoso —dice el tío Will.

—Eso es discutible —comenta el abuelo.

—¡Ya lo creo que es discutible! —dice Rick—. Si yo estuviera en el lugar de ustedes...

—Pero *no* lo estás —lo interrumpe mi Papá Para Siempre.

—De acuerdo. Pero *lo estaré* algún día. Eso es lo que los dos dijeron, ¿no? Pues les voy a decir lo que pienso hacer cuando eso ocurra. Pienso darle permiso de visita.

Yo dejo de masticar. Nadie dice nada.

—¡Lo que oyen! Pienso *darle el jodido derecho de visita*. ¿Qué te parece eso?

—Rick, tienes que parar —dice mi Papá Para Siempre—. No podemos hablar de estas cosas delante de Ginny. Si no puedes acatar una...

—¿*Acatar*? ¿Pero dónde demonios te crees que estás? ¿En el salón de clases de una universidad?

—Solo intento decir que Ginny necesita un entorno estable y sin complicaciones, y lo que estamos haciendo en este momento no es exactamente...

—¡No me gusta cómo la tratan! ¡Y tampoco me gusta cómo me tratan a mí! Sé que se metieron en esto porque no podían tener hijos, pero ahora tienen una bebé y están hasta el cuello. ¡Más arriba del cuello, diría yo! Y...

—Ginny, es hora de irse a la cama —dice la tía Megan, tendiéndome la mano.

Cuando se la doy, me lleva al vestíbulo. Oigo a Rick y a mis Padres Para Siempre discutir, pero yo estoy en mi cabeza pensando. Tengo que hablar con Rick, pero parece estar muy enfadado y mi Mamá Para Siempre le está gritando. A lo mejor puedo hablar con él en las Olimpiadas Especiales. Espero que Gloria no intente asaltar los muros de Para Siempre antes de que logre hacerlo, pero me ha enviado un enorme y aterrador gato de peluche, y una pizza con cebolla y beicon. Si no deja de hacer estas cosas, va a acabar en la cárcel junto a Crystal con C, ¿y quién cuidaría a mi Pequeña Bebé entonces? ¿Tendría que ir a la cárcel también?

Se oyen gritos más fuertes en el salón.

—Por favor, ¿podría llevar alguien a este imbécil a su casa? —oigo que dice mi Mamá Para Siempre—. Ya no es bienvenido a mi hogar, pero no quiero que se estrelle en un banco de nieve y tenerlo sobre mi conciencia.

Escucho que mi hermana empieza a llorar arriba.

Me humedezco los labios.

—Creo que necesito...

—¿Qué? ¿Beber algo? —dice mi tía Megan—. Voy a buscar un vaso de agua mientras tú te vistes. Creo que un buen vaso de agua es lo que todo el mundo necesita ahora mismo.

EXACTAMENTE LAS 7:07 DE LA NOCHE, MIÉRCOLES, 5 DE ENERO

Estoy yendo a las Olimpiadas Especiales con mi Papá Para Siempre. Está oscuro y hace frío.

Nada más entrar, veo a Rick. Se encuentra sentado solo en las gradas. Nos acercamos a él y se levanta. Veo a Katie Mac-Dougall y a Brenda Richardson lanzando tiros al aro, pero me acerco a Rick directamente y le digo:

—¿Podemos hablar de una cosa, por favor?

Y Rick me dice:

—Lo siento, Ginny, pero he venido a decirte adiós.

Me siento confusa. *Adiós* se dice cuando vas a marcharte. Cuando ves a alguien, se supone que tienes que decirle *hola* o *¿qué tal estás?* No sé por qué dice que ha venido *a decirme adiós.* Espero a que me lo explique.

—Tengo que salir de viaje —dice Rick—. Es una carga grande para el sur.

—¿Vas a *llevar el camión*?

Rick respira hondo y sonríe.

—Sí, voy a llevar el camión. Pero voy a estar fuera mucho, mucho tiempo. Así que quería darte algo.

—¿Es un regalo con un gato horroroso dentro? —pregunto.

Rick parece sorprendido. Mira a mi Papá Para Siempre y luego otra vez a mí.

—No exactamente. Es esto.

Me entrega el regalo. No está envuelto en papel de regalo, sino que viene en una bolsa verde y blanca en la que se lee *Barnes & Noble*. Agarro la bolsa y la miro detenidamente. La agito. No hace ruido. No me imagino qué puede haber dentro, pero sé que tengo que parecer entusiasmada, así que abro la boca un poco, sonrío y agrando los ojos.

—¿Qué es? —pregunto.

Hay chicos y chicas especiales lanzando balones y corriendo por todo el gimnasio.

—Tendrás que abrirla para saberlo —dice Rick.

Mi Papá Para Siempre vuelve la cara y mira hacia el techo. Abro el regalo. Dentro hay un paquete con las partes cuatro, cinco y seis de la película *La guerra de las Galaxias*. No sé dónde estarán las partes uno, dos y tres. Voy a preguntarle si me va a dar las tres primeras cuando dice:

—He pensado que debías tener las tres partes.

Quiero decirle que la colección no está completa porque faltan las tres primeras, pero él sigue hablando.

—Ginny —dice—, ahora tengo que irme. Puedes seguir enviándome correos electrónicos. Te los contestaré todos, te lo prometo.

Me tiende su mano, yo bajo la mirada y se la estrecho. Entonces me abraza. Yo no *retrocedo*, pero no lo abrazo a mi vez, porque devolver un abrazo es como decir adiós. Rick me suelta y da un paso atrás.

—Mierda, esto es difícil —dice.

Se seca los ojos. Luego inclina la cabeza hacia mi Papá Para Siempre y sale del gimnasio.

Cuando se ha ido, miro el lugar en el que estaba parado hace apenas siete segundos. Quiero volver a verlo, pero sé que no va a regresar. Sale de viaje en camión hacia el sur.

Quiero preguntarle por el *respiro*. Quiero preguntarle si todavía me va a recoger en el colegio el 7 de enero para llevarme a su casa.

—¿Papá? —digo con voz suave, tan bajito que casi ni escucho la palabra.

—¿Qué? —dice mi Papá Para Siempre.

Pero no le hablo a él. Le estoy hablando a la única persona que podría llevarme al otro lado de Para Siempre. Al otro lado del signo de igualdad. Sin embargo, se ha ido.

EXACTAMENTE LAS 11:33 DE LA MAÑANA, VIERNES, 7 DE ENERO

El autobús no ha venido a recogerme aproximadamente a las 6:45 porque no hay colegio hoy. Había tormenta de nieve, así que las clases se han cancelado, lo cual significa que nadie va a ir allí, ni siquiera el director. No sé si el timbre suena cuando no hay colegio. No me gusta que se cancelen las clases. No me gusta el tiempo *desestructurado*. Es así que lo llama Patrice cuando no hay timbres ni horarios.

Quiero salir a jugar en la nieve, pero mi Papá Para Siempre no puede llevarme aún. Tiene que terminar de limpiar, porque mi Mamá Para Siempre está arriba con mi Hermana Para Siempre. Ahora limpia él todo el tiempo. Mi Mamá Para Siempre se queda arriba todo el día. Es como si viviera allí.

Estoy intentando ver una película. Solo me dejan ver una al día, porque me pasaría el tiempo viendo películas si nadie me dijera que no. Mi Papá Para Siempre quiere que *socialice* más. Quiere que hable con ellos para que pueda *vincularme*, aunque la única persona a la que vincularme ahora es él. Patrice dice que sigue costándome mucho esfuerzo *vincularme*.

Sin embargo, en este momento lo que me está costando es elegir una película. Es difícil elegir, porque tengo muchas. El lunes vi *Baby, el secreto de la leyenda perdida*. El martes, *La princesa prometida*. El miércoles, *Madagascar*. El jueves, *Buscando a Nemo*.

Entonces me acuerdo de que Rick se ha ido. No va a recogerme hoy en el colegio. Aunque las clases no hubieran sido canceladas, él no estaría allí. Mi Papá Para Siempre me ha ayudado a entenderlo. Dice que en este momento no tenemos aún una fecha fija para el *respiro*, lo que significa que este fin de semana ya no voy a ir a Canadá y mi Pequeña Bebé estará sola con Gloria.

Es demasiado pensar en todo eso al mismo tiempo. Quiero gritar, pero alguien me oiría.

En cambio, me pellizco los dedos. Agarro mi mantita de la cama y me la pongo cerca de la boca y la nariz. Mi cabeza necesita un descanso, así que me doy la vuelta y escojo la primera película que veo, *El retorno del Jedi*. Estaba encima de la cómoda, al lado de mi cuaderno de Snoopy y mi calendario de bolsillo de Michael Jackson.

Tengo la caja con el DVD en las manos y cierro los ojos. Recuerdo que Samantha y Bill tenían *El retorno del Jedi*, pero ahora no estoy en su casa. Cuando vivía allí, tenía una Hermana Para Siempre que se llamaba Morgan, la cual me empujaba y me pellizcaba mucho cuando nadie miraba, así que me hice caca en su alfombra y escribí *Por favor, deja de hacerme daño Morgan* en la pared de su habitación y le apagué la calefacción. Tratar con Morgan era muy *tedioso*. Solo llevaba allí tres meses cuando eso ocurrió. Entonces la policía llegó para llevarme a otro sitio.

Me siento en la cama, abro *El retorno del Jedi* y saco el DVD. Un trocito de papel cae sobre mi cama. Tiene las esquinas dobladas y tres líneas azules, lo que quiere decir que proviene de un cuaderno. Lo agarro y lo miro con cuidado. No veo nada. Le doy la vuelta y observo el otro lado, donde hay algo escrito.

Es un número de teléfono.

El número es *555-730-9952*, y debajo está escrita la letra G.

Lo miro fijamente. Me lo acerco a los ojos. Entonces lo entiendo.

Tengo en la mano el número de teléfono de Gloria.

Eso significa que Rick sigue ayudándome aunque no consiguiera hablar con él sobre Canadá, porque ahora voy a poder llamar a Gloria. Puedo decirle que su plan secreto *no está tan mal*. Puedo decirle que podemos subir a Québec, donde es *muy fácil desaparecer.* Solo tiene que encontrar a alguien que me pueda llevar hasta allí para que no me atrapen, porque eso echaría todo a perder. Y tengo que decirle que no me envíe más regalos, ni más pizzas ni más nada. Y que espere un poquito más y no le pegue a mi Pequeña Bebé. Lo único que necesito es un teléfono y un sitio tranquilo en el que poder decírselo todo.

555-730-9952.

Memorizo el número en mi cabeza.

Me meto el papel en la boca, lo mastico y me lo trago.

Ahora nadie lo encontrará nunca. Si mantengo la boca cerrada, nadie sabrá que ese número está en mi cabeza o que Rick me ayudó. Es el mejor papá que he tenido por siempre.

EXACTAMENTE LAS 9:08 DE LA MAÑANA, SÁBADO, 8 DE ENERO

Cuando me despierto a las nueve de la mañana, me incorporo, apago el despertador y bostezo como Chewbacca. Quiero escribir una lista de cosas que hacer. En ella anotaré: *Encontrar un sitio para llamar a Gloria*, pero entonces me doy cuenta de que hacerlo puede ser una mala idea. Además, aún no tengo un teléfono. Así que me levanto, me pongo las gafas, salgo al pasillo y voy al baño. Salgo de él y voy a la mesa del comedor, me tomo mi pastilla y me siento a beberme la leche. Miro el vaso y veo que no hay uvas al lado.

—No hay uvas —digo entonces.

—Ginny, las uvas tienen que esperar —grita mi Mamá para Siempre desde otra habitación.

Espero *exactamente* nueve segundos, pero nadie me trae uvas, así que digo:

—Ayer había uvas aquí. Siempre hay uvas aquí. Se supone que debo comer uvas todos los días para *mantener la regularidad*.

Pero mi Mamá Para Siempre no responde nada. Aparto la vista de donde deberían estar mis uvas y miro hacia donde está ella. Se encuentra en el salón arrodillada delante de mi Papá Para Siempre, que se halla tumbado. Mi mamá está empujándole el pecho y soplando en su boca, y poniendo su cabeza sobre el pecho como si escuchara. Luego vuelve a empujar, y otra vez, y otra, y sopla en su boca un poco más, y se aparta el pelo, y empuja, y empuja. Mi Hermana Para Siempre está sentada cerca del sofá en su mecedora, mordisqueando su conejito de peluche.

—*¿Aproximadamente* cuándo tendré las uvas? —pregunto.

Mi Mamá Para Siempre sigue sin contestar. Busca su teléfono celular, pero se le cae de la mano. Lo recoge y pulsa algunos botones. Luego se levanta.

—Ginny, los abuelos vienen de camino en este mismo momento para cuidarte. Una ambulancia está llegando para recoger a tu papá.

—¿Me traerá la abuela las uvas? —pregunto.

Mi mamá se da la vuelta, toma en brazos a mi Hermana Para Siempre y le da un abrazo.

—Tengo que acostar a tu hermana —me dice—. Tú quédate ahí en la mesa, ¿de acuerdo, Ginny?

Y entonces sube.

Ahora son las 9:09. Sigo sentada y sin las uvas. No tengo nueve uvas, o incluso catorce. Tengo cero. Mi Hermana Para Siempre es demasiado pequeña para traerme las uvas. Mi Papá Para Siempre no se levanta a fin de ir a buscarlas. Sigue tumbado en el suelo sin moverse. Empiezo a morderme las uñas. ¿Cuánto tiempo tendré que esperar? No sé dónde están las uvas, pero no puedo abrir la nevera sin permiso. Fue distinto cuando saqué la leche la noche del Concierto de la Cosecha, porque la necesitaba para mi Pequeña Bebé. No me gusta romper las reglas ni decir mentiras. Solo que no me importa hacerlo si estoy intentando cuidar a mi Pequeña Bebé. Solo está bien si es por eso. Así que digo:

—Bueno, me gustaría de verdad que alguien me ayudara.

No hay respuesta.

Me estiro en la silla para poder ver la cara de mi Papá Para Siempre. Tiene los ojos cerrados, así que me imagino que también tendrá cerrados los oídos.

—Me quedaré aquí sentada esperando —le digo, pero no me contesta.

Ahora veo luces que parpadean en la entrada, pero no son iguales que las de los autos de policía. Veo a una ambulancia estacionarse. Dos hombres corren a la puerta. Mi Mamá Para Siempre entra en el salón sin mi Hermana Para Siempre. No me dice nada. Se apresura a la puerta, la abre y los dos hombres entran. Llevan unas bolsas negras con agarraderas. Se arrodillan junto a mi Papá Para Siempre y ahora no puedo verlo. Solo veo la espalda de los dos hombres.

Entonces el abuelo se para delante de mí. Me dice:

—Ginny, ve a tu habitación y vístete. Prepararemos el desayuno después. Tus Padres Para Siempre tienen que irse al hospital un rato.

Me levanto, acomodo mi silla y me voy a mi habitación. Cuando termino de vestirme, bajo y me siento otra vez en mi silla. Nadie me dijo ayer que los abuelos iban a venir a visitarnos. Eso me sorprende y me confunde.

La abuela entra en el comedor con mi Hermana Para Siempre en los brazos. Se la da al abuelo y él la lleva al salón. Se sienta en el sofá y empieza a ver un libro con ella. Entonces la abuela sale de la cocina con un rollo de papel toalla.

—Voy a quitar la nieve de la alfombra —dice.

Entonces me percato de la nieve.

—¿De dónde ha salido la nieve? —pregunto.

—De las botas de los paramédicos —dice la abuela—. Ginny, todo va a ir bien. Haremos lo que normalmente hagas por las mañanas y esperaremos a que mamá nos llame.

—¿Dónde está ella? —digo, porque no la veo.

Y a mi Papá Para Siempre tampoco.

—Va en la ambulancia con tu papá al hospital.

Miro al suelo. Mi Papá Para Siempre no está donde estaba antes.

—¿Puedo comer ahora mis uvas? —digo—. Necesito comer *exactamente* nueve.

Porque si como mis nueve uvas, será como si no pasara nada. Será como si todo fuera *exactamente* como debería ser.

EXACTAMENTE 4:08,
LUNES, 10 DE ENERO

—¿Quieres un abrazo? —dice Patrice.

—No —digo yo.

—Entonces sentémonos.

Me siento en la silla de flores y miro alrededor. Estoy pensando en cómo encontrar un teléfono para llamar a Gloria. Los adultos llevan los teléfonos celulares consigo todo el tiempo, así que es difícil poder usar uno sin pedirlo. Pero los chicos a veces los llevan en la mochila o los tienen en su taquilla. A lo mejor la escuela es el mejor sitio para buscar.

—Tu abuela ha sido muy atenta trayéndote aquí —dice Patrice—. Es estupendo que vivan tan cerca.

No digo nada.

—¿Te gusta que se queden contigo?

—No.

—Ginny, tu Papá Para Siempre va a estar en el hospital al menos una semana. ¿Sabes por qué?

—Ha tenido un infarto —digo.

—Sí. Lleva años con la presión alta, pero últimamente ha habido mucho estrés en casa. Los médicos dicen que necesita cambiar de vida. No es culpa tuya. Solo necesita cosas más sencillas. Habría sido genial que hubieras podido irte a vivir con Rick, pero las cosas no salieron como todo el mundo esperaba. Me alegro de que vaya a seguir en contacto contigo por correo electrónico —hace una pausa y luego vuelve a hablar—. Siento que las cosas no hayan ido bien. Rick y tus Padres Para Siempre no se ponían de acuerdo. Él quería criarte de un modo diferente a ellos, de un modo que era demasiado... liberal. Pero hay un sitio muy especial en Connecticut que tus Padres Para Siempre están considerando. Yo quisiera que tú también lo vieras.

Patrice saca unos papeles que tienen fotos. Veo un edificio de ladrillo y unas pequeñas cabañas blancas cerca de un lago y muchas niñas pequeñas en un grupo grande. Todas llevan camisetas rosas y sonrisas.

Patrice me pone los papeles en la mano.

—¿Voy a ir a este sitio?

—Aún no estamos seguros —dice Patrice—. Pero tus padres van a ir a verlo en cuanto tu papá se ponga mejor, y a ellos les gustaría que tú también le dieras un vistazo.

Dar un vistazo es una expresión. Eso significar *ir allí.*

—¿Cuándo vamos?

—Seguramente una semana después de que vuelva a casa —dice.

Una semana es bastante tiempo para encontrar un teléfono y un sitio tranquilo desde el que llamar a Gloria.

—¿Sabes qué? Tu mamá me envió la carta que le escribiste ayer a Rick. Parece que sigues llamando a Krystal con K tu Pequeña Bebé.

La oigo, pero no la escucho.

—Es mi tarea cuidar muy, muy bien de ella.

—Sí, lo sé —dice Patrice—. Bueno, hace mucho tiempo que no lo has hecho. ¿Cuánto tiempo ha pasado?

—Cinco años —digo.

—Es verdad. Ahora me acuerdo. Han pasado muchas cosas desde entonces. ¡Te has hecho muy mayor! ¿Sabes cuántos centímetros has crecido?

No lo sé, de modo que contesto que no con la cabeza.

—Veinticinco centímetros. ¡Qué increíble! Me pregunto cuánto habrá crecido tu Pequeña Bebé. Fíjate, incluso la Bebé Wendy es ya un poco más grande de lo que era cuando vino del hospital. Tu mamá me ha dicho que mide ya cincuenta y cinco centímetros, y cuando salió del hospital medía solo cincuenta y dos.

—Mi Pequeña Bebé es muy chiquita —digo.

—Claro. Pero, ¿siempre será así?

Empiezo a salir de mi cabeza. Patrice me está mirando. Yo también la miro a ella, pero en realidad no la veo. Veo solo a mi Pequeña Bebé envuelta en mi mantita. Veo sus ojitos y su nariz. Sonríe cuando me acerco y mueve sus bracitos. *¡Muy contenta! ¡Muy contenta!*

—Sí —digo—. Siempre.

EXACTAMENTE LAS 6:32 DE LA MAÑANA, MARTES, 11 DE ENERO

Estamos de pie en la cocina, mirándonos la una a la otra. Hay una bolsa blanca de plástico detrás de ella, en la encimera. No sé qué hay dentro.

—Tengo que pasar mucho tiempo en el hospital —dice mi Mamá Para Siempre—, pero la mayor parte de ese tiempo estarás en el colegio. Los abuelos vendrán muchas veces a ayudar, pero necesito que tú... —respira hondo. Su boca es una línea recta—. Necesito que pasemos por esto sin ningún *incidente*.

—¿Qué es un *incidente*?

—Es algo que haces que resulta inesperado —dice—. Algo que provoca un problema. Ya sabes, como... —no termina la frase—. Bueno, si no te importa, prefiero no darte ningún ejemplo. No quiero poner ideas brillantes en esa cabecita tuya.

No sé qué es *ideas brillantes* pero me imagino que es una frase hecha.

—Sé que últimamente has pasado mucho tiempo con Papá Para Siempre, que te has acostumbrado a él, y él a ti. Y eso está genial, de verdad. Pero ahora tienes que ser paciente conmigo, Ginny. Ahora tengo que ser yo quien cuide de ti. Al menos durante un tiempo.

—¿Hasta que él regrese?

Mira para otro lado y luego vuelve a mirarme.

—Eso. Hasta que regrese. Después ya veremos. Patrice nos ayudará. Ahora vamos a repasar las reglas de esta semana, ¿de acuerdo?

Yo asiento.

—La más importante ya la conoces. ¿Te acuerdas?

—*No debo tocar a la Bebé Wendy en ningún caso.*

—Bien. Estupendo. Ahora, la siguiente regla es que *tienes que hacer una lista cada día y seguirla.* Porque es importante para nosotros mantenernos ocupados, ¿verdad?

Yo asiento.

—Bien. Y cuando hagas la lista, debes enseñármela y yo añadiré algunas cosas más. Hay mucho trabajo en la casa ahora que Papá Para Siempre no puede ayudarnos. Las cosas extras que yo te añada serán unas cuantas tareas más, como tirar la basura o recoger la mesa. A lo mejor también podrás ayudarme a entrar la compra a la casa, o quitar la nieve de los autos. Nada demasiado pesado ni complicado, ¿entiendes?

—Sí.

—Genial. Y la siguiente regla es que *cuando ya no aguantes más el llanto de la Bebé Wendy, saldrás a la calle a dar una vuelta.* Te pones el gorro y las botas y sales fuera.

—Y el abrigo.

—Y el abrigo. Y los guantes también, por supuesto. La cuestión es que cuando Wendy llore, salgas a tomar aire, ¿de acuerdo? No puedes estar en tu habitación agobiándote o gritando como sueles hacer, o saliéndote por la ventana. Eso ya sería demasiado, ¿está bien? Así que si oyes llorar a Wendy, y si es de día, claro, sales hasta que pare de hacerlo. Y si es de noche...

Se vuelve y saca algo de la bolsa. Es blanco y tiene botones. Parece una radio.

—Y si es de noche —repite—, te pones esto y le subes un poco el volumen. Es un creador de ruido. Patrice me lo ha recomendado. Reproduce el sonido de la lluvia, o del mar, para que no puedas escuchar lo que sucede fuera de tu habitación. Seguro que sabes cómo manejarlo.

Lo pone en la encimera a mi lado. Yo lo miro.

—Te ayudará también a dormir por la noche —dice—. Es muy relajante. Y otra regla es *no esconder comida*. Aquí, en la Casa Azul, hay mucha comida, así que no tienes por qué almacenarla por ahí o esconderla en los cajones o el armario, ¿está bien?

—De acuerdo.

—Y la última regla es que *si sabes que yo estoy arriba, tú tienes que quedarte abajo*. Wendy necesita comer cada tres horas más o menos, así que tengo que subir mucho a darle de comer. Cuando yo suba, tú tendrás que ser una buena chica y quedarte aquí abajo, ¿de acuerdo?

—De acuerdo.

Ella traga en seco.

—Y también tengo que decirte que siento mucho haberte pegado aquella vez que entraste en la habitación. Pensé que ibas a intentar llevarte a la bebé. Soy muy territorial con Wendy. Las madres primerizas se ponen así. Es que es tan pequeña... tengo que cuidar de que no le pase nada.

Eso no es cierto, así que digo:

—Pero Maura, la Bebé Wendy no es tu primera hija.

Se lleva la mano a la boca.

—¿Qué has dicho?

—Que *yo* soy tu primera hija.

—Claro. Por supuesto que lo eres... pero, ¿me has llamado *Maura*?

Yo asiento.

—¿Por qué? —me pregunta—. No nos has llamado a ninguno de nosotros por nuestro nombre de pila desde el día en que viniste a vivir aquí.

No sé por qué lo he hecho. El nombre simplemente me salió de los labios, así que no digo nada.

Se le humedecen los ojos.

—¿Alguien te ha dicho que no me llames más *mamá*?

Niego con la cabeza.

—Esta no es mi Casa Para Siempre —digo.

Me tapo la boca con las dos manos rápidamente. Quiero borrar las palabras, porque ahora Maura podría imaginarse cuál es mi plan secreto. Podría imaginarse que tengo el número de Gloria y que voy a llamarla para decirle que ha llegado el momento de que nos vayamos a Canadá. Solo necesito encontrar un teléfono. Hoy, en el colegio, he estado buscando, pero no he encontrado ninguno.

—Ah. Me parece que estás empezando a atar cabos —dice ella—. Veo que has descubierto el pastel. Yo aún tengo que asumirlo. Lo de hablar del asunto, quiero decir. Después de todo... en fin, sé que Patrice te ha enseñado las fotos de Saint Genevieve, así que no pasa nada. ¿Quieres hablar de ello ahora? Porque si quieres, podemos hacerlo. El autobús no tardará en llegar, pero podemos hablar unos minutos.

Mira el reloj de la encimera.

Yo no entiendo. Intento pensar.

—¿Ginny?

—¿Qué? —digo, y vuelvo a taparme la boca.

Maura sonríe un poco.

—No pasa nada —dice—. Me aseguraré de que todo el mundo sepa que vuelves a llamarnos por nuestros nombres de pila. Me pone un poco triste, ¿sabes? Mucho más de lo que me había imaginado. Estuvimos bien cuando éramos solo tres. Pero tú pareces cómoda con la idea. ¿De verdad te sientes tan cómoda como aparentas estarlo?

Yo bajo las manos.

—No me siento nada cómoda —digo.

—Ah. Bueno... es comprensible —dice ella—. No tenemos que hablar del asunto hoy. Solo es necesario que todos lo entendamos. Podemos hablar de ello en otro momento. Por ahora, pasemos esta semana como podamos.

EXACTAMENTE LAS 8:58 DE LA MAÑANA, MIÉRCOLES, 12 DE ENERO

A veces, la señorita Carol ayuda también a Larry. Como en este momento. Estamos en el laboratorio de ciencias. Larry tiene que encender un mechero Bunsen con un instrumento de metal llamado *rascador*. Esta hecho de pedernal y acero. Luego tenemos que ver el color que toman algunos productos quími-cos cuando los ponemos al calor. El señor Crew, el profesor de ciencias, ha dicho que debemos *registrar la información*, lo que quiere decir que tenemos que anotar los colores y ver cuán-to tiempo tardan los productos en ponerse de ese color. Ahora mismo, todos son blancos.

El señor Crew ha formado grupos para los experimentos. A mí me ha puesto con Larry y Michelle Whipple. Michelle Whipple preguntó si podían ponerla en otro grupo, porque una vez la ataqué, pero el señor Crew le ha dicho que todos tenemos que aprender a llevarnos bien.

—Deja aquí las muletas — le dice la señorita Carol a Larry, indicándole el radiador que está en la pared—. Apóyate en el mostrador y enciende la llama. Yo te abriré el gas.

Michelle Whipple está a cargo de anotar la información. Tiene en las manos una tabla sujetapapeles y un lápiz. Está observando a Larry atentamente.

Yo la observo a ella.

Tengo mi cuaderno de Snoopy en la mano izquierda y mi lápiz de Snoopy en la mano derecha. Además llevo la sudadera roja con el bolsillo delante. Es perfecta para el día de hoy y por eso la llevo.

—Aquí vamos —dice la señorita Carol.

Enciende el gas. Larry aprieta el encendedor. Hace un ruido a medio camino entre *clic* y *crac*.

Michelle Whipple mira el reloj y anota el tiempo.

Yo doy un paso atrás y dejo caer mi lápiz de Snoopy en su mochila.

Me agacho a recogerlo. Palpo y agarro algo plano y rectangular. Me lo guardo en el bolsillo y me levanto de nuevo.

—Buen trabajo —le dice la señorita Carol a Larry.

Larry empieza a cantar sobre las buenas vibraciones. Mueve la cabeza hacia delante y hacia atrás como un pollo y su voz se eleva. Me guiña un ojo, cierra los ojos y sigue cantando.

—Cuidado con ese tubo, Larry —le dice la señorita Carol—. Y abre los ojos.

Me coloco detrás de Michelle Whipple y miro el contenido de mi bolsillo. El objeto rectangular y plano es una chocolatina.

En mi cabeza digo: *¡Demonios!*

Me agacho y vuelvo a intentarlo. Introduzco la mano en la mochila una vez más. Toco mi lápiz de Snoopy.

—¡Ginny! —dice Michelle Whipple.

Me levanto rápidamente.

—¡Se me ha caído el lápiz! —digo mientras lo levanto para enseñárselo.

Michelle Whipple se agacha y me pone mala cara. La mochila está entre nosotros. Ella cierra la cremallera.

—La próxima vez —me dice—, me lo pides y yo te lo busco.

Acabamos el experimento. Cuando suena el timbre, voy a mi taquilla a buscar la flauta. También me llevo la partitura y la botella de agua. Luego voy al salón de música y me siento en mi silla a comerme la chocolatina. La compartiré con Larry cuando venga.

EXACTAMENTE LAS 3:02 DE LA TARDE, JUEVES, 13 DE ENERO

Maura entorna los ojos hasta que son dos líneas finas. Se inclina hacia delante.

—Ya sé lo que ha sucedido, pero te lo voy a preguntar porque quiero ver si me vas a mentir o no. ¿Ayer le robaste a alguien una chocolatina en el colegio?

No me gusta cuando la gente se me acerca a la cara. No me gusta sentir su aliento en la nariz o los labios.

Recuerdo lo que me dijo Patrice sobre la gente que te grita. Giro la cabeza y cierro los ojos. No me muevo.

—¡Sí! —digo, y abro un ojo para mirar.

Maura retrocede. Vuelve a poner los ojos normales. Suelto el aire que tenía retenido en los pulmones.

—Bien —dice—. Es lo mejor que has podido decir. El otro día te dije que *nada de incidentes*, y esto lo es. Un gran incidente, Ginny. En esta familia nadie roba.

Quiero decir algo, pero decido no hacerlo. Quiero decir un montón de cosas, pero no lo haré.

—La abuela viene en un momento a cuidar de Wendy. Tú y yo nos vamos a la tienda.

—¿Por qué? —digo.

—Porque vas a comprarle una chocolatina a Michelle con tu propio dinero.

—¿Por qué tengo que usar mi dinero?

—Porque has robado. Y cuando se roba algo, tienes que devolverlo o reemplazarlo. Vamos, prepárate que nos vamos.

Respira hondo y da una palmada fuerte en la encimera. Yo doy un respingo.

—¿Por qué tienes que hacer algo así? ¿Es que no eres capaz de controlarte? ¿No sabes distinguir lo que está bien de lo que está mal? Te hemos enseñado a tener buenas costumbres y a respetar a los demás. Te hemos enseñado a... ¡Pero Ginny, ahora no tengo tiempo para más tonterías! No tengo tiempo para hablar por teléfono con consejeros o padres enfadados. Tengo una bebé de la que ocuparme y un marido en el hospital. ¿Y tú vas y haces algo así?

La Bebé Wendy sigue dormida cuando llega la abuela. Yo me pongo la bufanda, los guantes, el gorro y el abrigo. A continuación nos subimos al auto y Maura conduce. Me da mi dinero. Lo guarda en una caja en el armario de su dormitorio. Brian y ella no me dejan tenerlo en mi habitación, porque piensan que me lo llevaré al colegio y lo perderé. O que alguien me lo quitará.

En el supermercado buscamos el pasillo de las golosinas. Encuentro una barrita de chocolate igual a la que me comí. Cuesta noventa y ocho centavos. Me gustaría comérmela, así que le pregunto a Maura si puedo comprar dos, una para mí y otra para Michelle Whipple, y ella me dice que no, que eso lo estropearía todo. Entonces le pregunto si puedo compartirla con ella y sigue diciendo que no. Llevo la chocolatina a la caja, pero no quiero ponerla sobre la cinta transportadora. Quiero quedármela, tenerla en la mano, abrirla y metérmela en la boca. Estaría deliciosa. Pero Maura me mira y me dice:

—Ginny, tienes que ponerla en la cinta ya.

Lo hago. La señora que está junto a la caja la escanea con una luz roja y dice:

—Noventa y ocho centavos.

Saco un billete de veinte dólares del bolsillo, lo pongo sobre la cinta transportadora y digo:

—Tenga.

—Ginny, así no se dan las cosas —dice Maura, y luego se dirige a la señora—, Lo siento. Mi... Ginny es especial.

La señora asiente y una especie de sonrisa se dibuja en su boca.

—Es *adoptada* —dice Maura.

—¿Ah, sí? —dice la señora—. ¿Cuánto tiempo lleva con usted?

—Unos dos años.

—¡Vaya! Tengo una prima que acaba de adoptar a un bebé coreano. Es algo muy hermoso lo de la adopción. Es lo más generoso que puede hacer una persona. ¡Y ustedes han adoptado a una adolescente! Creo que nadie podría resistirse a adoptar a un bebé si estuviera en la disposición de hacerlo, pero hace falta ser una persona muy generosa para adoptar a una adolescente. Y, además, *especial*.

Entonces la señora me mira a mí.

—Tu mamá es increíble —me dice—. ¿La llamas así? *¿Mamá?*

Maura me mira.

—No —contesto yo.

Recojo el billete. Lo levanto por una esquinita y se lo doy.

—Tenga —digo otra vez.

La señora lo guarda en la caja registradora. Me da un billete de diez dólares, un billete de cinco dólares, cuatro de un dólar y dos centavos.

—¿Y esto? —pregunto.

—¿Ocurre algo? —dice la señora.

—¿Qué pasa, Ginny? —dice Maura.

—Esta mujer me ha dado un billete de diez dólares, un billete de cinco dólares, cuatro de un dólar y dos centavos.

—Es tu cambio —explica Maura—. Guárdatelo en el bolsillo para que podamos irnos a casa.

Me guardo el dinero en el bolsillo y volvemos al auto.

Ahora tengo mucho más dinero del que tenía antes. Gloria estaría entusiasmada. Seguro que ella nunca ganó dinero yendo a hacer la compra. Cuando estemos en Canadá, podré volver a hacerlo. Ganar dinero siempre le costó mucho trabajo. Por eso le gustaban tanto las cosas gratis. Cuando vivíamos en el Auto Verde, antes de que llegara mi Pequeña Bebé, solíamos ir al supermercado cuando era la hora de comer y nos daban muestras gratis de galletas en la panadería. O lonjas de carne en la carnicería. El jamón ahumado de Virginia era mi favorito. *¿Podría darme otra loncha de ese jamón de Virginia?*, decía Gloria. *Es que mi hija es muy mala para comer y quiero ver si le gusta.*

Sin embargo, cuando pasaba un tiempo, los de la carnicería dejaban de darnos muestras gratis. Un hombre con una chaqueta azul salió de detrás de una puerta y le pidió a Gloria que se fuera a comprar a otra parte, así que ella se enfadó y le gritó, y salimos chirriando las ruedas del estacionamiento.

Tendremos que ampliar nuestra zona, me dijo cuando salíamos.

—Ginny.

Salgo de mi cabeza. No estoy en el Auto Verde.

—¿Qué?

—¿Entiendes que está mal llevarte cosas que no son tuyas?

Yo digo que sí con la cabeza, aunque sé que a veces tienes que hacerlo.

—Tenemos todo lo que queremos para comer en la Casa Azul. No tienes por qué buscar comida en otro sitio o esconderla. Si quieres llevarte algo para comer al colegio, solo tienes que decírmelo. No podemos tener más incidentes. Sería ya demasiado. ¿De acuerdo?

—De acuerdo.

EXACTAMENTE 3:12 DE LA TARDE, VIERNES, 14 DE ENERO

Yo jugaba al *Cucu-Tras* con mi Pequeña Bebé. Era un juego muy fácil. Sujetas una camiseta con las dos manos por la parte de abajo y la sacudes tres veces delante de la cara del bebé para que le dé el aire, y a la tercera vez se la dejas en la cabeza, pero no la sueltas, sino que la continúas sosteniendo para formar una tienda y luego tú también te metes debajo para que los dos estén dentro. Y el bebé se ríe. Y tú vuelves a hacerlo.

Pero ahora no tengo que usar una camiseta, porque la Bebé Wendy tiene familia y cosas bonitas. Tiene una mamá y un papá que cuidan bien de ella. Incluso tiene su propia cama.

Estoy jugando al *Cucu-Tras* con Wendy ahora mismo. Estamos usando una toallita blanca.

Maura se encuentra en el sofá. Dormida. Estaba sentada al lado de la bebé mientras yo hacía los deberes escolares en la mesa de la cocina y se le cerraron los ojos. Wendy se hallaba a su lado en su mecedora. Empezó a protestar, así que empecé a jugar con la toallita al *Cucu-Tras*.

Ahora Wendy se ríe y se ríe. Yo estoy arrodillada delante de ella. Pone cara de sorpresa cuando hago un círculo con la boca y abro mucho los ojos, y agita los bracitos cuando la toallita se mueve, y cada vez que digo *Tras*, le sale una risa de la barriguita. La risa la hace sonreír y me mira a los ojos.

He jugado nueve veces al *Cucu-Tras* con Wendy. Tengo cuidado de no tocarla, porque recuerdo la regla más importante. Wendy se ríe y se ríe y se ríe. Miro a Maura. Sigue dormida. Cuando vuelvo a mirar a Wendy, Maura mueve los brazos. Se estira. Abre los ojos.

Dejo la toallita sobre mis piernas y espero.

No se mueve.

—¿Cuál es la regla más importante? —me dice.

—*No tocar nunca a la Bebé Wendy pase lo que pase.*

Se incorpora. Mira el reloj.

—¿La has tocado?

Digo que no con la cabeza.

—Entonces, ¿qué estás haciendo con la toallita?

—Jugando al *Cucu-Tras*.

—¿Qué es eso?

—Un juego al que jugaba con mi Pequeña Bebé. Mueves la toallita y haces viento.

Maura baja las piernas.

—Deja que te explique bien la regla —dice—. *Tocar* significa *tocar con las manos o con un objeto.* ¿Qué tienes en la mano?

—Una toallita blanca.

—Y una toallita blanca es un objeto —dice—. A ver, ¿puedes jugar a ese juego con Wendy?

Pienso y digo que no con la cabeza. Dejo la toallita en el suelo.

—Bien —dice Maura.

Me pongo de pie. Wendy se ríe cuando paso por delante de ella.

Maura la mira sorprendida.

—¿Acabas de reírte? —le pregunta.

Wendy no responde, así que yo digo que sí con la cabeza por ella. Maura se agacha delante de la mecedora, en el mismo sitio donde antes estaba yo. Es como si quisiera ocupar mi lugar. Besa a Wendy en la cabeza y le dice:

—¿Puedes reírte otra vez para mamá?

Pero Wendy no lo hace. Y yo me alegro. Sé que no se va a reír, pues no estoy jugando con ella al *Cucu-Tras*. Sé que se ha reído cuando me he levantado porque creía que seguíamos jugando, así que digo:

—Quiere jugar más.

Maura me mira a mí y luego a Wendy.

—Enséñame —me pide.

Me arrodillo delante de Wendy y agarro la toallita. Pongo la boca y los ojos muy redondos. La Bebé Wendy mueve las manos. Levanto la toallita mucho y la dejo caer despacito. El aire mueve el pelo de la bebé. Ella cierra sus ojitos y su boca, y los vuelve a abrir. Mueve también los pies y las manos. Cuando he movido la toallita tres veces digo: *¡Tras!*, y me echo hacia delante para que tape mi cabeza y la suya.

Cuando la destapo, Wendy se ríe y se ríe. Miro a Maura. No dice nada. Tiene los ojos mojados.

—¿Cuánto tiempo cuidaste a tu hermana? —pregunta.

Me siento confusa.

—¿Hablas de la Bebé Wendy?

—De tu Pequeña Bebé.

—*Aproximadamente* un año.

—Todo un año —dice.— Mientras tu madre se dedicaba a drogarse, vender gatos y huir de la policía.

Eso no era una pregunta, así que no digo nada.

—¿Y gritabas siempre que la bebé lloraba sin parar?

Miro a la Bebé Wendy. Se está chupando una mano. No quiero contestar, pero tengo que hacerlo.

—Sí —digo.

Porque es la verdad al cien por cien. Así era como conseguía que Gloria y Donald dejasen a mi Pequeña Bebé en paz.

Maura mueve la cabeza.

—Es demasiado —dice—. Es demasiado todo al mismo tiempo.

EXACTAMENTE LAS 9:18 DE LA MAÑANA, SÁBADO, 15 DE ENERO

-Ginny, tengo que darle de comer a la bebé —dice Maura. Yo estoy en el comedor desayunando. Tengo mi cereal, mis uvas y mi leche.

—Vamos a intentar lo siguiente, a ver si somos capaces de hacerlo. ¿De acuerdo? No puedo subir cada vez que Wendy necesite comer y vigilarte a ti al mismo tiempo, así que necesito que sigas desayunando. Tú sigue comiendo y no pares hasta que hayas terminado. Y cuando hayas terminado, lleva los platos y la cuchara a la cocina y ponlos en el fregadero, enjuágalos y colócalos en el lavaplatos. Luego puedes subir a tu habitación y empezar a ordenarla.

Me como la uva número seis.

—Y el vaso también. No olvides el vaso.

Me tomo la uva número siete.

Ahora Maura está en el sofá con la Bebé Wendy en los brazos. Yo no las miro, pero sé que están ahí, porque las he visto sentarse. Siempre sé dónde está la Bebé Wendy.

Oigo moverse a Maura. Miro con los ojos. La toallita se encuentra sobre la cabeza del bebé. Están amamantándola.

—Muy bien —dice Maura—. Como te he dicho, tú sigue comiendo. Por cierto, ¿has visto el conejito de Wendy? Ese chiquitico con el lazo.

Abro la boca para contestar y se me cae el cereal. Rápidamente me pongo la servilleta.

—No importa —dice ella—. Tú sigue comiendo. Y cuando hayas terminado, subes a tu habitación y empiezas a ordenarla.

Termino a las 9:21 y me levanto. Llevo los platos, la cuchara y el vaso a la cocina. Luego voy al salón y me paro delante de ella.

—Te... he dicho que subas a tu habitación y empieces a ordenarla —dice Maura.

—Pero...

—Ginny, ahora.

Me doy la vuelta y salgo del salón. Cuando llego al pasillo me dice:

—Espera. Perdona. Quédate ahí y dime qué querías decirme.

Dejo de andar.

—Has dejado el bolso en el auto.

—¿En el auto? ¿Y qué hace en el auto?

—Lo dejaste allí.

—¿El bolso? Espera... ¿quieres decir que el conejito está en el bolso?

Digo que sí con la cabeza.

—¿Y cuándo lo he dejado ahí? El bolso, quiero decir. No el conejito.

—Ayer, cuando me recogiste en el colegio.

—Ginny, ven.

Entro en el salón y ella gira la cabeza para mirarle. Sigue teniendo las manos debajo de la toallita.

—¿Estás segura de que mi bolso está en el auto?

Yo digo que sí con la cabeza.

—Claro que lo estás. No se te olvida nada. Pero, ¿por qué no me lo dijiste ayer? ¿Por qué has esperado tanto?

Pero eso son dos preguntas juntas, así que no digo nada.

—Perdón. ¿Por qué has esperado?

Me aseguro de tener la boca bien cerrada. Pienso mucho. Me encojo de hombros.

Porque cuando dejó el bolso en el auto, salí a ver si tenía el cargador del celular. A veces lo lleva en el bolso. El teléfono que traje ayer del colegio no se enciende. Es exactamente igual al de Maura. Me aseguré de que lo fuera.

Así que salí al auto a buscar el cargador cuando ella estaba en el baño, pero cuando llegué me di cuenta de que si abría y cerraba la puerta del auto, me oiría. No obstante, cuando estaba junto al auto mirando por la ventanilla, vi asomar las orejitas del conejo por la cremallera del bolso.

Maura se queda callada.

—Está bien —dice—. Ahora me doy cuenta. Cuando he dicho que estaba buscando el conejo, te has acordado del momento en que lo metí en el bolso, y luego has recordado que lo había dejado en el auto.

Me alegro de que no me haya hecho ninguna pregunta.

—Eso tiene sentido. ¿Crees que podrías salir y traérmelo?

Yo digo que sí con la cabeza. Estoy encantada, porque ahora voy a poder mirar dentro del bolso. Voy al armario y saco el abrigo.

EXACTAMENTE LAS 9:44 DE LA MAÑANA, SÁBADO, 16 DE ENERO

El cargador no estaba en el bolso de Maura. Tengo que encontrarlo pronto. O buscar el de otra persona.

Esta mañana no vamos a ir a la iglesia porque Brian vuelve a casa. La abuela se ha quedado conmigo para que Maura vaya a buscarlo. Cuando la abuela me dijo que iban a estar en casa para la hora de almuerzo, me alegré. Tendría toda la mañana para encontrarle un escondite nuevo a todo lo que tengo en la mochila, así que le dije a la abuela que iba a preparar mi lista.

Cuando entré en mi habitación, hice la lista rápidamente y a continuación saqué el teléfono celular de Kayla Zadambidge de la mochila. Y su monedero también. No quería quitárselos a Kayla Zadambidge, pero necesitaba hacerlo, porque Michelle Whipple se acerca a la mochila cada vez que yo paso. Le quité el teléfono y el monedero a Kayla Zadambidge el viernes en el Salón Cinco mientras ella hablaba con Larry, ya que me imagino que voy a necesitar dinero cuando me marche para llegar a Canadá, aunque *robar está mal*. El teléfono y el monedero estaban juntos en el bolsillo delantero de su mochila. Tengo que encontrar un buen escondite para las dos cosas, porque Brian siempre me ayuda a limpiar mi habitación. Maura no ha vuelto a entrar en ella.

La casa está muy tranquila. Estoy de pie en el centro de la habitación con el monedero y el teléfono en la mano. Miro a mi alrededor. Podría esconderlos debajo de la cama. Podría meterlos en el armario. Podría guardarlos en una de las cajas de juegos que tengo en el armario. Podría ocultarlos en *Sorry!* , o en *Escaleras y Toboganes*, o en *Vida, el Juego de la Suerte*. O puede que incluso en las damas chinas, porque es mi juego favorito. Además, es el que Maura jugaba conmigo todo el tiempo cuando vine a vivir a la Casa Azul. Ver el juego me pone triste y contenta al mismo tiempo, que es lo que siento al pensar en robar, o en huir, o en que me secuestren.

Bajo la caja de las damas chinas del entrepaño y meto dentro el teléfono y el monedero. Vuelvo a dejar la caja en el entrepaño y cierro la puerta del armario. A continuación, me siento con mi cuaderno de Snoopy para revisar mi lista. Tengo escrito:

Vaciar la papelera de la habitación
Limpiar la habitación
Pasar la ropa de la lavadora a la secadora
Leer durante exactamente treinta minutos
Escuchar a Michael Jackson
Salir fuera a respirar aire fresco
Ver una película
No jugar a las damas chinas

Bajo al salón para ver qué hace la abuela y decirle que he terminado con mi lista. Me la encuentro jugando con la Bebé Wendy, que está en el sofá con las piernas en alto, riendo. Ahora se ríe todo el tiempo. La abuela está haciendo ruidos tontos de animales. Yo intento recordar a mi Pequeña Bebé riendo, pero no puedo. Ha pasado demasiado tiempo, y ese pensamiento me produce *ansiedad*. Tengo que estar con ella tan pronto como sea posible para ayudarla a aprender cosas como las letras. Yo le cantaba la canción del abecedario todo el tiempo, pero sigue siendo muy pequeña para cantar conmigo.

En el salón, la abuela le pregunta a Wendy cómo hace un gato. Sé que se contestará a sí misma, así que yo digo *miau* antes de que ella pueda hacerlo. Ahora le pregunta a Wendy cómo hacen los caballos. Yo digo *hiii*. Y cuando le pregunta cómo hace la oveja, digo *bee*. Porque yo lo sé. Sé qué sonidos hacen *todos* los animales. Tengo catorce años y sé mucho más que la Bebé Wendy.

—Es maravilloso que te sepas cómo hacen todos los animales, Ginny —dice la abuela—, pero estaba intentando hablar con tu hermana. Es solo una bebé y tiene mucho que aprender. ¿No te parece increíble que ya haya aprendido a reírse?

—He hecho la lista —le digo.

—¿Y quieres leérmela?

Yo digo que sí con la cabeza.

—Muy bien. Léemela.

Lo hago y al final la abuela dice:

—¿Por qué no debemos jugar a las damas chinas?

Cierro la boca apretando los labios. A continuación digo rápidamente:

—Porque no hay nada en la caja.

—¿Quieres decir que te olvidaste de recoger el juego la última vez que jugaste con él?

Vuelvo a apretar los labios y espero tres segundos con la esperanza de que diga algo más.

—Es genial que vuelvas a jugar con tu madre —dice la abuela—, pero lo mejor sería que recogieras los juegos siempre para que no los pierdas. Pero no pasa nada si no quieres jugar a las damas chinas. Cuando hayas terminado de ver la película, tus padres estarán ya en casa. Tendré la comida preparada.

—¿Estarán en casa *exactamente* antes de las doce?

—Creo que sí. ¿Tienes que hacer deberes escolares para mañana?

Digo que no con la cabeza.

—¿Y algún trabajo?

Me quedo pensando, porque eso es diferente, pero vuelvo a decir que no con la cabeza.

—Bien. Entonces creo que puedes empezar con lo de la lista.

El teléfono de la abuela suena en la cocina. Toma en brazos a Wendy y va a contestar. Mira a su alrededor. El teléfono está al lado de la cafetera.

Cargándose.

Ella lo encuentra y contesta.

—Ah —dice—. Qué sorpresa. Estaremos esperándolos.

Deja de nuevo el teléfono en la encimera. Mis ojos lo siguen.

—Tus padres estarán en casa antes de lo que habíamos pensando. Le están dando el alta ahora mismo. Voy a cambiarle el pañal a Wendy y empezaremos a prepararnos para recibirlos.

—Te espero aquí abajo —digo.

Ella sube y yo me voy directo a la encimera de la cocina.

EXACTAMENTE LAS 3:50 DE LA TARDE, LUNES, 17 DE ENERO

—Creo que estás experimentando un cambio —dice Patrice—. Tú o alguien. Tu madre dice que las cosas están mejorando.

Me llevo una galleta salada a la boca. Me gusta la sensación de la sal en la lengua.

—Creo que fue el día que se quedó dormida que esto sucedió. Estuviste jugando con la bebé mientras ella dormía, y cuando abrió los ojos, todo estaba bien.

Patrice baja la mirada. Luego vuelve a mirarme.

—Aun así, quieren ir a ver lo de Saint Genevieve —dice—. Tu madre sabe la cantidad de trabajo que supone cuidar de ti y cuánta atención necesitas, así que quieren asegurarse de explorar todas las opciones. La verdad es que parece un sitio maravilloso para ti. La estructura, la tranquilidad, la supervisión. Allí no hay bebés. Tienes que tener por lo menos trece años para que te admitan.

Tomo un sorbo de agua y miro a mi alrededor buscando a Agamenón. Ha vuelto a esconderse. Se pasa todo el tiempo escondido. Me pregunto si sale alguna vez.

—¿Te alegras de que tu papá esté de vuelta en casa?

Yo asiento.

—Sí —digo—. Ahora no tengo que pasar la aspiradora o tirar la basura.

Patrice se ríe.

—Me pregunto si te gusta poder volver a hablar con él. ¿Qué tal está?

—Ahora toma muchas más pastillas. Se acuesta y tiene que dormir la siesta y hacer descansos. Pero ayer hablamos de ir a las Olimpiadas Especiales de baloncesto el domingo 23 de enero.

—Estaría bien que fueran juntos. Tengo entendido que has invitado también a Rick.

Yo asiento.

—Le escribí una carta el miércoles para invitarlo, y luego Maura la pasó a un correo.

—¿Te ha contestado?

—Sí. Me ha dicho que no podía porque sigue en Georgia.

—Es una lástima. Pero está bien que puedan escribirse. He visto en tus cartas que sigues llamando a Krystal tu Pequeña Bebé.

—Krystal *con* K.

—Eso es. ¿Por qué no la llamas por su nombre? He oído que a Wendy sí la llamas por su nombre. O al menos, *Bebé Wendy.*

No quiero que Patrice sepa la razón. No quiero que sepa que no puedo llamar a Maura mi *Mamá Para Siempre*, o a Brian mi *Papá Para Siempre* o a Wendy mi *Hermana Para Siempre* porque no voy a estar con ellos siempre. Me voy a ir a Canadá con Gloria para cuidar a mi Pequeña Bebé. Lo único que tengo que hacer es llamar. De modo que no le digo nada. Me limito a encogerme de hombros. A veces eso significa *no sé*. Y a veces es simplemente que tus hombros suben y bajan.

—En cualquier caso, creo que por lo menos has ganado algo de tiempo. Tú sigue haciendo lo que sea que estés haciendo. No creo que me exceda si te digo que me gustaría que te quedaras con Maura y Brian. Saint Genevieve es un sitio estupendo, pero... en fin, vamos a ver lo que pasa, ¿bien? Que todo siga mejorando y ya veremos, ¿de acuerdo?

—De acuerdo —digo.

Patrice lee algo en un papel.

—Y tengo noticias para ti de unas trabajadoras sociales amigas mías.

Me siento en el borde de la silla y escucho.

—Dicen que ayudaron a Gloria a registrar a Krystal con K en el Seguro Social. La han ayudado también a llevarla al médico y al oftalmólogo. Resulta que necesita gafas como tú.

—¿Gloria sigue pegando?

Patrice se muerde el labio.

—Es difícil de decir —contesta—. El maltrato no siempre deja marcas. Y hay distintas clases de abuso que son más difíciles de detectar aún. Pero por ahora, las trabajadoras sociales no han visto razón alguna por la que separar a Krystal de...

—Krystal *con* K —la interrumpo.

Me estoy pellizcando las manos.

—A *Krystal con K* —dice Patrice— de Gloria. Siento no tener más información, pero bueno, esperaba que hoy pudiéramos hablar un poco más sobre ella. Debe ser frustrante saber que sigue viviendo con Gloria.

—Es muy *tedioso* —digo.

—Me lo imagino.

—Gloria no sabe cuidar a los bebés.

Patrice sonríe mucho y respira hondo.

—Sí, bueno...

La interrumpo.

—No sabe cambiar pañales. Ni darles de comer.

Entonces Patrice me interrumpe a mí.

—Sé que Gloria abusaba de ustedes y las abandonaba cuando estabas con ella —dice—. Tú le salvaste la vida a Krystal con K. La protegiste y le diste de comer. Has sido una chica maravillosa, Ginny, y estoy muy orgullosa de ti. Pero ahora las cosas son diferentes.

—¿Por qué son diferentes ahora? Antes Gloria se enfadaba mucho, mucho, y se olvidaba de llevar comida a la casa.

—Lo sé. Recuerdo lo delgada que estabas cuando te conocí en el hospital.

—Me pusieron una aguja y unos tubos —digo—. Y una escayola en el brazo. Y también me dejaron comer un montón de comida.

—Siento que todavía recuerdes todo eso —dice Patrice—. Fue una etapa terrible. Pero como te he dicho, ahora las cosas son diferentes.

Me doy cuenta de que Patrice no ha contestado a mi pregunta, así que vuelvo a hacérsela.

—¿Por qué son diferentes ahora?

—Por dos razones —mira al techo y cuenta—. En realidad, por tres.

Yo espero.

—La primera razón es que Crystal con C hizo un buen trabajo cuidando a Krystal con K. Se aseguró de que estuviera bien alimentada después de que tú te fueras.

Espero por la segunda razón.

—La segunda razón es la que ya te he dicho: no había marcas de abuso en el cuerpo de Krystal con K cuando la vio el médico. No encontró señales de abusos físicos.

—En mi cuerpo sí había marcas —digo.

Patrice se toca un ojo.

—Lo sé. Y ahora que conocemos a Krystal con K sabemos por qué. Los bebés lloran mucho, y tú la protegiste.

—Gloria bajaba las escaleras para gritar y pegar cuando había mucho ruido. Y Donald...

Entonces me callo.

Ahora Patrice está llorando, y no sé por qué.

—Fuiste una chica maravillosa, Ginny. Protegiste a la bebé de ellos dos. Y todo este tiempo no lo habíamos sabido. Gracias a Dios que tu tía intervino y se hizo cargo. ¿Sabías que la bebé estuvo con ella unos meses cuando tú te fuiste? Cuidó de Krystal con K mientras Gloria recibía ayuda. Luego pasaron unos años y...

Patrice se detiene.

—¿Cuántos años han pasado desde que te sacaron del apartamento?

—Cinco.

—¿Cinco años? —dice, aunque sigue llorando—. ¿Estás *segura* de que ha pasado tanto tiempo?

—Sí —digo—. Crystal con C cuidó de mi Pequeña Bebé cuando yo me fui, pero ahora está en la cárcel. Tengo que ir para hacer que se calle o...

—Ginny, ya es hora de que te diga la tercera razón. Te la voy a decir sin rodeos.

Escucho.

Patrice traga en seco.

—Sé que es mucho para asimilarlo todo de golpe. Sé que este es seguramente el peor momento para tener que lidiar con otra cosa más, pero es que te está causando mucho estrés, así que tengo que decírtelo —se detiene y su cara cambia—. Ginny, tu Pequeña Bebé tiene seis años.

Yo no digo nada. Estoy pensando.

—¿Lo entiendes? —dice Patrice.

—Mi Pequeña Bebé es una bebé —digo.

—No. Ya no. Ahora es una chica mayor. Ya no lleva pañales, y si hay comida en la casa, puede preparársela sola.

Yo niego con la cabeza.

—Eso no es cierto.

—*Lo es.* Un bebé que tenía un año hace cinco ahora debe tener seis. Porque han pasado cinco años, ¿verdad?

Hago la cuenta en mi cabeza:

5+1=6

Pero también sé que mi Pequeña Bebé es demasiado pequeña para tener seis años, así que vuelvo a decir que no con la
cabeza.

—No —digo—. Crystal con C dijo *siempre será tu Pequeña
Bebé.* Me necesita.

—Ginny, eso es solo una frase hecha, una forma de hablar.
Krystal con K tiene seis años.

—¡No!

Me tapo la cara con las manos. Crystal con C sabe que no
me gustan las frases hechas. Y ella no miente. Ella es la que
dice la verdad. Si la verdad es que mi Pequeña Bebé tiene seis
años, entonces es demasiado tarde para evitar que todo lo que
me ha pasado a mí le pase a ella. Porque *Gloria no es de fiar* y
Crystal con C piensa por ella. Y ahora Crystal con C está en
la cárcel.

EXACTAMENTE LAS 5:14 DE LA TARDE, MARTES, 18 DE ENERO

—El campeonato de baloncesto de las Olimpiadas Especiales será el domingo 23 de enero —dice Maura—. Y al día siguiente, iremos a Saint Genevieve. Ojalá que te guste. Las fotos que nos mandó la hermana Josephine son muy bonitas, desde luego.

No era una pregunta, así que no contesto.

—¿Ginny?

—¿Qué?

—¿Te... entusiasma ir a Saint Genevieve? Será muy bueno conocer a chicos y chicas nuevos. Chicos especiales como tú.

—Los chicos de las Olimpiadas Especiales son especiales como yo —digo—. Y los del Salón Cinco.

—¡Es verdad! —dice Maura—. Se parecerá mucho a las Olimpiadas Especiales. Todo el mundo será especial.

Miro a Brian. Está sentado al otro lado de la mesa y no dice nada. Maura se queda ahora en la planta baja con Wendy, y Brian también está en casa. Se lo está *tomando con calma* hasta que se encuentre recuperado al cien por cien, dijo Maura el domingo cuando llegaron a casa.

Brian toma un sorbo de vino. Ahora toma vino tinto todas las noches con la cena. Y no come cosas que tengan mucha sal. Este año no volverá a trabajar.

—Tengo muchas ganas de que llegue el torneo de baloncesto, Ginny —dice—. Me gustará volver a ver al equipo.

—Rick me dijo en el correo que tomáramos fotos.

—Ah, sí, tomaré montones de fotos —dice Brian—. Y te prometo que le enviaré unas cuantas al bueno de Rick.

Me pregunto si Rick vendrá a Canadá conmigo y con Gloria. No creo que lo haga, pero quiero darle las gracias por haberme dado *El Retorno del Jedi* y el número de teléfono de Gloria. Quería haberla llamado anoche, pero sé que me oyen cuando hablo en mi habitación, así que tengo que buscar un sitio tranquilo donde no haya nadie por los alrededores. Tengo que encontrar un sitio privado. No hay sitios privados en el colegio. No hay sitios privados aquí, en la Casa Azul. Siempre hay alguien por ahí.

—¿Ginny?

—¿Qué?

Es Brian.

—¿Qué tienes en la cabeza esta noche? Estás muy distraída.

—¿Va todo bien en el colegio? —pregunta Maura.

—Sí —digo yo.

—Es por el viaje a Saint Genevieve, ¿verdad? —pregunta Brian. Su voz no había subido, así que no era una pregunta—. ¿Cómo te sientes respecto a eso?

—Vamos a ir el lunes 24 de enero.

—Sí, pero... ¿qué piensas de que a lo mejor te vayas a *vivir* allí?

No quiero contestar, así que espero. Porque a veces, si no le contestas a alguien, otra persona responde por ti o alguien dice algo más que pueda ayudarte a saber qué decir.

—Para nosotros también va a ser duro —dice Maura—. Como dije el otro día, hemos pasado momentos muy buenos juntos, pero me alegro de que vayas a estar en un sitio en el que la gente pueda darte lo que necesitas. Vas a ser muy feliz.

—¿Cuál era la pregunta? —digo, porque ahora no me acuerdo.

—Te he preguntado qué sentías con respecto a lo de irte a vivir a Saint Genevieve —repite Brian.

—Siento que me gustaría irme a mi habitación ahora.

Él asiente.

—Está bien. Puedes irte a tu habitación. Lo entiendo.

Me levanto de la mesa.

—De verdad que tengo muchas ganas de ir al torneo —dice con los ojos húmedos—. ¿Tú no? Será nuestro último momento especial.

—Sí —digo—. Será nuestro último momento especial.

EXACTAMENTE LAS 5:28, MARTES, 18 DE ENERO

Hay un bosque detrás de la Casa Azul.

Ahora no veo los árboles, porque afuera está oscuro. Solo me veo a mí misma. Mi reflejo me está mirando desde la ventana oscura, casi negra. Veo a una chica muy, muy flaca con el pelo largo y gafas. Lleva su gorro puesto, el abrigo y las botas. Lleva guantes y bufanda. Es una chica mayor, no la niña pequeña que era antes. No la niña pequeña que se supone que es. Ya no tiene nueve años. Ahora es (-Ginny) y tiene mucho trabajo por delante. Tiene que ser muy, muy lista y no una cavernícola. Abro la ventana haciendo el menor ruido posible. La malla contra insectos ya está levantada, porque lo hice antes de colocarme los guantes. Saco la mochila por la ventana y la dejo caer a la nieve. Cae solo ochenta y un centímetros hasta el suelo. Lo sé porque lo medí hace dos años, cuando llegué a la Casa Azul. A continuación saco la pierna por la ventana y la dejo colgando. Pienso.

No hay escalera.

Cuando leí el poema de Robert Frost sobre recoger manzanas había una escalera, y la señora Carter dijo que la escalera significaba *el cielo*. Luego, cuando hice el dibujo en el que aparecía saliendo por la ventana del dormitorio, había una escalera. Porque cuando me escape y encuentre a mi Pequeña Bebé será como si todo estuviera bien, como si no pasara nada, como si nadie corriera peligro.

Sin embargo, ochenta y un centímetros es un salto fácil, no hay problema. No necesito escalera. Así que si no necesito escalera y una escalera significa el cielo, entonces tal vez no será como en el cielo cuando llame a Gloria para pedirle que venga a recogerme. O a lo mejor que no haya escalera significa que alguien me va a detener. Igual alguien me agarra por el brazo derecho ahora y me dice: *¡No, Ginny! ¡No saltes por la ventana! ¡No intentes llamar a Gloria!*

Miro rápidamente la puerta de mi habitación. Está cerrada y todo está en calma. Miro afuera. Está oscuro y no hay más reflejos. Ya (-Ginny) no me mira mientras me preparo. Ahora lo que veo es la pila oscura de leña y los árboles más oscuros aún que hay detrás. Y el espacio abierto del jardín bajo mis pies. Vacío y blanco. Con o sin escalera, necesito hacer esto.

Necesito ir.

La nieve está limpia y me espera. De un salto me encuentro abajo, recojo mi mochila y echo a andar sobre la nieve.

EXACTAMENTE 5:36,
MARTES, 18 DE ENERO

El teléfono de Kayla Zadambidge me dice la hora cuando pulso un pequeño botón que hay en la parte de abajo. También me da la fecha exacta. Ahora está cargado del todo. A veces me pregunto si me gustan tanto las fechas y los números porque cuando me encuentro metida muy hondo en mi cabeza ellos me ayudan a recordar dónde estoy de verdad. Son como agarraderas que puedo utilizar para volver a salir.

Ahora mismo son *exactamente* las 5:37 y he tomado un camino que salía de atrás de la pila de leña. Me guardo el teléfono en el bolsillo del abrigo y sigo caminando. El camino se ve bien a pesar de que el cielo esté oscuro. Porque la nieve brilla. Camino *exactamente* durante nueve segundos, saco el teléfono celular, pulso el botón y deslizo el dedo por la pantalla para llegar a la sección inicial. Toco la palabra *Contactos*.

No conozco los nombres de las personas que aparecen en esta lista. Una de esas personas es *mamá*, pero sé que no es Maura. Otra es *papá*, pero sé que no es Brian. Otra es *abuela*, pero tampoco es mi abuela. No veo *Gloria* o *Rick* por ningún lado.

Vuelvo a guardar el teléfono. Tengo que adentrarme más en el bosque para poder llamar a Gloria, porque no quiero que me vean. Brian y Maura no suelen entrar en mi habitación sin más, pero creo que podrían hacerlo si me llaman y no estoy para contestar. Sigo andando. El camino gira. Cuando miro hacia atrás, ya no veo el montón de la leña ni la Casa Azul. En la mochila llevo mis vídeos. Llevo también el reproductor de DVD, pero nada más. Lo llevo cargado a tope por si alguien me encuentra. Forma parte de mi plan secreto. Cuando llame a Gloria voy a tener una película funcionando. Así, si alguien me encuentra y me pregunta: *¿Qué haces en el bosque, Ginny?*, podré decirle: *Estoy viendo una película.*

Así estaré diciendo la verdad. Así seguiré siendo una buena chica.

La nieve me llega más arriba del tobillo. El aire es tan frío que me duele la nariz por dentro y me lloran los ojos. Camino entre árboles viejos. Camino entre piedras. Camino nueve segundos. Dejo la mochila sobre la nieve y saco el reproductor de DVD. Lo coloco sobre la mochila y saco *El sonido de la música*, que trata sobre una señora con pelo corto que se llama Frogline María. Meto el DVD en el reproductor y lo pongo en marcha. Las luces de la pantalla se encienden. Veo palabras en la pantalla, pero estoy tan *distraída* y *ansiosa* que no puedo leerlas.

La luna está en lo alto del cielo, encima de mi cabeza. Brilla tanto como la pantalla. Saco el teléfono. Son *exactamente* las 5:39 de la mañana. Miro dentro del reflejo de mis ojos y veo el número de Gloria: *555-730-9952*. Marco los números y presiono el botón verde, pero no oigo ningún timbre sonando. Presiono el botón rojo y lo intento de nuevo, pero sigo sin oír nada. Entonces veo que el teléfono dice que *no hay cobertura*.

—*¡Demonios!* —digo entonces.

Y cierro de un golpe la tapa del reproductor de DVD. Lo lanzo todo al interior de la mochila, me la pongo en la espalda y empiezo a caminar. Vuelvo por donde mismo vine.

Pero no voy a la Casa Azul.

Porque sé que a veces las personas pasan por la carretera de la Casa Azul hablando por teléfono. Las he visto andando cuando hace mejor tiempo. En primavera, verano y otoño. Supongo que tenían cobertura.

Son las 5:42.

Sigo el camino hasta que veo el montón de leña y las luces de la Casa Azul detrás. Bordeo la casa y salgo por el camino de entrada. Cuando llego a la carretera giro a la izquierda.

No hay farolas porque vivimos en el campo. Veo el cielo y la luna sobre la carretera. Camino deprisa durante otros nueve segundos y me doy la vuelta.

La Casa Azul sigue estando demasiado cerca.

Camino rápido por nueve segundos más. La carretera hace un giro. Tomo la curva y me vuelvo a mirar. No veo nada. Saco el teléfono y llamo.

Esta vez escucho un timbre. Suena cuatro veces y luego Gloria descuelga.

—¿Sí? —dice.

—Hola, soy Ginny. Soy tu hija. ¿Te acuerdas de mí?

—¿Ginny? —dice Gloria.

Su voz suena justo como lo hacía cinco años atrás, cuando la policía vino a buscarme y ella dijo: *¡Lo siento mucho! ¡Lo siento muchísimo, Ginny!* Pero ahora no grita y yo tampoco. Quisiera gritar o subirme los calcetines, porque estoy muy nerviosa, pero no puedo hacerlo, porque voy caminando por la carretera helada y no veo la cuneta. Además, me preocupa que pueda venir algún auto. Estoy tan entusiasmada y tan ansiosa que mi nombre parece que no fuera el mío cuando Gloria lo dice.

—¿Ginny? ¿Ginny? —dice Gloria.

—Sí, estoy aquí —respondo.

—¡Maldita sea, Ginny! ¡Eres tú! ¿De dónde demonios has sacado mi número? Este teléfono es de prepago. Solo lo uso para el trabajo.

No sé qué es un teléfono de prepago, pero sí sé que su trabajo es vender gatos Coon de Maine.

—Estaba en *El retorno del Jedi* —digo.

—¿*El retorno del Jedi*? ¿Te refieres a la película?

Yo digo que sí con la cabeza.

—¿Ginny?

—¿Qué?

—¿Quién te ha dado mi número? ¡Maldita sea!

—Rick.

—¿Rick? Eso no tiene sentido. ¡Ah, espera, ya caigo! La policía le dio mi dirección y vino a hablar conmigo hace unas semanas. Nos dimos los teléfonos.

Eso no era una pregunta, de modo que no digo nada. Sigo recordando cómo era la voz de Gloria cuando tenía la cara aplastada.

La oigo respirar hondo.

—Bien, enfoquémonos. Me alegro de que Rick te diera mi número, pero tengo que hacerte algunas preguntas. Tengo que averiguar qué está pasando. Primero, ¿sabe alguien dónde estás?

—No.

—¿Dónde estás?

—Voy andando por la carretera.

—¿Por Cedar Lane?

—Sí.

—Así que estás afuera tú sola y nadie lo sabe. ¿De quién es el teléfono celular que estás usando?

—De Kayla Zadambidge.

—¿Es una compañera tuya del colegio?

—Sí.

—Está bien —dice Gloria—. Espera. ¿Quiere decir que te has escapado?

—No.

—O sea, que te has llevado el teléfono de una amiga a casa y te has escabullido para poder llamarme. ¿Es eso?

—Sí.

Gloria se ríe.

—¡Nadie como mi niña para hacer lo que hay que hacer! —dice—. De acuerdo. No vas a tener mucho tiempo para hablar antes de que alguien se dé cuenta de que no estás. Tenemos que ver qué vamos a hacer. Pero antes, quiero decirte lo que quería decirte por Internet antes de que esos cerdos me interrumpieran.

Vuelve a respirar hondo.

—Quiero que sepas que te he estado buscando sin parar desde que te fuiste. Durante cuatro años. Nadie me decía dónde estabas. Ni la trabajadora social, ni la terapeuta. La muy zorra... la cosa es que no he parado de buscarte, y de repente me encuentras en Facebook. Ese fue el mejor día que he tenido desde que arrestaron a Donald. Y...

—Espera —digo—. ¿Han arrestado a Donald?

—Sí —contesta ella—. Y luego Crystal intervino sin que yo supiera nada. Si me hubiera dicho lo que pensaba hacer, podría haberla ayudado. Demonios, tengo un montón de cosas que decirle. Podrá enviar correos cuando termine el juicio, pero aun no he podido ponerme en contacto con ella. Tienes que estar con nosotras, Gin. Conmigo y con tu hermana, quiero decir. Lo sabes, ¿verdad? ¿Recibiste el regalo de Navidad que te envié? ¿Y la pizza?

Pero eran tres preguntas a la vez y mi cabeza todavía estaba pensando: *Han arrestado a Donald, han arrestado a Donald*, así que no digo nada aunque las respuestas sean sí, sí y sí.

—¿Ginny?

—¿Qué?

—Recuerda que te he dicho que tenemos que mantenernos enfocadas. Ahora dime qué quieres. Porque yo sé bien cuál es mi plan, y quiero estar segura de que el tuyo y el mío coinciden. Necesito oírte decir las palabras.

—Quiero irme a Canadá y vivir contigo —digo—. Podemos desaparecer en Quebec y yo puedo volver a cuidar a mi

Pequeña Bebé. Pero no puedes venir a secuestrarme o te detendrán, así que necesito que alguien me lleve.

También quiero decir: *Necesito asegurarme de que estás alimentando a mi Pequeña Bebé y que no le pegas*, pero no lo hago.

Gloria espera unos segundos antes de volver a hablar, y
cuando lo hace le tiembla la voz.

—No sabes cómo me alegro de oírte decir eso, Ginny.
¡Maldita sea! ¡Es genial! Es exactamente lo mismo que quiero
yo. Y tienes razón en que si voy a buscarte a tu casa o al colegio
me detendrán.

—¿Quién vendrá a buscarme? —pregunto.

—Eso es lo más complicado. Se supone que yo no puedo
verte. La gente con la que vives se enojó mucho cuando fui a
tu casa y al colegio. Fueron venenosos, podrías decir tú.

—¿Y por qué iba yo a decir eso?

—¿Qué? ¿Que fueron venenosos? Es solo una frase hecha.
No has cambiado en absoluto, ¿verdad?

—Sigo teniendo la misma cabeza —digo—. Y mis ojos
siguen siendo verdes.

—De acuerdo. Hay que pensar las cosas bien. Solo que
parezca imposible para mí que vaya a buscarte no significa que
no deba intentarlo. Ya sabes, si se quiere, se puede, ¿no?

Ella está hablando *realmente* deprisa ahora, tanto que casi no
entiendo lo que dice. Es como si tuviéramos la misma cabeza,
pero a mí no se me da tan bien compartir.

—Pero en verdad no quiero acabar en la cárcel. Eso no
sería nada bueno, así que vamos a tener que hacer algunos ajustes, Gin. Grandes ajustes.

Supongo que los *ajustes* son lo que en el colegio llama-
mos *modificaciones*, que es cuando alguien hace que mis deberes
escolares sean mucho más fáciles. Sigo escuchando y caminando por la carretera helada. Se me han mojado los pantalones
por atrás y ahora la tela esta tiesa. He empezado a tiritar, pero
no me importa, porque estoy hablando con Gloria y Donald se
encuentra en la cárcel. Mi plan secreto va a funcionar.

—Veamos, veamos —dice Gloria—. ¿A quién podría enviar a recogerte? Está claro que yo no puedo hacerlo. No puedo ir a la casa. La policía nos echaría el guante en dos segundos.

—El bueno de Rick podría llevarme —digo yo entonces.

—¿Rick? No. No podemos confiar en él. Sé que ha sido quien te ha dado mi número, pero también hizo que metieran a mi hermana en prisión. Además, no creo que estuviera dispuesto a hacerlo.

Me quedo sorprendida. Rick iba a llevarme a Canadá. Es mi Padre Biológico y sé que me quiere, así que Gloria se equivoca. Pero no quiero contradecirla, porque si lo hago, se enfadará. Y no puedo, no puedo de ninguna manera, hacer que se enfade.

—¿Quién más puede llevarme? —digo—. Yo no sé conducir. Y además, no tengo auto.

—Ya sé que no sabes conducir, cariño. Dame un minuto para que pueda pensar.

Espero a que termine de pensar, pero Gloria piensa en voz alta y como yo no pienso así, esto me hace daño en la cabeza. Ella habla y habla.

—Si no vivieras tan lejos del pueblo, podrías volver a escaparte y yo te recogería en un punto —dice—. Ya sabes, como si fuera un *rendezvous*. Así lo dice mi mamá, en francés. ¡Te va a encantar! ¿Dónde podríamos encontrarnos?

—Las personas se encuentran a veces en el centro comercial.

—Sí, pero alguien tendría que llevarte, y con tanta gente sería difícil localizarnos. ¿En qué otro sitio suele encontrarse la gente?

—Rick y yo nos vimos en el parque —digo.

Estamos pensando al mismo tiempo, inventando nuestros pensamientos juntas con los labios en lugar de con la cabeza. Nunca había hecho esto antes y es demasiado rápido. Me pone *ansiosa*, pero no se lo digo porque se enfadará, y cuando Gloria se enfada, da miedo. Me pellizco los dedos con fuerza.

—Eso tampoco puede ser —dice—. Ten en cuenta que al parque también necesitan llevarte. Tenemos que pensar en un lugar al que puedas ir sin que te lleve nadie, ¿de acuerdo? ¿Y que tal en un supermercado? ¿O en una iglesia o algo así?

—Podría pedirle a Maura que me lleve.

—¿Quién es Maura?

—Era mi Mamá Para Siempre, pero ya no la llamo así.

Gloria deja de hablar un segundo.

—¿Tu qué?

—Mi Mamá Para Siempre —digo.

—¿Te refieres a la mujer con la que vives? ¿Te hacen llamarla así?

No sé qué decir. Llamaba a Maura mi Mamá Para Siempre porque todas las trabajadoras sociales me decían que iba a quedarme con ella para siempre. Y así la llamaban ellas también.

—Y supongo que su marido es tu Papá Para Siempre —dice Gloria.

Yo contesto que sí con la cabeza.

—¿Ginny?

—¿Qué?

—Te he preguntado si te *obligaban* a llamarlos así.

Quiero decir que no, pero sé que Gloria quiere que diga que sí, de modo que no digo nada. No quiero que se enfade, y se va a enfadar de cualquier forma. Espero que no me pregunte por mi nuevo apellido.

—Ginny, *yo* soy tu *Mamá Para Siempre*. ¿Lo entiendes? Sabes que es así, ¿verdad?

Pienso.

—Creía que tú eras mi Mamá Biológica —digo.

—Y es *verdad*, pero soy tu Mamá Biológica *para siempre*, ¿entiendes? ¿No te das cuenta?

Eso son dos preguntas, así que no digo nada.

—Bueno, vamos a empezar otra vez. No puedo ir a buscarte a tu casa y no puedo ir a buscarte al colegio. Por cierto, fue genial verte en septiembre. No sé cómo esos bastardos se dieron tanta prisa en llamar a la policía.

Yo asiento.

—Sí. Hubo mucho *drama*. Te vi de pie junto al Auto Verde. Yo estaba en la ventana y di un golpe en el cristal. Luego tuve que ir a ver a Patrice.

—¿Patrice? Era la terapeuta, ¿no? Me sorprende que siga formando parte del cuadro.

En mi cabeza veo el cuadro de Michael Jackson que se encuentra en mi habitación. Está bailando en el escenario sujetándose el sombrero y apoyado solo en las puntas de los pies.

—Ella no está en el cuadro —digo.

—Pero acabas de decir que fuiste a verla.

—Y *sí* fui.

—Está bien, escucha —dice Gloria—. Tenemos que enfocarnos. Tenemos que encontrar el modo de sacarte de ahí. Y creo que nos estamos complicando demasiado. Tiene que haber un modo más fácil, más simple. Lo que vamos a hacer es lo siguiente. Vete a casa. Solo regresa, quiero decir. El lunes, cuando te bajes del autobús en el colegio, no entres. Sigue caminando por la acera tan rápido como puedas y cuando llegues a la esquina, cruza la calle. Te recogeré allí, en Cumberland Farms. Y desde allí nos escapamos.

—¿Nos escapamos a dónde?

—A la frontera.

—¿El lunes 24 de enero?

—Sí. Creo que sí. Hoy es martes, así que es dentro de seis días, ¿no? Sé que parece que hay que esperar mucho, pero necesito tiempo para ponerlo todo el orden. Lo más difícil va a ser deshacerse de las trabajadoras sociales. No me dejan en paz.

—El lunes 24 de enero no puedo ir —digo—. Es el día que me voy al Hogar de Saint Genevieve para Chicas en Peligro.

—¿Hogar de Saint Genevieve para... qué? —pregunta Gloria—. ¿Qué quieres decir?

—Brian y Maura me van a llevar a Connecticut el lunes —digo—. Vamos a visitar el Hogar de Saint Genevieve para Chicas en Peligro.

—¿Ese día no vas a ir al colegio?

—No.

—Entonces no puede ser. Tenemos que hacerlo un día que vayas al colegio. ¿Qué tal el martes?

Yo digo que sí con la cabeza y ahora estoy todavía más nerviosa. Siento como si mi cerebro ya no estuviera en mi cabeza. Siento como si estuviera flotando en el aire.

—Sí —digo—. El martes 25 de enero iré al colegio. Al día siguiente de volver de Saint Genevieve. Dos días después del campeonato de baloncesto de las Olimpiadas Especiales. ¿Estará mi Pequeña Bebé en el auto?

Entonces mi cerebro hace que me acuerde de que quiere que vaya a Cumberland Farms, que está al final de la carretera que va al colegio, al otro lado de la calle.

—Pero es que no me dejan cruzar la calle yo sola.

—¡Vamos, Ginny! Tú sabes cómo cruzar la calle, seguro. Ya no tendrás que hacer lo que esa gente te diga, así que podrás esperar a que todos los autos se detengan y cruzar rápidamente. ¿Acaso no quieres venir conmigo y con Krystal con K?

—Quiero tenerla en brazos y que me chupe el dedo y darle algo de comer —digo.

Gloria se echa a reír. De repente deja de hacerlo.

—Espera un momento. Tú quieres...

—Tenerla en brazos y dejar que me chupe el dedo —repito—, y darle de comer.

—Está bien —dice muy despacio—. Ya hablaremos de eso en otro momento. Pero ahora mismo creo que tenemos que despedirnos para que puedas volver y prepararte para nuestro pequeño *rendezvous*. Con un poco de suerte, nadie se enterará siquiera de que has salido. Si es necesario, cuélate por donde nadie te vea. Y luego durante la semana asegúrate de preparar el equipaje sin que se den cuenta. Pon todo el dinero junto si

tienes. Mete algo de ropa y todas tus cosas favoritas en la mochila o lo que sea que lleves al colegio. Asegúrate de esconder el
teléfono. Bueno, no. Será mejor que te deshagas de él. Apágalo
y tíralo por ahí. Y si pudieras conseguir unos cuantos teléfonos
nuevos, sería genial. Nunca son suficientes por muchos que tengas cuando estás huyendo. La policía puede localizarlos a veces,
y lo mejor es usarlos una vez y tirarlos. Y no te olvides de traer
el dinero. Y es extremadamente importante que no le cuentes
a nadie lo que estás haciendo. Que nadie se entere de que me
has llamado y hemos hablado. Si alguien se entera, nada saldrá
bien, ¿entiendes? ¿Crees que podrás acordarte de todo?

A Gloria no le gusta escuchar la palabra *no*, así que digo que
sí con la cabeza, aunque son demasiadas cosas para recordar.

—¿Alguna vez te has teñido el pelo? Tendremos que darnos mucha prisa en cuanto te subas al auto, pero probablemente deberías teñirte el pelo. Yo esconderé el auto en algún lado
para despistar a la policía. Llevaré otro. Luego lo dejaremos y
seguiremos en autobús. Va a ser arriesgado mientras estemos en
Estados Unidos, pero una vez hayamos cruzado la frontera, será
más fácil. Es mucho más fácil esconderse en Canadá. Conozco
un sitio en el que podemos quedarnos, y luego, cuando todo
vuelva a la normalidad, podremos empezar a construirnos una
nueva vida, mis dos niñas y yo solas, que es como debe ser.

—Y yo cuidaré muy, muy bien de mi Pequeña Bebé.

Gloria se ríe.

—Bien. Como te he dicho antes, hablaremos de eso en
otro momento. Demonios, has pasado por muchas cosas. No
puedo creer que... No. Tenemos que dejar de hablar ahora o
te van a descubrir. Así que vamos a despedirnos y luego quiero que empieces a caminar de regreso a la casa, ¿de acuerdo?
Cuando colguemos, apaga el teléfono y lánzalo hacia el bosque
tan lejos como puedas. Y al llegar, entras. Como te he dicho,
con un poco de suerte nadie sabrá que has salido. Y espera...
¿has dicho que tienes un campeonato?

—El domingo 23 de enero. Es en el gimnasio.

—El domingo en el gimnasio. De acuerdo. Pues ya está. ¿Quieres decir algo más antes de que colguemos?

Pienso.

—No —contesto.

—Genial. Recuerda, reúne todo el dinero que puedas, consigue unos cuantos teléfonos y el martes vete derecho a Cumberland Farms cuando te bajes del autobús. Ahí tendremos nuestro *rendezvous*. Camina tranquila y rápido. No vayas mirando a todas partes. La gente se da cuenta de esas cosas. Camina decidida, ¿de acuerdo?

—De acuerdo.

—Bien. Ahora, digámonos adiós. Te quiero, Ginny.

—Adiós —digo.

Presiono el botón rojo y me detengo. Miro a mi alrededor. Ahora está más oscuro que nunca. El camino sigue siendo de tierra y tengo los pantalones llenos de ella. Hay montones de nieve a los dos lados. Todo está negro y blanco, y hace más frío que antes. Hace tanto frío que no siento los dedos cuando me los pellizco.

Son las 6:03. Apago el teléfono y lo lanzo lejos entre dos árboles para que nadie pueda encontrarlo. A continuación me doy la vuelta y sigo caminando hacia la Casa Azul.

EXACTAMENTE LAS 3:31 DE LA TARDE, MIÉRCOLES, 19 DE ENERO.

Estoy en el oficina de Patrice, sentada en la silla de flores. Agamenón se encuentra tumbado en un rayo de sol sobre la alfombra, cerca de la calefacción. Tiene los ojos cerrados, pero a veces mueve la cola.

Le doy un mordisco a una galleta.

—¿En qué piensas, Ginny? —dice Patrice.

—Estoy pensando en Agamenón.

—¿Y en qué concretamente?

—En que hoy no se esconde.

—No.

—Mueve la cola, pero tiene los ojos cerrados.

Patrice lo mira. La cola de Agamenón va de derecha a izquierda.

—Tienes razón —dice—. A veces los animales hacen eso. Parecen dormir pero su mente está funcionando. Tal vez está soñando con que persigue a un ratón.

—O a una ardilla rayada. O a una de árbol.

Porque me acuerdo de que los Coon de Maine son grandes cazadores.

Patrice se levanta, recoge a Agamenón y se vuelve hacia mí.

—¿Te parece bien que te lo ponga sobre las piernas?

Yo digo que sí con la cabeza. Hace mucho, mucho tiempo que no tengo un gato sobre las piernas, y me pregunto si sabré cómo hacerlo. El último ser vivo que he tenido en los brazos ha sido mi Pequeña Bebé. Eso fue hace cinco años, cuando la tomé en brazos para meterla en la maleta. Entonces, antes de que pueda pensar nada más, Patrice me pone a Agamenón en las piernas. Su cabeza queda cerca de mis rodillas. Lo rodeo con mis brazos. Con la mano derecha empiezo a acariciarlo. Él ronronea.

Tengo los ojos mojados. Me cuesta ver.

—¡Vaya! —dice Patrice—. Esto sí que es una sorpresa, ¿eh? Se te da de maravilla tener a los gatos en brazos. Ahora pueden empezar a conocerse. Igual sigue soñando si lo dejas. Me pregunto si mientras podríamos hablar de lo que sucedió anoche. Brian y Maura me han dicho que te vieron entrando a la casa por la ventana.

Me seco los ojos y sigo acariciando a Agamenón.

—Salí —digo.

—Sí, ya lo sé. Pero me han dicho que no quieres decirles por qué. Que llevabas la mochila, el reproductor de DVD y catorce películas.

—Tengo catorce años.

—Cierto. Tienes catorce años, y por supuesto llevabas tantas películas como años tienes. ¿Has visto alguna mientras estabas fuera?

—Iba a ver *El sonido de la música,* pero al final no la he visto.

—¿Por qué no?

Me aseguro de tener la boca bien cerrada. Pienso. Y sigo moviendo las manos sobre el pelo de Agamenón.

—Voy a esperar a que estés lista para responder —dice Patrice.

Ella saca lana azul y blanca de una cesta que tiene junto a su silla. Hay dos agujas largas y plateadas clavadas en ella. Empieza a tejer.

—Pero te haré la pregunta otra vez por si se te ha olvidado. ¿Qué te ha impedido ver la película?

—Estaba enfadada —digo, y me tapo la boca con la mano. Las agujas hacen un sonido metálico.

—Entiendo —dice Patrice—. Imagino que estabas enfadada por la conversación que acababas de tener con Brian y Maura. ¿De qué habían hablado?

Estoy sorprendida, porque me ha facilitado lo que tengo que decir, y casi es verdad. Ahora puedo hablar tranquilamente. Me quito la mano de la boca y respiro.

—Van a llevarme a visitar el Hogar para Chicas en Peligro.

Patrice asiente varias veces.

—Saint Genevieve. ¿Y tú no quieres ir?

Pienso. Luego digo:

—No, no quiero ir.

—Parece que estabas enfadada por tener que irte de la Casa Azul y necesitabas alejarte un poco y estar sola. ¿Has pensado en decirles a Brian y Maura que estabas enfadada y no quieres ir?

Me siento confusa.

—No —digo.

—Bueno, pues a lo mejor deberías hacerlo. Cuando les dices a las personas que estás enfadada, o que no quieres hacer algo, transmites sentimientos. Y eso es lo que ellos han querido desde el principio, Ginny. Brian y Maura desean saber que te gusta vivir con ellos y que los echarías de menos si tuvieras que irte. Que *vale la pena* que intenten que te quedes. Lo único que han visto que te importe desde que contactaste con Gloria en Facebook es tu hermana. Me refiero a Krystal con K. Y eso es comprensible dadas las circunstancias, pero aparte de eso, no has mostrado sentimiento alguno por nada. No has mostrado interés alguno por quedarte en la Casa Azul. Es verdad que tu comportamiento ha mejorado mucho, pero sigue dando la sensación de que no quieres quedarte.

Todo esto significa que Patrice no sabe por qué me salí por la ventana. No va a hablar de Gloria, ni de los teléfonos.

Sonrío.

—¿Por qué sonríes?

Quiero taparme la boca con la mano, pero no lo hago. No necesito hacerlo.

—Ginny, te he preguntado por qué sonríes.

—Vamos al torneo de baloncesto de las Olimpiadas Especiales el domingo 23 de encro —digo, porque es verdad aunque no sea la respuesta a la pregunta de Patrice.

—Eso es genial —dice ella—. Me parece estupendo que hayas seguido entrenando todas las semanas, aun cuando Brian estaba en el hospital. Sé que está muy contento de volver a casa. ¿Tú también lo estás?

Yo digo que sí con la cabeza.

—Bien —dice Patrice—. Brian y tú tienen un vínculo muy especial. Va a ser difícil irse a Saint Genevieve y dejarlo, ¿no crees?

Pienso. Luego asiento.

—Supongo que vas a echar de menos ir con él en el trineo y todo lo que se divirtieron el verano pasado yendo al lago.

No es una pregunta, así que no digo nada.

—No vas a poder hacer todas esas cosas si te vas a Saint Genevieve. ¿Cómo te sientes con respecto a eso?

Empiezo a pellizcarme los dedos. Sé lo que quiere que diga. Solo hay una respuesta que la dejará satisfecha y esa respuesta es verdad, aunque no he tenido tiempo de pensar en ello.

—Me pone triste —digo.

Patrice sigue tejiendo.

—Me pregunto si podríamos escribir lo triste que te hace sentir. Ya sabes, en un papel. Yo podría escribir por ti si quieres. Redactaríamos una nota para decirle a Brian lo mucho que lo vas a echar de menos, y estoy segura de que no solo a él.

—También echaré de menos a Maura y a Wendy.

—Por supuesto. ¿Quieres que les escribamos a todos en la misma nota, o prefieres que lo hagamos en notas separadas?

Han sido dos preguntas. En mi cabeza veo a mi Pequeña Bebé a un lado de un signo de igual y al otro lado veo a Brian, Maura y Wendy. Pero uno no es igual a tres. Uno es *menos* que tres. Es así:

$$1 < 3$$

No puedo echar de menos a Brian, Maura y Wendy tanto como a mi Pequeña Bebé porque mi Pequeña Bebé me necesita mucho más que ellos. Porque ellos no corren peligro. Nadie les pegará, ni les hará daño. Brian, Maura y Wendy no me necesitan, así que en realidad uno es *mayor que* tres en esta ocasión, aunque las matemáticas digan lo contrario. Cuidar de mi Pequeña Bebé es más grande que todo. Incluso que las matemáticas.

—¿En qué piensas, Ginny? —dice la voz de Patrice.

—Estoy pensando en mi Pequeña Bebé —digo, sin mover la cabeza ni los ojos.

—Sí, bueno, creo que deberíamos hablar de eso un poco también. He tenido contacto otra vez con las trabajadoras sociales.

Salgo deprisa de mi cabeza y la miro. Agamenón me agarra la pierna con las patitas.

—Me han dicho que han tenido algunas reuniones con Gloria y que los médicos que han estado viendo a Krystal con K dicen que está perdiendo peso.

—Eso es porque Crystal con C está en la cárcel —digo—. Ella sabe cuidarla.

—Es posible que tengas razón —dice Patrice—. Las trabajadoras sociales están haciendo cuanto pueden para ayudar a Gloria a ser mejor madre, pero...

—¿Le pega? —la interrumpo.

—No hay evidencia, pero...

—¿Le cambia los pañales? ¿Se queda con ella por las noches?

Agamenón salta al suelo y se va corriendo de la habitación.

—Ginny, sabía que estas noticias iban a sorprenderte, pero yo necesito que estés tranquila y me escuches. Tengo más cosas que contarte.

Me agarro con fuerza a los brazos de la silla y espero.

—Las trabajadoras sociales me han dicho que si Krystal con K no deja de perder peso, van a tener que llevársela. Van a tener que separarla de Gloria.

Todo se detiene. En mi mente recuerdo la primera vez que la policía fue al apartamento. El día en que el primer Para Siempre comenzó. Todo de pronto. Los golpes y los gritos. Las luces brillantes. Muevo la cabeza, miro el reloj y vuelvo a salir de mi cabeza.

—¿Cuándo va a ir la policía?

—Aún no lo sé —dice Patrice—. Y recuerda que no se trata de algo definitivo. Es una posibilidad, si las cosas no mejoran.

—¿Cuándo lo vas a saber?

—Pues no lo sé, como te digo. Seguramente más pronto que tarde. Sabremos algo a finales de semana. Puede que el fin de semana.

Me pellizco los dedos. Me pongo de pie. Me siento de nuevo. Luego me levanto y me quedo parada.

—Ginny, ¿quieres beber algo? —dice Patrice.

—No. Lo que quiero...

No digo más. Cierro la boca y aprieto, aprieto y aprieto.

—Brian y Maura querían que compartiera contigo esta información —dice Patrice—. Piensan que tienes derecho a saber, y yo estoy de acuerdo con ellos. Sé que es duro enterarte de que Krystal con K no se encuentra del todo bien, pero espero que entiendas que están ocupándose de ello. Las trabajadoras sociales están tomando cartas en el asunto y llegado el caso harán todo lo que esté en sus manos para buscarle un buen hogar.

—¿Podré verla?

—No estoy segura, pero en Saint Genevieve estarás muy lejos. Las trabajadoras sociales intentan siempre que pueden que los hogares sean de la zona. Si tú estás en Connecticut las visitas van a ser difíciles. Krystal con K estará en acogida hasta que un juez decida si la reunificación es posible, y después... —Patrice se detiene—. En fin, que es todo un lío, y yo sé que vas a querer estar por aquí para que pueda darte información. Si me dices que deseas quedarte en la Casa Azul, puedo ayudarte a trabajar para conseguirlo, pero tenemos que decirles todo esto a Brian y Maura. Vamos a escribir esa carta, ¿de acuerdo? Tenemos que dejar muy claro lo mucho que vas a extrañar a todos. Lo mucho que te importan. Pero, por encima de todo, no podemos seguir teniendo *incidentes*. Nada de volver a escaparte al bosque, ni de irte por ahí. Tienes que permanecer quieta.

No sé qué significa *permanecer quieta*. No lo entiendo, pero Patrice ya ha sacado un papel y un bolígrafo. Me pide que le diga lo que quiero decir y ella lo escribirá, así que empiezo a hablar en mi cabeza. Hablo deprisa en mi cabeza, pero mis palabras salen muy, muy despacio. No quiero decir ninguna mentira. Es extremadamente difícil y *tedioso*, pero tengo que hacerlo.

Patrice escribe y escribe y al final me lo lee.

Queridos Maura, Brian y Bebé Wendy:
No quiero ir al Hogar para Chicas en Peligro de Saint Genevieve. Supongo que en cambio quiero permanecer quieta, aunque no entiendo qué significa. Prometo que mientras esté aquí no diré más mentiras con mi boca. No tendré más incidentes. No me meteré en peleas en el colegio. No robaré cosas. Siempre que me vean, seré una chica muy buena.
Los quiere,
Ginny Moon

EXACTAMENTE LAS 9:32 DE LA MAÑANA, JUEVES, 20 DE ENERO

Tengo muchas cosas en qué pensar y me duele la cabeza. Me duele tanto que me aprieto constantemente los lados de ella con las manos. Cuando Brian me ha visto así en la mesa esta mañana mientras desayunábamos, me ha preguntado qué me pasaba, pero yo solo he puesto cara de enfadada. Porque se supone que debo estar preparándome para el *rendezvous* del martes 25 de enero, pero la policía podría presentarse para llevarse a mi Pequeña Bebé antes de esa fecha, por lo que necesito llamar a Gloria inmediatamente. Necesito llamarla ahora.

Pero ya no tengo teléfono.

—¿Así que tu mamá no puede ir debido a tu hermana pequeña? —dice Kayla Zadambidge.

Estamos en el Salón Cinco haciendo juntas un rompecabezas. Las piezas no parecen piezas que encajen en ninguna parte. Parecen piezas de una acera o un cristal rotos.

—¿Ginny?

Es Brenda Richardson. Me esfuerzo en pensar. Ella tiene un teléfono celular, pero su madre no deja que lo lleve al colegio todos los días. Solo cuando tiene clases de gimnasia. Hoy tiene clases de gimnasia.

—¿Estará solo tu papá el domingo allí, o también irán tu mamá y tu hermana?

Yo digo que sí con la cabeza.

—¿Y tu otro padre? Ya sabes, Rick —dice Larry—. ¿Va a ir?

—No.

—¿Por qué no? —pregunta Larry.

Su padre no le va a comprar teléfono hasta que llegue al instituto.

—Lleva el camión a Georgia —digo—, pero me escribe correos.

—¿Vas, no sé, a encontrarte con él en algún lugar dentro de poco? —me pregunta Larry.

Porque él conoce mi plan secreto. Me va a ayudar el martes 25 de enero, porque dijo que haría *cualquier cosa* por mí.

—Entonces, ¿tu madre no va a estar presente porque tiene que cuidar a la bebé? —dice Alison Hill.

Alison Hill tiene teléfono. Es igual al de Brenda Richardson. Lo tiene en la taquilla. No sé la combinación de su puerta, pero está al lado de la mía. Yo no quiero usar el teléfono de Alison Hill ni el de Brenda Richardson porque son amigas mías, pero Gloria dijo que tenía que conseguir *unos cuantos teléfonos*. Además, si no llamo a Gloria para decirle que las trabajadoras sociales le van a quitar a mi Pequeña Bebé, eso podría llegar a ocurrir. La policía podría ir y quitársela. Tal vez hoy, o mañana, o este fin de semana. Incluso podrían tenerla ya.

Intento recordar lo que Alison Hill ha preguntado y digo que no con la cabeza.

—Eso debe ponerte muy triste.

Yo asiento.

—Cuando sea mayor, ¿podrá ir?

—Supongo.

—Me encanta tu hermanita —dice Kayla Zadambidge—. ¿Te acuerdas de cómo se agarraba a mi dedo cuando tu madre me dejó limpiarle la boca con la toallita? Me encantan los bebés.

El teléfono de Kayla Zadambidge está en el bosque. No creo que pudiera encontrarlo, y además no tengo tiempo para buscarlo. Primero intentaré conseguir el de Alison Hill. Luego el de Brenda Richardson.

—A mí me encanta mi Pequeña Bebé —digo.

Larry empieza a cantar una canción acerca de que no hay que dudar y que el amor no espera, y sobre algo de un bebé. Lo miro molesta, pero él no deja de cantar.

—Quiero hacer un tiro al aro el domingo —dice Alison Hill.

—¡Yo también! —dice Brenda Richardson.

—Yo voy a meter cinco tiros —dice Larry—. ¡Cinco!

—Yo voy a hacer un montón de bloqueos.

—Y yo voy a lanzar de gancho.

—Y al final, terminaremos sacándonos una foto todos juntos con las medallas colgadas.

Hay demasiada gente hablando al mismo tiempo y no puedo soportarlo más. Quiero levantarme y salir al pasillo, pero la señorita Carol señala el reloj.

—A ver, chicos, es la hora de empezar a recoger —dice.

Guardamos el rompecabezas y recogemos nuestras cosas. Tenemos clase de ciencias. Agarro mi mochila y me voy a la fila que se ha formado al lado de la puerta. Entonces suena el timbre y sigo a Alison Hill al pasillo.

-¿**H**ola? —dice Gloria.

—¿Sigue ahí mi Pequeña Bebé? —pregunto.

Brian y Maura están arriba bañando a la Bebé Wendy. Yo estoy en mi dormitorio con la puerta cerrada.

—¿Ginny? ¿Por qué llamas? Sí, claro que tu hermana sigue aquí. ¿Qué pasa?

—Patrice dice que la policía se la va a llevar. Al final de esta semana o durante el fin de semana. No le estás dando bien de comer.

Gloria no dice nada durante un momento.

—Mierda —dice—. ¡Mierda, mierda, mierda! Sabía que esas... Oye, escúchame. Es genial que me hayas llamado, pero ahora tengo que irme. Tengo que largarme de aquí. Voy a recogerlo todo y nos escaparemos antes de que aparezcan.

—¿Vas a venir al *rendezvous* el martes 25 de enero en Cumberland Farms? —pregunto.

—Sí, sí, claro. Pero tengo que pensar en dónde vamos a pasar los próximos tres días.

—*Cuatro* días —digo.

—Eso. Cuatro días. Lo que sea. ¡Demonios! No voy a dejar que se las lleven a las dos! ¡Necesitaría la ayuda de mi hermana ahora mismo! ¡Maldita sea!

—Tienes que darle más comida —digo, pero oigo pasos en el pasillo—. Alguien viene.

—¡Es que come muy mal! ¡Como tú lo hacías! Oye, esta vez no te deshagas del teléfono. Si algo pasa, intentaré llamarte. Quédate con él y escóndelo. Apágalo, y antes de irte a dormir miras a ver si te he enviado algún mensaje. No lo escondas en tu habitación. Déjalo fuera si puedes.

No dice con cuál teléfono tengo que quedarme, si con el de Alison Hill o el de Brenda Richardson. Empiezo a pellizcarme las manos.

Pero entonces se abre la puerta.

Es Maura.

—Ginny, la cena va a estar hoy un poco más tarde de lo normal —dice.

El teléfono está escondido detrás de mí. Me lo guardo en el bolsillo.

—Wendy ha tenido un poco de diarrea y la estamos bañando. Luego la amamantaré y la pondré a dormir un rato. Cenaremos a las seis. *Aproximadamente* a las seis, ¿de acuerdo?

—De acuerdo.

Ella cierra la puerta.

Saco el teléfono y me lo acercó al oído.

—¿Hola? —digo, pero Gloria ya no está del otro lado.

Lo apago, abro la puerta del armario y saco las damas chinas. Entonces me acuerdo de que Gloria me ha dicho *no lo escondas en tu habitación*. No creo que pueda ponerme el gorro, el abrigo y las botas sin que Brian y Maura me oigan. No creo que pueda abrir la puerta y salir sin que nadie se entere.

Voy a la cocina y saco de un cajón la cinta adhesiva. Vuelvo a mi habitación y abro la ventana. Subo la malla para insectos y pego el teléfono de Alison Hill a la pared de la casa. Vuelvo a cerrar la malla y la ventana y me siento en la cama.

Me acerco mi mantita a la nariz y entro en mi cabeza. *Solo un poco más*, le digo a mi Pequeña Bebé. *Pronto estaré ahí para asegurarme de que no corres peligro.*

EXACTAMENTE LAS 2:10 DE LA TARDE, VIERNES, 21 DE ENERO

—Ya van dos teléfonos desaparecidos esta semana, y los dos del Salón Cinco —dice la señorita Carol, mientras sus grandes ojos se encogen detrás de las gafas—. Y el de Kayla desapareció hace una semana también. Recuerdo que Michelle Whipple dijo que estabas rebuscando en su mochila.

Estamos en una mesa al fondo de la clase de matemáticas. Todo el mundo está trabajando en algo llamado *pendiente*.

—Yo no estaba rebuscando en la mochila de Michelle Whipple —digo—. Estaba buscando mi lápiz.

—Sí, eso también lo recuerdo —dice la señorita Carol—, pero dio la casualidad de que te encontraste una chocolatina mientras lo buscabas. La señorita Dana dice que va a tener que revisar todas las taquillas después de clase. ¿Qué te parece eso?

Ha dicho dos cosas diferentes, así que elijo la segunda.

—Me parece bien.

—Y va a llamar a las casas también. Va a pedirles a tus padres que busquen en tu habitación. ¿Y *eso* qué te parece?

Esta vez no digo nada. Me aseguro de tener la boca bien cerrada.

—Es lo que me imaginaba —dice ella y escribe algo—. Tendremos que esperar y ver lo que ocurre.

Abro la boca.

—¿Cuánto tendremos que esperar? —digo, y vuelvo a cerrarla.

—Seguramente no mucho. Imagino que tus padres hablarán contigo de esto cuando llegues a casa. La señorita Dana ya los ha llamado. Se ha reunido con la policía justo después de la comida para hablar del robo de los teléfonos celulares, pero creo que se fueron hace ya una hora.

EXACTAMENTE LAS 2:58 DE LA TARDE, VIERNES, 21 DE ENERO

Vamos en el auto de camino a ver a Patrice.

—No te estamos acusando de robar —dice Brian—, pero sí tomaste esa chocolatina la semana pasada, cuando yo estaba en el hospital.

Me aseguro de tener la boca bien cerrada.

—Así que te lo voy a preguntar directamente. ¿Le has robado el teléfono celular a Alison?

No puedo mentirle. No puedo mentirle a nadie, porque las mentiras no son verdad. Las palabras tienen que decir la verdad. Tienen que tener sentido, como las sumas de números. Es una regla.

Me mira y mira de nuevo a la carretera. Yo digo que no con la cabeza.

—Bueno, te creo. Te creo de verdad.

Siento una curiosa sensación dentro de mi pecho. Patricia dice que la gente siente cosas dentro de su cuerpo. En el estómago y el corazón sobre todo. Y tiene razón. Porque en realidad a mí Brian me agrada mucho y ahora me siento mal, mal, mal. De verdad quería que fuera mi Papá Para Siempre, y ahora siento el pecho tan pesado y frío como un botellón de leche para humanos.

—Tu m... Maura ha mirado hoy en tu habitación y no ha encontrado nada. No hemos llamado a la señorita Dana para decírselo porque antes quería hablar contigo, pero siento mucho todo esto. Todo. El momento no ha podido ser peor. Y luego toda la confusión con lo de la Pequeña Bebé. ¿Quién iba a imaginárselo? Ahora las cosas son distintas.

—Yo también lo siento —digo, y es cierto.

Siento todo lo que hice y lo que voy a hacer el martes 25 de enero. No me gusta nada, pero tengo que hacerlo.

—¿Estás llorando? —dice.

Me mira y vuelve a mirar hacia delante. Aminora la marcha y giramos en una esquina. Yo digo que sí con la cabeza. Mis ojos están mojados, pero aun así sigo teniendo el botellón de leche oprimiéndome el pecho.

—Eres una buena chica, Ginny. Digan lo que digan los demás.

EXACTAMENTE LAS 11:19 DE LA MAÑANA, SÁBADO, 23 DE ENERO

Estoy en el torneo de baloncesto de las Olimpiadas Especiales. Hay policías en el edificio. He contado tres cuando íbamos hacia la cancha. Luego dos más cuando me he sentado en el banquillo esperando a que comenzara el primer partido. Me siento bien, porque sabía que iban a estar. Vienen siempre a las Olimpiadas Especiales. No están aquí para que Gloria no pueda hacerme nada.

Entro en la cancha con Brenda Richardson y Larry y Kayla Zadambidge. Hay otros dos compañeros. Los compañeros no son niños especiales. Saben tener la boca cerrada mientras piensan y atarse los zapatos. Juegan en el mismo equipo que los chicos especiales, pero no tiran a la canasta. Así que estamos los seis en la cancha tres contra los Hamden Hornets. Nosotros somos los Lee Lancers. En nuestras pancartas y camisetas llevamos el dibujo de un caballero con una lanza larga y puntiaguda.

Veo a Brian en las gradas. Está observando el partido con los padres de Brenda Richardson y algunos otros padres. Rick no está. Quiero saludar a Brian, pero entonces veo el balón que pasa rebotando delante de mí. Alguien grita:

—¡Ginny!

Veo a Kayla Zadambidge que me mira con cara enfadada, lo que significa que he vuelto a distraerme.

—Ginny, no pierdas de vista el balón —dice el entrenador Dan.

Lleva una camiseta azul y amarilla y una gorra azul y amarilla.

Mi uniforme también es azul y amarillo. Todo el mundo en los Lee Lancers viste un uniforme de esos colores. Pero los uniformes de los Hamden Hornets son negros y amarillos, así que parecen abejas.

—¡Ginny! —dice Brenda Richardson.

Está a mi lado, pero no recuerdo cómo ha llegado hasta aquí.

—Creo que tienes que sacar de banda.

Está señalando al otro lado de la cancha, donde se encuentra el entrenador Dan. Él señala un punto a su lado y con la otra mano me hace un gesto. Voy a ver qué está mirando y cuando llego allí dice:

—Ponte aquí, ¿de acuerdo?

Yo lo hago. El árbitro me da el balón. Me agrada el árbitro, porque siempre se sabe las reglas y tiene un silbato y siempre va vestido de blanco y negro.

—Pásale la bola al jugador que tienes enfrente —dice el entrenador Dan.

—Pero es de los Hamden Hornets.

—Lo sé. Te prometo que te la va a devolver.

Se la paso al jugador que tengo delante de mi. Él la atrapa y me la devuelve botando. Yo la recibo.

—Ahora, pásasela a un compañero —dice el entrenador Dan y se aleja rápidamente.

Miro y veo a Brenda Richardson y Larry y tres jugadores de los Hamden Hornets. Le tiro la bola a Larry, que hoy va en silla de ruedas. La atrapa y empieza a rebotarla y a cantar. No escucho lo que canta.

—¡Vamos, corriendo! —dice el entrenador Dan.

Todo el mundo echa a correr. Yo corro con ellos. Levanto la mirada hacia Brian de nuevo, pero mis ojos se enfocan en otro sitio de las gradas y veo a otra persona. Es Gloria.

Estoy confusa. No se por qué está aquí. Aún no es el momento de nuestro *rendezvous*. Lleva una sudadera morada, pero la cabeza es la misma del estacionamiento. Y hay una niña pequeña sentada a su lado. Es una niña pequeña con el pelo castaño y largo. Es más bajita que yo cuando tenía nueve años, pero me imagino que tendrá los ojos verdes aunque no puedo verlos desde tan lejos.

Eso significa que he sido reemplazada.

Gloria tiene *Otra Ginny*. O quizás *Otra Ginny Más*. No sé. No sé si la Otra Ginny es adoptada, o si estaba escondida en algún sitio del apartamento, o si es un fantasma. Gloria se pone de pie. Me saluda despacio y sin hacer ruido. De un lado a otro, de un lado a otro. Levanta los dos pulgares y me saluda con la mano otra vez.

La Otra Ginny sigue sentada. No se mueve. Supongo que no tiene nada adentro que decir. Supongo que es una chica vacía. Una chica con un rostro que no conozco.

Gloria mira hacia abajo y pone la mano en la cabeza de la chica. Luego me señala. La Otra Ginny se levanta y Gloria le pasa el brazo por los hombros. Vuelve a señalarme y las dos me saludan. Despacio para que nadie las oiga.

Empiezo a *hiperventilar*, lo cual significa que respiro muy deprisa, porque estoy enfadada. Porque quiero sacarle los ojos a la Otra Ginny para que no pueda mirarme. Porque he sido *reemplazada*, que es lo que sucede cuando tus audífonos se rompen y te compras unos nuevos y tiras los primeros.

Alguien grita mi nombre.

Miro a mi alrededor, pero no quiero ver quién es. Varias personas pasan corriendo por delante de mí. Vuelvo a mirar a Gloria y a la Otra Ginny para ver qué hacen. Al principio no las veo, pero cuando por fin vuelvo a encontrarlas, Gloria se pone un dedo delante de los labios. Eso significa que quiere que me mantenga callada. Lo hizo una vez que Donald salió del baño gritando palabras malas. Yo estaba detrás del sofá, y cuando Gloria me vio, se puso un dedo delante de los labios y yo me quedé callada. Entonces ella empezó a gritar y Donald le dio una paliza en lugar de dármela a mí, y luego...

—¡Ginny! —grita otra persona.

Antes de que vea quién es, me derriban. Es Brenda Richardson y otras personas a las que no conozco. Hay un montón de zapatillas deportivas, piernas y brazos sobre de mí, y yo intento quitármelos de encima, pero no puedo. Al final se apartan y yo me doy la vuelta, me coloco las gafas y me levanto para ver dónde está Gloria. Ya la veo. Voy a levantar la mano para saludar, pero me tapo la boca en lugar de hacerlo.

—¿Ginny? —dice el entrenador Dan. No lo veo, pero cuando me doy la vuelta, me lo encuentro—. ¿Estás bien?

Yo digo que sí con la cabeza. Cuando vuelvo a mirar a las gradas veo que Gloria y la Otra Ginny están bajando.

—Ginny, ¿por qué no te tomas un descanso? —dice el entrenador Dan—. Ve a sentarte un poco en el banquillo. Luego más tarde vuelves a salir, cuando te encuentres mejor. Bebe un poco de agua y si quieres ve al baño.

El baño. Ese es el lugar al que va Gloria, supongo. Va al baño porque es el lugar donde nos reuníamos cuando íbamos a un supermercado, o a una tienda, o a cualquier otro sitio en el que tuviera que hablar con su proveedor. *Si me pierdes la pista, ve al baño*, me decía. Y quiere que ahora vaya allí, me imagino. Voy a ir a verla. Le preguntaré dónde está mi Pequeña Bebé. Le diré que tiene que darle más comida, porque está perdiendo peso. Si se encuentra en el estacionamiento, saldré corriendo a buscarla. Aprieto los puños muy, muy fuerte. Tengo que ser valiente. Hay un montón de gente deambulando por el gimnasio. Camino entre ellos y a su alrededor y no voy en línea recta, pero no va a pasar nada, porque mi cabeza recuerda a dónde me lleva.

Cuando llego al baño, entro sin más. Veo cuatro lavabos blancos y seis puertas verdes para los compartimentos de los inodoros, y a algunas señoras que no conozco. No veo a Gloria ni a la Otra Ginny. Miro y miro, pero no están, así que salgo del baño y vuelvo al pasillo. Alguien grita mi nombre.

Yo miro. Veo a mucha gente, pero no sé quién me ha llamado.

—¡Ginny! —dice otra vez esa voz.

Es una vocecilla. Me vuelvo y miro. Una niña pequeña está de pie un poco más allá, al lado de una máquina de palomitas de maíz. Tiene un pelo igual al que yo tenía antes. Y tiene los ojos verdes.

Es la Otra Ginny.

Supongo que debe estar en preescolar o en primer grado. Es lo bastante pequeña para hacer una bellota con papel maché y pegar su foto en ella para ponerla en un tablero de anuncios. Es demasiado pequeña para que me enfade con ella. Aunque me haya reemplazado, no quiero sacarle los ojos como a Michelle Whipple.

La Otra Ginny empieza a andar. Viene hacia mí. Cada vez está más y más cerca.

Cuando llega a mi lado, sonríe.

Ella no se está riendo de mí, ni bromeando. Simplemente sonríe. Entonces me doy cuenta de que lleva algo en la mano. Me lo acerca para que lo vea.

Es una foto en la que estoy yo cuando tenía nueve años. Y tengo a mi Pequeña Bebé en brazos.

Quiero agarrarla. Quiero acercarla a mis ojos y mirarla, mirarla y mirarla. Quiero ver la carita y las manitas de mi Pequeña Bebé, pero la Otra Ginny se lleva la foto y sale corriendo con ella por donde mismo ha venido. Esquiva a la gente como si fuera un gato o una ardilla. Corre por el pasillo y de repente se detiene. Y me mira. Está de pie otra vez junto a la máquina de palomitas de maíz.

Con Gloria.

No oigo nada en absoluto. Siento el piso plano y duro bajo mis pies. Es como si estuviera de pie ante un enorme signo de igual, aunque no lo vea con los ojos, así que doy un paso hacia ellas. Gloria me mira y se pone un dedo delante de los labios. Yo quiero gritarle *¿Qué estás haciendo aquí? ¡Deberías estar cuidando a mi Pequeña Bebé!*, pero no me sale ningún sonido de la boca. Vuelvo a intentarlo, pero no puedo hablar, así que echo a andar hacia ellas. Rápido.

Un oficial de policía se pone delante de mí. Yo *retrocedo*. Se agacha a mi lado y me pregunta si estoy bien. Con los ojos cerrados digo que sí con la cabeza. Me pregunta si necesito ayuda. Digo que no con la cabeza. Se levanta y dice que lo siente y que si sé dónde debería estar. Yo vuelvo a decir que sí con la cabeza. Me pregunta si necesito ayuda para volver al partido. Le contesto que no con la cabeza. Entonces me dice otra vez que siente haberme asustado. Me desea buena suerte y se aleja.

Busco con los ojos a Gloria y a la Otra Ginny. Se han ido. Miro hacia todas partes. Miro hacia la puerta del baño. Veo el cartel que indica la salida.

El cartel de salida.

Corro hacia la salida.

Empujo a dos personas que entraban y salgo fuera, al estacionamiento. Me resbalo en el hielo del pavimento, pero alguien me sujeta por el brazo.

—Perdón —digo en voz baja.

Porque hace tanto frío que me resulta difícil hablar. No tengo ni mi abrigo ni mis botas, pero no me importa. Miro al otro lado de la acera, a todos los autos que se encuentran en el estacionamiento. Miro mucho para encontrar a Gloria, o a la Otra Ginny o al Auto Verde, pero no los veo.

Eso significa que vuelvo a estar sola. Tengo catorce años y aún sigo en el lado equivocado del signo de igual.

Me tiemblan las manos y respiro deprisa, porque Gloria estaba aquí con la Otra Ginny y ninguna de las dos llevaba a mi Pequeña Bebé, aunque la Otra Ginny tenía una foto suya. Y mía. La Otra Ginny sonreía y me enseñaba la foto, pero no ha permitido que me quedara con ella. ¿Dónde habrán dejado a mi Pequeña Bebé? ¿Se habrá quedado en el auto mientras ellas entraban?

Entonces me pregunto si a lo mejor Gloria sigue en el edificio. Tal vez no ha salido al estacionamiento. Vuelvo a entrar.

Mis gafas están empañadas por completo. Las seco en mi camiseta y vuelvo a ponérmelas. Miro y miro, pero no veo por ninguna parte ni a Gloria ni a la Otra Ginny.

—¡Eh! Hola, Ginny —me dice alguien.

Miro. Es Maura, que viene hacia mí por el pasillo. Viene empujando un cochecito de bebé. La gente se aparta para dejarla pasar.

—No sabía si el horario de Wendy nos iba a permitir venir, así que preferí no decirte nada, pero teníamos muchas ganas de verte jugar. ¿Qué haces aquí afuera? ¿Ya se ha terminado el primer partido?

Miro detrás de ella. Vuelvo a mirar a mi espalda al cartel de salida. Miro la puerta del baño.

—¿Ginny? ¿Se ha terminado el partido?

—No.

—¡Genial! ¿Por qué no me llevas a las gradas para que pueda buscar a Brian? Wendy y yo nos quedaremos tanto como podamos.

Miro a la Bebé Wendy y me agarro el pelo. Respiro hondo tres veces como me enseñó Patrice y empiezo a caminar hacia la cancha. Maura me sigue con el cochecito. Cuando llego, veo a Brian. Está al lado del banquillo con mi botella de agua en la mano. Saluda a Maura y a Wendy.

—Aquí tienes, Ginny —me dice—. Bebe un poco de agua. ¡Menuda caída! ¿Qué ha pasado?

—No lo sé —digo.

—¿Estabas confusa?

—Sí —contesto.

Miro hacia donde se hallaban sentadas Gloria y la Otra Ginny.

El espacio está vacío. Me pregunto si ella habrá visto a Maura y decidido huir. O si la habrá asustado la policía.

—Oye, Ginny, ¿estás preparada para volver al partido? —dice la voz del entrenador Dan. Levanto la mirada y lo veo de pie junto a mí, Maura y Brian—. Alison entró por ti, pero Brenda necesita un descanso. ¿Qué me dices?

Sé que debo parecer una cavernícola. Tengo la boca abierta y la cabeza agachada y estoy pensando. No estoy interactuando. Me estoy *retrayendo*. Eso es lo que dice Patrice. Ella dice que me retraigo cuando estoy angustiada, y que no pienso en nada cuando me *retraigo*, pero en realidad estoy pensando mucho, mucho.

—Ginny, vamos a sentarnos en las gradas. ¿Te has hecho daño en la cabeza al caer? —dice alguien.

—Ven con nosotros y descansa un poco. Por ahora has hecho un trabajo estupendo. Tu padre, tu hermana y yo estamos muy orgullosos —comenta otra persona.

Es Maura. Está hablándome. Sobre Brian y Wendy.

Yo niego con la cabeza.

—Quiero jugar.

—¿Ah, sí? —dice Brian.

Miro los números de mi reloj y digo que sí con la cabeza.

—Quiero jugar al baloncesto con los Lee Lancers. Quiero ayudar a que nosotros ganemos.

Aunque ya no hay un *nosotros*. Solo hay un *ellos*. He robado tres teléfonos celulares a gente del equipo y Larry no me importa nada. Hice que la señora Wake se marchara del colegio y por mi culpa Crystal con C ha ido a la cárcel. Y ahora es posible que Brian y Maura me envíen al Hogar de Saint Genevieve para Chicas en Peligro. He sido reemplazada por una nueva Ginny. Soy (-Ginny) y no pertenezco a ninguna parte. No se me permite formar parte de nada, pero aun así quiero ganar. Quiero ganar en algo. Por una vez.

El entrenador Dan me mira a los ojos y me pide que siga su dedo. Yo lo sigo. Gruño un poco como un Coon de Maine y él se encoge de hombros antes de decir:

—A mí me parece que estás bien. Todo depende de ti.

—Todo depende de ti —digo yo también.

Porque esto se parece a una película. Solo que no recuerdo el título. Podría ser *Lobo adolescente*, o *El Imperio contraataca* o *Escuela Musical*.

Me dejan jugar.

EXACTAMENTE 4:03,
DOMINGO, 23 DE ENERO

Estamos teniendo una cena de celebración en casa de la abuela. La celebración es porque ganamos la medalla de oro en el torneo. Derrotamos a todos los equipos con los que jugamos excepto uno, y ese equipo también tuvo medalla de oro. Yo llevo la mía puesta ahora mismo.

Después de la cena vamos a comer un pastel que tiene escrito las palabras *¡Felicidades, Ginny!* Lo vi al ir a la nevera a contar cuántas botellas de agua mineral había. Es un pastel de chocolate con una capa blanca de merengue por arriba y letras escritas en rojo.

Estoy sentada en el salón viendo cómo la Bebé Wendy sostiene en la mano unos Legos grandes. Aún no sabe sentarse. Ni siquiera sabe cómo unir los Legos. A mí me gustaría ayudarla, pero recuerdo la regla más importante: *no te está permitido tocar a la Bebé Wendy pase lo que pase.*

He traído mi mochila con algunas cosas por si me aburro: mi iPod, un rompecabezas, un cuaderno de laberintos y algunos libros para colorear que me regalaron en Navidad. También he traído el teléfono de Brenda Richardson. Lo llevo en el bolsillo. Me lo guardé ahí al quitarnos los abrigos *aproximadamente* a las 2:32, porque necesito encontrar un sitio desde el que llamar a Gloria. Tengo que preguntarle por qué se ha buscado a la Otra Ginny y por qué ha venido a las Olimpiadas Especiales y dónde está mi Pequeña Bebé, pero la casa está llena de gente y no encuentro un sitio tranquilo. Mi abrigo, mi gorro y mis guantes están en el vestidor que queda junto a la cocina. También tengo allí las botas. Necesito todo eso para salir al jardín. Me temo que solo allí voy a poder hacer la llamada.

Entro en la cocina. Todo el mundo está hablando. Maura se encuentra sentada a la mesa, la abuela está cocinando y el tío Will permanece apoyado en la encimera. Hablan, hablan, hablan. Y se ríen. Lo están pasando de maravilla. El abuelo se halla en la otra habitación con la tía Jillian y la Bebé Wendy. Brian y el tío John y la tía Megan se encuentran también en la casa, pero no sé dónde.

Paso por delante de todo el mundo para ir al cuarto de atrás. En un rincón, me pongo todo lo necesario. No me abrocho el abrigo para no hacer ruido. Soy tan silenciosa como un Coon de Maine caminando sobre una alfombra.

Salgo y cierro la puerta. Hace más frío que nunca. Me abrocho la cremallera del abrigo, bajo corriendo las escaleras y me paro junto a la casa, donde nadie pueda verme desde las ventanas. Saco el teléfono celular de Brenda Richardson, lo enciendo y marco el número de Gloria.

Ella me contesta:

—¡Maldición, Ginny, lo siento! Es que estamos prácticamente huyendo y necesitábamos un sitio al que poder entrar para calentarnos. ¡Además, quería verte! Es como en los viejos tiempos: vivimos en el auto. El campeonato era el sitio perfecto, ya que teníamos que estar en la ciudad el martes de todos modos. ¡Qué ganas tenía de abrazarte fuerte, pero es que ese policía estaba allí mismo! Tenía miedo de que me reconociera, o me preguntara algo, así que nos hemos escabullido. ¿Por qué me llamas? ¿Todo está bien?

Empiezo a pellizcarme los dedos. Quiero decir algo, pero es que me ha hecho dos preguntas, y no sé cuál contestar primero. Eso me confunde y me angustia.

—¿Ginny?

—¿Qué?

—¿Por qué no dices nada?

—Porque me has hecho dos preguntas.

—¿Ah, sí? —se ríe—. ¡La misma Ginny de siempre!

Eso no es cierto. He cambiado mucho, porque ahora soy más alta y tengo el pelo más largo. Incluso llevo un pequeño sostén para adolescentes. Y no soy quien se supone que soy.

—Pero sigo teniendo los ojos verdes —digo.

Ella se vuelve a reír.

—Seguro que sí, cariño —dice—. ¿Por qué me llamas?

—Tienes que darle de comer a mi Pequeña Bebé.

Gloria respira hondo.

—Sí, sí, sí. Lo sé. ¿Vas a empezar tú también a molestar como las trabajadoras sociales? La he mantenido viva hasta ahora. ¿Es que nadie se da cuenta de eso? Es delgada, nada más. ¿No la has visto hoy? Fue solo hace unas pocas horas. Todas las chicas de mi familia son delgadas. Tú también lo eres.

Quiero contestarle: *No, Crystal con C ha sido quien la ha mantenido viva hasta ahora,* pero no me importa, porque me siento confusa. Gloria ha dicho: *¿No la has visto hoy?* No sé qué quiere decir.

Trago en seco.

—Yo no la he visto *hoy.* O hace unas *pocas horas.* He visto a la Otra Ginny.

—¿Cómo dices?

—He visto a la Otra Ginny. Has dejado a mi Pequeña Bebé en el Auto Verde y has llevado a la Otra Ginny al torneo. Pero no puedes hacer eso, Gloria. No puedes dejar a una bebé en un auto. Hace demasiado frío. Tienes que cuidarla muy, muy bien.

—Espera —dice Gloria—. Incluso después de haberla visto, ¿sigues sin entenderlo?

—¿Después de haber visto a *quién*, Gloria? ¿Has traído a la Otra Ginny para que cuide de la bebé, de mi Pequeña Bebé, cuando vas a ver a tu proveedor? ¿Duerme en mi habitación? ¿Por qué no has llevado a mi Pequeña Bebé al gimnasio?

—¿La Otra Ginny? —repite Gloria, pero no parece enfadada—. ¿Hablas en serio? ¿De verdad piensas que la niña a la que has visto hoy es una especie de sustituta? En serio, Ginny, eres... Mira, siento mucho que esos imbéciles te separaran de mí cuando lo hicieron. Muchas cosas han cambiado, tantas que no lo vas a creer. Te lo digo en serio: no lo vas a creer. Y sé que no te gustan los cambios, así que esto va a ser un poco... sorprendente.

—No me gustan las sorpresas —digo.

—Lo sé. He recibido un correo de Crystal con C. Le han permitido que me escriba desde la cárcel. Dice que no entiendes que ha pasado el tiempo, o lo mucho que la gente puede haber cambiado desde entonces. Yo le dije que eso no podía ser tan importante, pero ahora veo que sí lo es. Va a hacer falta darte un montón de explicaciones para que lo entiendas, pero escucha, ahora no podemos seguir hablando por teléfono. Te van a atrapar si lo haces. Así que no podemos hablar de esto ahora, ¿lo entiendes?

—No.

—Bueno, entonces vas a tener que quedarte sin entenderlo hasta el martes. Porque el martes por la mañana es nuestro *rendezvous*. Pero la *Otra Ginny* no es lo que tú piensas. O sea, que no es una especie de clon ni nada por el estilo. Nadie podría reemplazarte nunca. Sin embargo, como te he dicho ya, no podemos hablar de eso ahora. Tengo que cambiar de auto. ¿Te acuerdas bien de lo que tienes que hacer?

Yo digo que sí con la cabeza.

—¿Ginny?

—¿Qué?

—Que si te acuerdas de lo que tienes que hacer el martes.

—Sí —digo—. Me llevaré todas mis cosas en el autobús del colegio, y cuando me baje, empezaré a caminar por la acera de delante del colegio y cruzaré yo sola la calle cuando vea Cumberland Farms.

—Y no correrás.

—Y no correré.

—Te estaré esperando ahí mismo. Recuerda que no debes correr. Correr llama la atención. Cuando llegues a Cumberland Farms, te metes rápidamente en el auto y nos largaremos de aquí como alma que lleva el diablo. ¿Te gusta el pelo negro o rojo?

—El rojo es mi color favorito —digo, sorprendida de que no se acuerde.

—Pues será rojo entonces.

—Gloria...

—¿Qué?

—Tienes que tener cuidado con la policía. Crystal con C dice que si la policía me encuentra contigo, te meterán en la cárcel.

—Ya lo sé, créeme. De eso lo sé todo, cariño —dice Gloria—. Sé cómo y por qué pillaron a Crystal con C, y no dejaré que eso me suceda a mí. Es posible que ella sea la más lista, pero siempre ha querido hacerlo todo sola. Ese ha sido su error. Yo he sobrevivido porque he sabido pedir ayuda y trabajar en equipo. La policía lleva años detrás de mí intentando colgarme toda clase de cosas. Sé cómo escabullirme y evitarlos. Habrá mucho tráfico por la mañana el martes, pero tendré el auto en dirección a la salida con el motor en marcha.

—¿Llevarás a mi Pequeña Bebé?

Gloria vuelve a dejar de hablar. Respira hondo.

—Todo esto es demasiado para ti, ¿verdad, cariño? Tenemos mucho de qué hablar, y lo vamos a hacer de la forma correcta. Pero sí, tu Pequeña Bebé está bien. Y sí, te prometo que la llevaré, y le daré de comer, y estará muy calentita. Será más fácil explicártelo todo cuando estemos todas juntas en el auto y podamos vernos y hablar. Entonces lo entenderás, pero sí, te prometo que tu Pequeña Bebé estará conmigo. Cuenta con ello.

Me miro los dedos. Recuerdo todas las promesas que ha roto.

—Soy buena en matemáticas —digo.

—Así es. Bueno, nos vemos dentro de dos días, ¿de acuerdo? Cuelga el teléfono antes de que alguien te descubra. ¿Has conseguido alguno más?

Contesto que no con la cabeza, porque solo tengo uno, aunque había encontrado dos.

—¿Ginny?

—No.

—Bueno, ya nos las arreglaremos. ¿Y dinero? ¿Tienes algo de dinero?

—No, pero he aprendido un truco que se puede hacer en la caja.

—¿Te refieres a ese de pedir cambio unas cuantas veces hasta que la cajera se hace un lío? Resulta genial. Eso sí, me sorprende que lo consigas. Yo llevo practicándolo desde que estaba en el instituto. Lo haremos juntas —se detiene y escucho el silencio que hay entre nosotras—. Muy bien. Te quiero. Nos vemos el martes entonces.

Y cuelga.

Yo me quedo en el jardín sola, con el teléfono en la mano, mirando la nieve. No hay marcas en ella. Todo el jardín está limpio y blanco. El martes tendré mi *rendezvous* con Gloria, me subiré en su auto nuevo y veré a mi Pequeña Bebé. Tendré un biberón de leche preparado para dárselo.

EXACTAMENTE LAS 10:47 DE LA MAÑANA, LUNES, 24 DE ENERO

Todo el mundo lo llama *Hogar de Saint Genevieve para Chicas*, pero yo en mi cabeza lo llamo *Hogar de Saint Genevieve para Chicas en Peligro*.

Estamos en un dormitorio que tiene una cama, un armario, una mesa y un pequeño lavabo con un espejo encima. Las chicas que viven en el Hogar de Saint Genevieve para Chicas en Peligro tienen su propio lavabo y su propio espejo. Tienen un crucifijo en la pared de encima de su cama, cerca de la ventana. Brian y Maura quieren ver si me gustaría estar aquí. Ver si este sitio *puede acomodarse a mis necesidades.* Y está bien, porque yo me voy a ir al *rendezvous* para ver a Gloria y a mi Pequeña Bebé, y me imagino que también veré a la Otra Ginny. No me gusta nada esa chica. No sé qué pensará mi Pequeña Bebé de ella. Quiero hablar con Brian sobre eso. Antes hablábamos mucho de las cosas que tengo en la cabeza. Él no entendía mucho de lo que le contaba, pero estaba bien, porque aun así hablábamos. Ahora no puedo decirle nada. Tengo que mantener la boca cerrada y no decir nada en absoluto sobre nada.

—¿Qué te parece la habitación? —me pregunta.

No le contesto, porque está detrás de mí y no lo veo. Puedo decir que no sabía que me estaba hablando a mí.

—¿Te gusta, Ginny?

En mi cabeza digo: ¡*Demonios!*

—Está bien —digo con la boca.

—¿Y la comida? Hemos tenido un desayuno muy bueno.

—Me lo he comido todo.

—Sí, pero es que tú te lo comes todo de todo. ¿Te ha gustado?

—Tengo la barriga llena.

Miro por la ventana. Oigo que Brian ha dejado caer sus brazos a lo largo del cuerpo. Hace eso cuando no sabe qué más decir.

—Las chicas que hemos conocido eran muy simpáticas —dice Maura—. Seguro que podrías hacer buenas amigas aquí.

Ella quiere que diga: *Sí, tienes razón, Maura.* Los dos quieren que diga algo del tipo: *Sí, me gusta.* O tal vez: *Este sitio está bastante bien si te gustan las paredes blancas, la alfombra marrón, y ver personas clavadas en una cruz.* O que no me gusta y que querría volver a la Casa Azul. Quieren que diga algo, pero yo me tapo los oídos con las manos para no oír sus preguntas. No quiero pensar en el *Hogar de Saint Genevieve para Chicas en Peligro.* Quiero pensar en mi *rendezvous* con Gloria y mi Pequeña Bebé. Y en la Otra Ginny. Y en la sorpresa de Gloria.

Entonces Maura dice:

—Ginny, ¿te encuentras bien? ¿Qué estás pensando?

Se ha acercado tanto que puedo oírla a través de mis manos.

—Lo siento —dice—. ¿En qué estás pensando?

Cierro los ojos y pienso en otra cosa. Rápidamente. Recuerdo lo que pasó ayer en el campeonato de baloncesto de las Olimpiadas Especiales. Bajo las manos.

—Estoy pensando en la Bebé Wendy —digo.

—¿De verdad? ¿Qué estás pensando acerca de ella? En específico, quiero decir.

Miro el reloj.

—Son casi las once. Debe estar a punto de despertarse.

Maura me mira sorprendida.

—Tienes razón, ¿sabes? Desde luego conoces perfectamente su horario.

—Me sentí muy orgulloso de ti el otro día cuando jugaste al *Cucu-Tras* con ella —dice Brian—. Has hecho un trabajo estupendo ayudando a tu mamá.

Está hablando de Maura, no de Gloria, pero no era una pregunta.

La hermana Josephine entra. Es la encargada del *Hogar de Saint Genevieve para Chicas en Peligro*. La hermana Josephine lleva una sábana negra grande y la funda de una almohada colgando de la cabeza. Ella le llama a esto *hábito*.

—Bueno, espero que hayas disfrutado de la visita a los dormitorios —dice—. La comida es a las doce y media, así que nos queda algo de tiempo. Brian y Maura, ¿por qué no pasan por la oficina para hablar con la hermana Mary Constance? Ella puede responder esas preguntas de índole económica que me ha hecho antes —entonces se dirige a mí—. Y en cuanto a ti, jovencita, ¿qué te parece si nos vamos las dos a dar un paseo? Seguro que te gustará ver los jardines.

EXACTAMENTE LAS 11:02 DE LA MAÑANA, LUNES, 24 DE ENERO

Afuera marchamos por un camino que han abierto con pala en la nieve a través de montones de árboles y arbustos. Todo está mojado y hay montones de nieve a los lados del camino.

—En verano, todos estos rosales están llenos de flores —dice la hermana Josephine—. Hay cinco variedades diferentes.

Al final del camino veo una estatua. Tiene arbustos alrededor, así que no distingo la parte de abajo. Delante hay un banco de piedra. La estatua es de una chica que lleva un *hábito*, o quizás una especie de capucha o manta. No tiene cara. La piedra está lista y redondeada donde deberían estar los ojos y la boca. Mira hacia abajo, a algo que tiene sobre las piernas. No puedo verlo porque los arbustos lo tapan.

La hermana Josephine la señala:

—¿Ves esa estatua que parece que lleva un chal? Es nuestra Santa Madre. Ya sabes, la Virgen María. Era una muchacha cuando tuvo a su hijo.

—¿Cuántos años tenía? —pregunto.

—En realidad nadie lo sabe, pero mucha gente cree que debía tener unos catorce.

—¿Catorce?

La hermana Josephine asiente.

Me acerco a la estatua, paso junto al banco de piedra y me quedo delante de los arbustos. Me pongo de puntillas para ver lo que la chica tiene en los brazos.

Es un bebé.

Un bebé de piedra con unas manos y unos pies diminutos. Un bebé de piedra sin cara. Y me mira directamente.

No puedo respirar durante *aproximadamente* tres segundos.

—¿Por qué no tiene cara? —pregunto.

—Ah, yo también me lo he preguntado muchas veces. Nuestra Santa Madre...

La interrumpo.

—No, el bebé. ¿Por qué no tiene cara el bebé?

La hermana Josephine me mira sorprendida.

—Ah. Creo que hay una misma razón para las dos figuras. Seguramente el artista quería que viéramos que la belleza de nuestro Señor y nuestra Santa Madre es inimaginable. ¿Qué te parece?

No respondo. No puedo responder.

—¿Y... y...? —trato de decir, pero no puedo terminar la pregunta.

—¿Y qué, Ginny?

—¿Y sabe el bebé quién es ella? —digo.

Necesito saberlo, porque el bebé no puede ver el rostro de esa chica de catorce años. No puede decir de qué color son sus ojos. Porque la chica ha cambiado y ahora tiene una cabeza distinta.

—Por supuesto que el bebé sabe quién es ella. Es su madre, y los bebés siempre reconocen a su madre. Aunque ahora el bebé ha crecido, claro.

Pero la hermana Josephine no entiende. No *lo capta*.

—¿Y las hermanas? ¿Reconocen los bebés a sus hermanas? ¿Recuerdan la cara de sus hermanas?

La hermana Josephine da un paso atrás.

—No lo sé —dice—. Nuestro Señor no tenía hermanas.

Sigue hablando, pero yo no puedo escucharla. Me tapo la cara con las manos. No quiero que nadie me vea. Que me vean la cara. Porque ya no soy quien era antes. Soy (-Ginny) y tengo catorce años, y mi Pequeña Bebé no me va a recordar cuando vaya al *rendezvous*.

—¿Ginny?

Bajo las manos. La hermana Josephine está a mi derecha.

—Ginny, ¿por qué te tapabas la cara?

—Quiero entrar ahora —digo.

—¿Estás enfadada? ¿Qué te pasa?

—Hace frío.

—Bien —dice la hermana Josephine—. Podemos seguir hablando adentro.

EXACTAMENTE LAS 7:02 DE LA MAÑANA, MARTES, 25 DE ENERO

Estoy en el autobús. Estamos llegando a la parada de la puerta principal. Afuera veo el espacio en el que el Auto Verde estaba aparcado cuando Gloria vino al colegio. Me recuerdo una y otra vez que hoy va a llevar un auto diferente. No sé cómo será, pero sí sé que tendrá el motor en marcha y que cuando me suba *nos largaremos de aquí como alma que lleva el diablo.* Supongo que eso significa que va a conducir muy, muy deprisa antes de que pueda llegar la policía. Puede que salga incluso chirriando las ruedas.

Tengo mi mochila. En ella he metido lo necesario para el *rendezvous.* Llevo unos pantalones vaqueros y cuatro calzones y nueve sostenes para adolescentes y tres pares de calcetines y tres camisetas y un par de pijamas. Llevo también mi mantita. Quería llevarme nueve películas y mi reproductor de DVD portátil, pero he tenido que sacarlos para poder meter la botella de leche que estaba en la nevera. En el bolsillo de adelante va mi libreta de Snoopy y el calendario de Michael Jackson. En el bolsillo de la izquierda hay *exactamente* tres billetes de un dólar, dos monedas de veinticinco, cinco de diez, trece de cinco y cuatro de un centavo. Todo ese dinero es para Gloria. Para que esté contenta. En el bolsillo interior secreto llevo el teléfono celular de Brenda Richardson. Está apagado. En el bolsillo exterior de la derecha hay un biberón que he encontrado en uno de los armarios de la cocina.

El autobús se detiene. Todo el mundo se levanta. Miro fuera y veo a los primeros chicos llegar a las puertas de cristal. Veo a la señorita Carol esperando junto al autobús como hace siempre.

Miro a Larry, que sigue sentado. Bajarse del autobús no es fácil para él. Él asiente con la cabeza.

—Estoy listo, nena —dice.

No lo corrijo. Solo le digo:

—Gracias, Larry.

Larry se desliza hasta el suelo y mete las piernas debajo de los asientos delanteros. Coloca una de las muletas a su lado y la otra la empuja bajo el asiento del otro lado del pasillo. Cuando termina, me dice:

—A lo mejor volvemos a vernos algún día. Cuando seamos mayores. Volverás a buscarme, ¿verdad?

—Volveré a buscarte —digo, pero mi cabeza está demasiado distraída para pensar en este momento.

Él extiende una mano para que se la estreche. Yo lo hago.

Todos los chicos están ya en la parte delantera del autobús. Los sigo y bajo los escalones. Cuando llego al lado de la señorita Carol, me detengo.

—Larry está en el suelo —digo.

—¿Cómo?

—Sus muletas están debajo del asiento. Supongo que necesita ayuda.

—¿Está herido?

Me aseguro de tener la boca cerrada. Larry *podría* haberse herido cuando yo me estaba bajando del autobús. *Podría* haberse dado un golpe en la cabeza con el asiento, o haberse lastimado la mano con un muelle.

—No lo sé —digo.

La señorita Carol se pone de puntillas y mira con sus ojos demasiado grandes el interior del autobús.

—Ginny, tú quédate aquí —dice—. Quédate aquí un minuto mientras voy a ver qué ha pasado.

Ella sube al autobús y le dice algo al conductor. El conductor mira por el retrovisor. La señorita Carol avanza por el pasillo. Yo me acerco un poco al autobús y me quedo bajo la ventanilla. Tan cerca que puedo ver los desconchones de la pintura amarilla. Tan cerca que no puedo ver quién está dentro.

Y ellos no pueden verme a mí.

Corro.

Corro hasta llegar al final del autobús. Luego recuerdo que tengo que caminar tal y como Gloria me dijo. Camino despacio y sin parar por la acera. Dejo atrás algunos autos con padres dentro. Dejo atrás el mástil de la bandera. Dejo atrás la zona de autobuses. Dejo atrás el cartel que dice *Zona Escolar Libre de Drogas*. Dejo atrás todo el colegio.

Me doy la vuelta para ver si alguien me sigue gritando: *¡No, Ginny! ¡No lo hagas! ¡No cruces la calle!*

Pero no hay nadie. Voy al *rendezvous* sola.

Dejo atrás el estacionamiento y algunos arbustos y árboles. Frente a mí veo autos pasando con rapidez en las dos direcciones. Al otro lado está la gasolinera. Hay un cartel en el techo que dice *Cumberland Farms*.

Llego a la esquina. Hay un paso para peatones con rayas blancas paralelas delante de mí. *Paralelas* significa que hay dos cosas, la una junto a la otra, pero que nunca se tocan. Las líneas son blancas, blancas, blancas.

Pongo los pies en el borde de la acera y miro. Los autos van muy deprisa delante de mí y no creo que pueda pasar entre ellos. Quiero pellizcarme los dedos, pero llevo guantes. Entonces un auto negro se detiene y el conductor mueve la mano. Pero no me quiere decir hola. Agita la mano como si estuviera enfadado. Hasta que me doy cuenta de que me está diciendo que pase. Él ha detenido los autos que van en una dirección. Doy un paso hacia la calle.

Y me veo a mí misma caminando sobre un signo de igual gigante.

Algo me salta dentro del pecho. Supongo que es mi corazón. El signo de igual está justo debajo de mis pies. Estoy cruzando al otro lado del Para Siempre. Voy a un lugar donde tengo nueve años y mi Pequeña Bebé está esperándome.

El conductor toca la bocina. Yo salgo de mi cabeza y veo que estoy parada justo delante del auto negro. Sigo sin moverme. El hombre que conduce grita y golpea al volante. Paso corriendo y veo otros autos detenidos en el otro carril. El primero es blanco. El conductor no agita la mano como el del auto negro. Corro tan rápido como puedo para cruzar al otro lado.

Ahora la carretera, los autos y el autobús quedan atrás. La señorita Carol y Larry y Brian y Maura quedan todos detrás de mí, porque he cruzado por el signo de igual gigante al otro lado. Al lugar donde pertenezco.

Miro hacia abajo para ver si me he vuelto más chica. Si la ropa me sigue quedando bien. Nada parece diferente, así que miro a mi alrededor. Veo *exactamente* cuatro surtidores de gasolina con un tejado grande que los cubre y el edificio de la gasolinera. Hay autos aparcados delante. Dos de ellos son verdes, pero en mi cabeza recuerdo que ninguno de esos autos es el de Gloria, porque ella me dijo que iba a traer otro diferente. Me quedo allí mirando y mirando y pensando mucho. Entonces alguien me llama por mi nombre.

Es Gloria. Esta parada en la esquina de la tienda llevando un gorro amarillo con un pompón. Echo a andar hacia ella, pero de pronto oigo un ruido fuerte y un auto se detiene en seco a mi lado. El conductor levanta las manos y las agita. A través del cristal oigo que grita.

Gloria corre hacia mí. Me da la mano y pasamos rápidamente junto a los surtidores. Me lleva a la parte trasera del edificio, a un auto azul.

—¡Ginny, tienes que tener más cuidado y mirar lo que haces! —me dice—. ¡Maldita sea! Necesito abrazarte.

Me da el abrazo más grande que he recibido en mi vida. Me abraza con tanta fuerza que no me puedo mover. Siento sus huesos bajo el abrigo que lleva. Los hombros, la espalda. Está muy, muy, muy delgada. Por fin me suelta. Se separa de mí.

—¡Cariño, no puedes pasar así delante de los autos! Tienes que mirar para los dos lados. ¡Demonios, qué alta estás! —dice—. Pero aún no has desarrollado. ¿Cuántos novios has tenido?

Empiezo a decir que he tenido *cero* novios, pero oigo unos golpecitos y cuando miro, veo a la Otra Ginny ahí mismo dentro del auto. Ella me mira y yo la miro. Pone la mano abierta contra el cristal.

—¿La reconoces ahora? —me pregunta Gloria—. Es Krystal con K. *Tu* hermana.

Yo niego con la cabeza.

—No —digo—. Krystal con K es mi Pequeña Bebé.

—Sí. Eso es lo que estoy intentando decirte. Ella es Krystal con K. —explica Gloria—. ¿No lo ves? Esa es la sorpresa de la que te hablaba por teléfono. Ella ha crecido. Se ha hecho mayor, igual que tú.

No sé si Gloria me está tomando el pelo o no, porque la Otra Ginny es demasiado mayor para ser mi Pequeña Bebé. Mi hermana pequeña *siempre será mi Pequeña Bebé*, y esa niña es mucho, mucho mayor que un bebé.

Vuelvo a negar con la cabeza.

—Esa es la Otra Ginny —digo.

Gloria se echa a reír y hace un gesto con la mano en el aire. Entonces la Otra Ginny abre la puerta del auto y se acerca a nosotras. Es muy delgada y tiene el pelo castaño y los ojos verdes. Lo que significa que es *aproximadamente* como yo.

—Hola, Ginny —dice.

No es una pregunta, así que no digo nada. No tengo que decirle nada en absoluto a la Otra Ginny a menos que haga una pregunta.

—Aquí la tienes —dice Gloria—. Reconoces a tu Pequeña Bebé, ¿verdad?

—Ella no es —digo.

—¿No te acuerdas de mí? —dice la Otra Ginny—. Tengo tu foto. Mamá me la dio y la he llevado conmigo a todas partes. Te la enseñé el domingo.

Quiero decir: *¡Demonios!*, porque me ha preguntado algo, así que digo:

—No te recuerdo. Mi Pequeña Bebé tiene un año.

—No, ya no.

—Ginny —dice Gloria—, sé que ha pasado mucho tiempo, pero tienes que aceptar esto. Tu hermana ya no tiene un año. Lo que tu tía dijo es solo una frase hecha, una expresión. Cuando hablamos por teléfono después del juicio me contó que habías tomado al pie de la letra lo que ella te decía acerca de que tu hermana siempre sería tu bebé. Pero no es eso lo que quería decir de verdad, Gin.

Yo respiro deprisa, deprisa.

—Crystal con C no usa frases hechas —digo—. Crystal con C es la que siempre me dice la verdad, y ella me dijo que mi Pequeña Bebé siempre sería mi Pequeña Bebé.

—No estoy segura de lo que quieres decir con eso de que *es la que siempre te dice la verdad*, pero lo que tu tía te dijo en esta ocasión fue solo una forma de hablar. Y no puedes actuar como una loca con respecto a eso. Nadie puede tener un año para siempre. Ahora tiene seis. Mira su pelo. Mira sus ojos. Se parecen mucho.

—Ginny, mírame —dice la Otra Ginny—. Soy yo de verdad.

Me muestra la foto y esta vez se la quito y la acerco a mí.

Veo que su cara se parece *aproximadamente* a la de mi Pequeña Bebé. Me acerco la foto a los ojos y vuelvo a alejarla y miro a la Otra Ginny. Vuelvo a acercármela y la pongo a un lago para poder ver a la Otra Ginny y a mi Pequeña Bebé al mismo tiempo.

Y veo que son la misma persona.

Lo que quiere decir que Krystal con K es la Otra Ginny. Mi Pequeña Bebé se ha convertido en una niña pequeña. Patrice tenía razón.

Ya no puedo ver, porque tengo los ojos mojados.

—¿No tiene un año? —pregunto.

Gloria se ríe.

—No —dice.

Estoy confusa. Si mi Pequeña Bebé tiene seis años, entonces ya no lleva pañales. No necesita que la tenga en brazos o la esconda. No me necesita para que le dé leche para humanos. No necesita que la cuide.

Miro el auto de Gloria solo para asegurarme de que no hay una sillita de bebé en la parte de atrás. Para estar segura de que Gloria no me está tomando el pelo. Lo que sé y lo que sabía se mantienen intercambiando lugares en mi cabeza.

—¿Mi Pequeña Bebé no está en el apartamento? —pregunto.

Sin embargo, ya conozco la respuesta. Pero al mismo tiempo, no lo sé. Y al instante, vuelvo a saberlo. Me quedo quieta, parpadeando.

Gloria respira hondo.

—Sabía que esto iba a ser difícil para ti. Podemos hablar de ello mientras conduzco. Sube al auto.

—No —digo.

Porque lo que sé sigue cambiando una y otra vez. En mi cabeza escribo:

Pequeña Bebé = Krystal con K = Otra Ginny = Seis años

Y son demasiados iguales.

Mi voz no se escucha, pero en mi cabeza digo: *Es solo una frase hecha. Es solo una forma de hablar.*

—¿No? —dice Gloria—. ¿Cómo que no? ¿Qué es lo que murmullas?

Todo esto significa que Gloria me ha dicho la verdad. Entonces, ¿significa también que Crystal con C me ha mentido? No sé qué hacer, pero tengo que aclarar mi mente pronto. Abro y cierro los ojos. Miro los números de mi reloj y salgo de mi cabeza.

—¿Sigues pensando ir a Canadá? —pregunto.

—Sí, claro. Nos vamos a Quebec con mi familia. Nos esconderán allí un tiempo. ¿Por qué me haces esa pregunta? Ya sabes a dónde nos dirigimos. Hablamos de ello y lo entendiste. Anda, vamos. Sube al maldito auto.

Me agarra de un brazo y tira. Yo *retrocedo* y me caigo al suelo. Está frío y húmedo. Gloria me recoge y me ayuda a levantarme. Cuando vuelvo a ver bien, hay un hombre que permanece parado cerca de la gasolinera, mirándonos.

—¿Y tú qué miras, imbécil? Se ha caído, ¿no? —le grita Gloria.

En mi cabeza recuerdo cuando Gloria fue a la Casa Azul y salió chirriando las ruedas. Recuerdo cómo fue al colegio y montó *toda una escena*. Recuerdo lo *violenta* que puede llegar a ser.

Pero estaremos bien con su familia, me digo en la cabeza. *No correremos peligro*. Escribo:

Familia de Gloria = alguien que ayuda a *estar pendientes* de mi Pequeña Bebé.

Y:

Familia de Gloria = alguien que ayuda a *estar pendientes de mí*.

Me duele el trasero del golpe y tengo los pantalones mojados. Miro los números de mi reloj y muevo la cabeza. No. Gloria es *impulsiva* y *no se puede confiar en ella*. No vamos a estar a salvo con ella nos lleve donde nos lleve.

—¿Ginny? —dice.

Dejo de parpadear y la miro.

—Vamos. La gente empieza a mirarnos. Ese tipo que acaba de entrar en la gasolinera... Tenemos que irnos.

—No —digo.

—¿Qué?

Trago en seco.

—No —digo otra vez.

Pero no parece mi voz. No sé si he sido yo o (-Ginny).

—¿Y se puede saber por qué demonios ahora no quieres ir?

En mi cabeza veo la respuesta. Veo *exactamente* por qué:

Gloria ≠ Alguien que puede huir a Canadá sin que la atrapen

Gloria acabará en la cárcel y Krystal con K irá a una Casa Para Siempre. Igual que me sucedió a mí.

Alzo la mano mostrando dos dedos.

—Por dos razones —digo.

—Bueno, ¿y qué razones son?

—La primera es porque mi Pequeña Bebé tiene seis años.

—Sí. Me alegro de que lo hayas entendido —dice Gloria mirando a derecha e izquierda con rapidez—. ¿Cuál es la segunda?

—La segunda es que vas a acabar en la cárcel.

Gloria se estremece y sus ojos se vuelven una línea. Va a pegarme y yo me encojo.

—Tienes mucho valor, niña —dice—. Mira a tu hermana. ¡Mírala! ¡La he criado perfectamente sin tu ayuda! ¡Sé que está flaca, pero es que somos así! ¡Y no podemos hablar de esto ahora, maldita sea! ¡No podemos seguir aquí! ¡Van a venir a buscarte en cualquier momento! ¿Es que no te das cuenta? ¡Tu colegio está ahí mismo!

Señala, pero yo no miro. Tengo puesta la mirada en su mano. Tiene los nudillos blancos. Detrás de ella, Krystal con K me señala a mí, luego al auto y sonríe.

Gloria respira muy hondo.

—Ya está bien. ¡Vamos al auto!

Me agarra por la parte delantera del abrigo y tira de mí.

En mi cabeza, lo veo a él. A Donald.

—¡No! —grito.

Agarro la manga de Gloria y tiro para que me suelte. Ella intenta volver a agarrarme, así que yo retrocedo y levanto los brazos para contenerla.

—¡Por favor! —grito—. ¡Por favor!

Gloria se detiene. Me mira como asustada. Se lleva un lado de la mano a la boca como si quisiera comérsela.

—¡No tiene que ser así! —dice—. ¡No tiene por qué ser como era antes! No tendrás miedo de venir conmigo, ¿verdad, Gin?

Ella quiere que diga: *No, no tengo miedo*, pero eso no es verdad, así que no digo nada.

—Ginny, te necesito —dice—. Necesito tenerte conmigo para que podamos volver a ser una familia. ¿No ves lo que nos quitaron?

Busco en mi cabeza. No veo que nadie nos quitara nada. Solo veo demasiados signos de igualdad y palabras que no pueden sumarse.

Ahora los ojos de Gloria están mojados.

—¡Lo hice lo mejor que pude! —dice—. ¡Era una adicta! ¡Y ahora tenemos que irnos, maldita sea! ¡Nos van a atrapar! El colegio va a empezar a hacer llamadas y...

Hace como un gemido e intenta asirme otra vez. Yo intento escapar, pero me tiene atrapada. Me empuja contra el auto. Yo intento gritar, pero mi boca no emite ningún sonido, así que intento tirar, tirar y tirar para soltarme. Choco contra la puerta del auto.

Entonces la cara de Gloria está justo delante de mi cara. Veo sus dientes y sus ojos, y mi cabeza me hace decir como antes:

—¡No, por favor!

Me cubro la cabeza con las manos. Ella me agarra por las muñecas y me empuja contra el auto.

—¡Ginny, tenemos que irnos! ¡Hay que largarse! Ahora no importa lo horrible que pienses que soy. ¡Tenemos que irnos ya! *¡Ahora!*

Mi voz no quiere hacer lo que le digo, así que sin destaparme los ojos niego con la cabeza.

Gloria mira a su alrededor, al estacionamiento y al otro lado de la calle, y cuando vuelve a mirarme a la cara, está muy, muy, muy enfadada.

—¡Entra en el auto! —me grita—. ¡Entra de una vez! ¡No he venido hasta aquí para revivir todos los errores que he cometido! ¿Tú piensas que yo quiero actuar de esta manera? ¡Vine para hacer las cosas bien! Ahora, ¿vienes o no?

Mientras habla da golpes en el techo del auto. Ella golpea una vez y otra y otra, y yo salto en cada ocasión.

Intento decir algo, pero Gloria hace tanto ruido que no encuentro sitio para mi voz. Se ha escondido en lo más profundo de mi cabeza, así que cierro los ojos, bajo los brazos y le *hago* sitio por fin.

—¡No se grita! —digo—. ¡Ni se grita, ni se pega! ¡Se dice: *Estoy demasiado enfadada para hablar,* y te vas a tomar un poco el aire! ¡Así que basta, Gloria! ¡Deja de gritarme!

Porque lo que he dicho es verdad. Así hacemos las cosas en la Casa Azul.

Cuando abro los ojos otra vez, Gloria ya no grita. Está callada. Cuando vuelve a hablar, su voz suena rasposa y baja.

—No puedo seguir así. Ya es hora de que me vaya —dice riéndose, pero no es una risa divertida—. Te has convertido en una buena ficha, Gin. Una chica difícil. Podemos hacer que funcione si aún lo quieres. Pero tienes que quererlo.

Bajo la cabeza.

—No quiero —digo.

Da un golpe al auto y al mismo tiempo dice mi nombre.

—¿De modo que así son las cosas? —dice—. Después de todo esto, ¿te vas a arrepentir?

Empiezo a decir que no con la cabeza, pero acabo diciendo que sí. Mi cabeza está asustada y ya no sabe lo que quiere.

—Sí —digo, pero esa palabra me asusta, porque no sé lo que viene detrás.

—Krystal —dice Gloria mordiéndose un labio y secándose los ojos.

—¿Sí, mamá? —responde Krystal con K.

—Sube al auto.

Krystal con K sube al vehículo. Ella no *se despide*.

—Lo siento, Ginny —dice Gloria—. Lo siento muchísimo. Te quiero, pero no voy a quedarme aquí y que me atrapen. Hoy no.

Yo no digo nada.

—La policía va a llegar en cualquier momento —continúa—. Búscame cuando seas un poco mayor, ¿está bien? Cuando cumplas dieciocho. Estaremos en Quebec. Hasta entonces, intenta cuidarte y... y ten una buena vida, ¿de acuerdo?

Me abraza y yo no *retrocedo*. Porque ahora quiero que lo haga. Tiene toda la cara muy, muy, muy mojada. Me aprieta tanto que me hace daño, pero no pasa nada porque me haga daño ahora, pues sé que en cuanto deje de hacerlo, se marchará.

Entonces me suelta.

Y se sube al auto. El motor hace un ruido y el auto va primero hacia atrás y luego hasta el borde del estacionamiento. Se detiene durante *aproximadamente* un segundo y luego las ruedas giran tan deprisa que chirrían y sueltan humo negro. Yo me tapo los oídos y me agacho, y cuando el ruido para abro un solo ojo y me levanto.

El auto de Gloria ya no está en el estacionamiento. Me
encuentro sola detrás de Cumberland Farms sin mi Pequeña Bebé y sin nadie más. Estoy sola al otro lado de un signo de
igual gigante. No sé si puedo volver al lugar del que vengo.

Me siento asustada y ansiosa. Gloria se ha ido. No me va a
secuestrar. Lo ha intentado, pero yo he dicho que no.

He dicho que no.

Miro para ver si viene algún auto y cruzo el estacionamiento. Miro al otro lado de la calle y veo mi colegio. Podría
intentar volver, pero no pertenezco a ese lugar. Mi sitio está
donde tengo nueve años y mi Pequeña Bebé es aún una bebé,
pero ahora ella tiene seis años. Las matemáticas que estaba
usando no cuadran. Además, Gloria ha dicho que era *una chica
difícil*. Crystal con C también lo dijo.

Me miro las manos. Sigo sosteniendo la foto en la que estamos Krystal con K y yo. Yo y mi Pequeña Bebé. Y las dos
tenemos caras.

Me guardo la foto en el bolsillo. Entonces saco los pulgares
por el agujero que tienen los mitones que llevo puestos y me
los pellizco.

No hay nada para mí a este lado de Para Siempre, y tampoco hay nada al otro lado. Ya no soy Ginny *LeBlanc*, y no sé cómo ser Ginny Moon. Mi Pequeña Bebé no me necesita. Nadie me necesita en la Casa Azul. Ya no pertenezco a ninguna parte.

Porque soy (–Ginny).

Supongo que esto es lo que se siente cuando se es un fantasma. O cuando no se tiene cara. Nadie me conoce y ni siquiera tengo una casa, o un auto, o una maleta en la que esconderme.

Miro al otro lado de la calle. Un camión pasa rápido. Siento el viento en la cara y *retrocedo*. Pero cuando se ha ido, miro mi reloj y avanzo de nuevo.

Miro hacia la derecha. Hay muchos autos, pero la acera sigue hacia ese lado y sé que es seguro caminar por la acerca, así que echo a andar.

Camino por la acera hasta que llego a una esquina. Puedo cruzar la calle o puedo volver a girar a la derecha. El ruido de los autos es fuerte, el aire es frío y la mochila me pesa. No sé hacia dónde voy. No sé dónde debería ir una chica que no pertenece a ninguna parte.

Sobre todo pienso que necesito encontrar un sitio en el que vivir. Pero no hay nadie aquí que me ayude a hacer eso. Necesito encontrar un sitio por mí misma. No sé si será una casa o un apartamento. No sé si estará en la ciudad o en el campo. Supongo que será en la ciudad, porque es en la ciudad donde estoy y no veo árboles ni bosques por ninguna parte. Los autos se mueven muy deprisa y yo me angustio. Giro de nuevo a la derecha. Delante de mí hay muchos edificios de ladrillos. Veo carteles que dicen *Credit Union* y *Libros* y *Joyería*. Hay una iglesia y una tienda que se llama *Boss Furniture* y un restaurante de comida china.

Paso por delante de las tres cosas. Entonces veo un cine y recuerdo que no llevo mi reproductor de DVD portátil porque quise meter una botella de leche para mi Pequeña Bebé en la mochila. Así que digo tan fuerte como puedo: *¡Demonios!*, porque no hay nadie alrededor que pueda oírme.

El cine tiene un cartel grande con letras que empiezan en el tejado y bajan hasta la puerta. El cartel tiene un montón de bombillas coloreadas, pero ahora no están encendidas. Las letras dicen *Colony Cinema*. Camino hasta la puerta y miro el cartel. Me mareo cuando lo miro hasta arriba del todo. Tengo frío. Estaría bien entrar y calentarse. Me asomo a la puerta y veo que no hay nadie adentro. Pero hay una cadena en la puerta que supongo que significa que no puedo entrar, así que le doy la vuelta al edificio para ver si hay alguna ventana abierta, porque eso es lo que Gloria me dijo que hiciera una vez que necesitaba entrar a casa de Donald para recuperar su dinero. Detrás del cine, un gato se sube a una valla. Hay papeles volando por el suelo. Veo una bicicleta vieja sin ruedas. No hay ninguna ventana abierta detrás, pero sí una escalera negra de metal. No llega al suelo, pero hay una escalera más pequeña que cuelga de ella. Me da miedo, pero de verdad quiero entrar, porque el cine parece un buen sitio para calentarse y a lo mejor para vivir, y seguro que puedo ver películas. Hay ventanas más arriba en el edificio, y todas quedan cerca de la escalera.

Me subo a la escalera pequeña, llego a la grande y empiezo a subir. Es como caminar sobre un esqueleto negro. Puedo ver el suelo entre los peldaños y siento como si me pudiera caer, pero sé que hay ventanas más arriba, así que sigo subiendo. Al final llego hasta una. Está abierta y entro.

Está oscuro en la habitación, pero palpo el suelo con un pie y meto todo el cuerpo a través de la ventana. La mochila casi se me atasca. Cuando me levanto, veo una habitación con nada en ella excepto mantas viejas, bolsas negras de basura y una puerta que está cerrada. Hay tuberías en el techo y un marco de fotos roto en el suelo. Todo está sucio, y es difícil ver porque no hay luces.

Entonces veo un interruptor en la pared. Me acerco y lo muevo, pero no pasa nada. Así que digo:

—¿No puedo encender la luz?

Pero nadie me contesta.

Y pienso: *A lo mejor esta podría ser mi habitación*. No me gusta que no haya luz, pero hay una puerta, y a lo mejor una cocina al otro lado de esa puerta. Intento abrir la puerta, pero está cerrada. Así que lo que tengo es una habitación sin cocina, ni baño, ni luces. Estoy de pie en el centro de la habitación. Giro, giro y giro. Veo la ventana una y otra vez, una y otra vez. Oigo autos fuera. No oigo hablar a nadie. No oigo música. No oigo el ruido de alguien fregando los platos, o a la Bebé Wendy jugando. Y hace mucho, mucho, mucho frío.

Lo que significa que este no es un buen sitio para vivir.

Tengo hambre, lo que significa que debo buscar algo de comer. Se me da bien encontrar comida, así que voy a la ventana y salgo a las escaleras de metal. Cuando llego a la más pequeña, bajo hasta el suelo, pero entonces no recuerdo hacia qué lado queda la entrada del cine. Empiezo a andar hasta que llego a una calle.

Y veo un auto de policía.

El auto de policía no se mueve. Está estacionado junto a una farola y un cubo de basura. No hay nadie adentro, lo que quiere decir que el policía está fuera del auto en algún sitio. Puede que me esté buscando. Empiezo a pellizcarme los pulgares. Miro hacia un lado y otro de la calle. Veo a una señora mayor que lleva a un perro con una correa. Veo a un hombre con un abrigo largo entrar en un edificio, pero no veo al policía, lo cual significa que seguramente estará escondido en algún sitio, o que se encontrará en la esquina preguntándole a la gente: *¿Has visto a Ginny? Ahora se ha metido en un buen lío.*

Me tiemblan las manos y estoy *hiperventilando*, y mis piernas quieren moverse y moverse y moverse. Así que echo a correr.

Corro dejando atrás una valla y unos cuantos edificios más de ladrillo. Corro pasando montones de basura y contenedores de basura. Corro pasando autos que están estacionados y autos que se mueven. Corro pasando a dos señoras mayores, y a un hombre con audífonos, y a un hombre con un gorro de invierno sin pompón, y a una señora con un abrigo negro y un bolso negro y pendientes de plata. Hay ruidos fuertes por todas partes. Motores y cláxones y a veces gente hablando o el viento soplando. Y el aire está frío y tengo los pies cansados. Respiro deprisa y aún no sé a dónde ir, aunque necesito un lugar para vivir. Entonces siento algo húmedo en la espalda, el trasero y las piernas. Dejo de correr. La botella de leche está vacía. Hay gotas de leche en el plástico y tengo todas las piernas mojadas. La botella de leche se ha roto. Tiene una rajadura grande. Supongo que la leche es lo que ha mojado todo, aunque no hay nada que se haya puesto blanco. Eso significa que no tengo leche para mi Pequeña Bebé.

Entonces me acuerdo de cuán grande es y que ya no tiene un año. Quiero llorar, pero necesito ser una *chica lista*. Quiero que Gloria vuelva con su auto para poder decirle que siento haberla hecho enfadar. Y quiero decirle a Krystal con K que no me importa que ella sea la Otra Ginny y que me haya reemplazado. Diría cualquier cosa si Gloria volviera y me llevara con ella a Canadá, porque necesito pertenecer a algún sitio y donde estoy no es un sitio en absoluto. Pero en el fondo de mi cabeza sé que no quiero ninguna de esas cosas. Solo quiero sentirme segura.

Tengo que tirar la botella de leche rota en un basurero, porque una regla dice que *no tiramos nada al suelo*, pero no veo dónde hacerlo. Permanezco de pie junto a una vidriera grande. Hay una mujer al otro lado del cristal. Me mira. Lleva delantal y tiene una bandeja en las manos con tazas y platos. Me mira y levanta una mano, y arruga la cara como si estuviera confusa y mueve la boca, así que le digo:

—¿No sabes que no puedo oírte? Estás al otro lado del cristal.

Ella mira a su espalda y luego vuelve a mirarme a mí. Pone una cara extraña y empieza a hablar.

—¿No me entiendes? ¡No te oigo! —digo yo.

Entonces deja la bandeja y se aleja. Supongo que habrá tenido que ir al baño.

Sigo teniendo hambre y frío, pero necesito encontrar un basurero para tirar la botella vacía. Los pantalones se me pegan porque están mojados y cada vez siento más frío en las piernas y el trasero. Pero no hay basureros por ninguna parte. Solo hay uno cerca del auto de policía, pero no quiero volver hasta allí. Miro de nuevo calle abajo y hacia la otra acerca y alguien dice:

—¿Estás bien? ¿Necesitas ayuda?

Me doy la vuelta. Es la señora del escaparate. Ahora está de *este* lado del cristal. Se aprieta los brazos como si tuviera frío.

—Sí, necesito ayuda —digo.

—¿Qué te pasa?

—He roto la botella de leche y tengo los pantalones mojados. Y además, no tengo dónde vivir.

Lo digo con la esperanza de que me dé un sitio agradable y calentito en el que quedarme.

La mujer vuelve a hacer una mueca y dice:

—¿Estás herida? ¿Te encuentras bien?

Pero me ha hecho dos preguntas a la vez, así que no digo nada.

—Mira —me dice—, aquí afuera hace mucho frío. ¿Por qué no entras y hablamos adentro? Hay un teléfono por si quieres llamar a alguien.

Pero no sé a quién llamar, porque mi Pequeña Bebé tiene seis años y le he dicho a Gloria que no quiero irme con ella, y si vuelvo a la Casa Azul, Maura y Brian me van a llevar a vivir al Hogar de Saint Genevieve para Chicas en Peligro. No encajo en ningún sitio y no me siento bien por ello.

La señora está diciendo algo más, pero no puedo escucharla, porque sigo pensando. Entonces veo detrás de ella a un policía que sale por la misma puerta que la señora salió.

Empiezo a correr.

Corro hasta un paso de peatones. Cruzo la calle tan rápido como puedo sin mirar. Sigo corriendo y corriendo. Corro delante de tiendas y edificios. Entonces, detrás de un edificio, veo un contenedor. Un contenedor es como un recipiente de basura enorme en el que se echan cosas grandes como sofás viejos y sillas rotas. El contenedor está junto a un muro de ladrillo. Corro hasta allí y me detengo. Sé que tengo que dejar la basura en su sitio, así que echo dentro la botella de leche rota. Es como anotar una canasta en las Olimpiadas Especiales. Pero no hay nadie aquí para animarme. Aquí no hay gente. Miro a mi alrededor a ver si encuentro un sitio donde sentarme o calentarme. Hay una valla al otro lado del contenedor, y a través de ella veo un espacio grande y abierto con hierba y barro y nieve y desperdicios volando. Y más edificios al otro lado de ese espacio. No hay árboles como en la Casa Azul. Y en la Casa Azul no hay vías del tren.

Me quedo mucho rato junto a la valla. Veo a una gaviota volando. Oigo la sirena de un auto de policía a lo lejos. Me pregunto si el oficial de policía me habrá visto y estará buscándome. Entonces escucho otro ruido. Es más bien un estruendo. No se aleja como los otros, sino que se acerca. Luego oigo un claxon que no es el de un auto. Es el pitido de un tren, y es largo y fuerte y viene muy, muy deprisa.

Las vías del tren están justo delante de mí, al otro lado de la valla. El tren viene demasiado deprisa y no tengo hacia dónde irme. Corro junto al contenedor y me meto detrás, apretándome contra la pared de ladrillo y me tapo la cabeza con las manos. El tren se acerca cada vez más y hace tanto ruido que quiero patalear y gritar, pero no me puedo mover porque estoy metida en un espacio muy pequeño. Entonces el tren ya está aquí y suena tan fuerte que *retrocedo* y me caigo de espaldas. Me doy en la cabeza con la pared de ladrillo. Me duele tanto y el tren hace tanto ruido que no puedo escuchar las palabras que me estoy diciendo en mi propia cabeza, así que grito y grito y grito.

EXACTAMENTE 11:28 DE LA MAÑANA,
MARTES, 25 DE ENERO

Hay tres señoras conmigo en una habitación pequeña que tiene una ventana. Hay una mesa en la habitación con la parte de arriba blandita. Hay una báscula y máquinas colgando de la pared. Una de las señoras me quita el reloj. Otra me pone una pulsera de plástico blanco en la muñeca, donde antes tenía el reloj. Quiero resistirme, pero estoy tan cansada que no puedo. Otra dice que me devolverán el reloj cuando me vaya a ir. Es una regla que no se puede llevar reloj ni joyas cuando te *ingresan* en un hospital. Y además, dice otra de las señoras, hay relojes en todas las habitaciones.

Lo cual es cierto. Lo sé porque lo recuerdo.

El hospital es el sitio al que vas si quieren ver si te ocurre algo malo. He estado en un hospital en otras cuatro ocasiones. Una vez en este mismo hospital cuando Crystal con C intentó dejarme en el colegio. También en otros dos diferentes antes de eso cuando me escapé de mis Casas Para Siempre. Lo que me pasaba esas otras cuatro veces era que estaba atrapada en el lado equivocado de la ecuación. El lado equivocado de los Para Siempre. He tenido que sustraerme, porque no me encontraba donde se suponía que debía estar.

Pero esta mañana he vuelto al lado *correcto* del Para Siempre. Estaba con Gloria y mi Pequeña Bebé, pero todo salió mal. Yo tenía catorce años y mi Pequeña Bebé tenía seis. Así que no estoy segura de cuál es el problema. No estoy segura de por qué aún soy (–Ginny).

—Vamos a ver tu habitación —dice una de las tres señoras.

Una de ellas levanta la mano y me toca el hombro. Luego la baja. Y sonríe. Salimos de la habitación. La señora que me ha puesto la mano en el hombro señala un largo corredor. Todas empezamos a caminar.

Porque *mi habitación* es el lugar donde está mi cama. Es el lugar donde tengo todas mis cosas. Lo que supongo que significa que voy a vivir en el hospital ahora.

Y eso no tiene sentido ninguno. El hospital no es un lugar para que vivan las personas. Se supone que no debes quedarte en él. No viví allí cuando me escapé y me raptaron. Pienso y pienso y pienso. Camino e intento pensar en cómo ha ocurrido todo esto.

He llegado al hospital porque la policía me encontró. Me sacaron de detrás del contenedor cuando el tren había pasado ya. Intenté resistirme, pero la cabeza me dolía demasiado por haberme golpeado con la pared de ladrillo. Cuando me sentaron en el asiento de atrás del auto patrulla, me dijeron que una camarera de un restaurante los había llamado. Me preguntaron cómo me llamaba. Les dije que no lo sabía. Luego me preguntaron si era la chica de la Alerta Amber del mes de octubre pasado y yo dije:

—No, soy la chica que fue a su *rendezvous* con su Madre Biológica, pero su Pequeña Bebé había crecido y tenía una cabeza distinta.

Después de eso, me llevaron directamente al hospital.

—Ya hemos llegado —dice una de las señoras.

Salgo de mi cabeza. Estamos delante de una puerta que tiene el número 117 a su lado. Miro fijamente el número.

—Pero yo solo tengo catorce años —digo.

La señora sonríe.

—Pasa. Te va a encantar.

Entramos. La habitación tiene una cama y una silla y un baño y un televisor gigante. No hay ningún póster de Michael Jackson. No hay estanterías. Dos de las señoras me ayudan a sentarme y la otra mira mi pelo.

—Vamos a limpiarte y luego te vendaremos la cabeza. Tienes un pequeño chichón.

Entro con ellas en el baño. Miro mi cara en el espejo, pero no es la cara lo que quiero ver.

Frunzo el ceño.

Las señoras me quitan la ropa y se quedan conmigo mientras me doy una ducha. Cuando termino, salgo. Me dan una toalla para que me seque. Me dan una bata nueva. Me ayudan a ponérmela, pero no puedo abrochármela.

Porque los lazos están en la parte de atrás.

Nada de esto sucedió las últimas cuatro veces que estuve en el hospital.

Simplemente entré en un cuarto pequeño y un médico me revisó y eso fue todo. Ahora quieren que viva aquí, y los lazos de todas las batas están en el lugar equivocado. Lo que significa que *nada* marcha bien ya. Definitivamente, sigo estando en el lado equivocado de Para Siempre.

Y el signo de igual gigante de Cumberland Farms debía estar equivocado también.

Por eso sigo siendo (-Ginny) y no he podido volver a tener nueve años cuando he cruzado caminando sobre él.

Pero no sé si alguna vez podré encontrar el signo de igual adecuado. No sé si podré encontrar una manera de que las cosas puedan ser *exactamente* iguales a como eran antes de que la policía me sacara de debajo del fregadero, aunque ahora me doy cuenta de que no quiero que eso ocurra, porque sé que Krystal con K estará a salvo cuando la policía detenga a Gloria.

Cuando salgo de mi cabeza estoy sentada en mi cama nueva. Han subido el colchón en la parte de arriba para que pueda permanecer erguida. Las sábanas son blancas y la almohada es dura. Y Brian y Maura están aquí. Los dos de pie, uno a cada lado mío.

Parpadeo.

—Hola, Ginny —dice Brian.

Quiero que venga corriendo a la cama. Quiero oírle decir: *¡Ay, Dios mío, te hemos echado tanto de menos!*, y quiero que Maura sostenga mi mano en las suyas. Como hacía antes.

Pero lo que me dicen es que la Bebé Wendy está con los abuelos.

Miro a Maura. Su boca es una línea horizontal y tensa.

—¿Puedes contarnos qué ha sucedido? —dice Brian.

—Gloria intentó llevarme a Canadá.

—¿Intentó obligarte a que subieras al auto?

—Sí.

—¿Cómo te escapaste?

—Dije que no y grité.

—¿Eso hiciste? —pregunta Maura.

Digo que sí con la cabeza.

—¿Por qué? —dice, y su voz sube de volumen—. ¿Por qué, Ginny? Porque sabemos que lo preparaste todo. Hallamos el teléfono celular en la ventana. Has estado intentando irte con Gloria desde que la encontraste en Facebook. Entonces, ¿por qué no te has ido con ella cuando por fin tenías la oportunidad de hacerlo? ¿Por qué?

No digo nada. Intento mantener la calma. Brian mira hacia la puerta y luego a mí.

—Ya no importa —le dice a Maura.

—¿Que no importa? ¡Por supuesto que importa! Quiero saber por qué no se ha ido. Quiero saber por qué después de mentir, robar y prepararlo todo, no ha acabado yéndose —entonces me mira a mí—. Gloria sigue teniendo a tu Pequeña Bebé, ¿verdad? La pequeña Krystal está con ella, ¿no? Entonces, ¿por qué sigues aquí?

Siento la garganta cerrada y me ha hecho dos preguntas muy distintas, pero sé que tengo que decírselo.

—Porque mi Pequeña Bebé tiene seis años.

—Entonces, la has visto —dice Brian—. Tu hermana estaba allí cuando fuiste a ver a Gloria.

Digo que sí con la cabeza.

—Pero no te subiste al auto con ellas.

Niego con la cabeza.

—Dinos por qué otra vez —dice Maura—. Explícalo.

—Porque ya no es una bebé —digo—. Mi Pequeña Bebé ya no me necesita.

—¿Es eso? ¿Por eso no te has subido al auto?

Vuelvo a decir que sí con la cabeza.

—Además, sé que a Gloria la van a atrapar.

—¿Por qué dices eso?

—Porque no se puede *confiar en ella*.

—Está bien. ¿Y qué te dijo cuando le dijiste que no te ibas con ella?

—Que me he convertido en una buena ficha y una chica difícil. Que soy demasiado para ella y no puede conmigo.

—¿En serio? —dice Brian.

Maura da un paso atrás. Sus ojos se hacen tan grandes como los de la señorita Carol y un espacio se abre entre sus labios.

—¿En serio? —dice.

Y esa es la misma pregunta dos veces de dos personas distintas, pero aun así digo:

—Sí.

—Debía estar muy enfadada —dice Brian.

—Estaba muy enfadada —respondo.

—¿Qué hizo después?

—¿Después de qué?

—Después de decirte que eras una buena ficha.

—Me dijo que tuviera una *buena vida*.

—No me lo puedo creer —dice Maura.

—¿En serio? —repite Brian.

Yo asiento.

—Entonces, ya está. Se acabó.

—Yo no contaría con ello —dice Maura—. Aún no. Pero ahora mismo necesitamos saber a dónde ha ido. Ginny, ¿tú lo sabes? ¿Sabes adónde iban? Necesitamos averiguarlo.

Aprieto los labios y digo que no con la cabeza. Porque no quiero que la policía atrape a Gloria. No quiero ser la que ayudó a que la encontraran. La policía puede hacerlo sin mí, y así mi Pequeña Bebé, Krystal con K, estará a salvo.

—Bueno, pues que lo averigüe la policía —dice Maura—. Tendrás que hablar con Patrice de todo esto, pero me parece que por fin podemos ponerle punto final a todo el asunto. Punto final de verdad.

—Entonces, ¿no voy a vivir aquí?

—Pues claro que no. Te vienes a casa con nosotros en cuanto el médico te haya echado un vistazo.

Miro el reloj que hay detrás de ellos. Son las 12:42 de la tarde, pero no creo que esa sea la hora de verdad. Nada tiene sentido ya.

EXACTAMENTE LAS 10:58 DE LA MAÑANA, MIÉRCOLES, 26 DE ENERO

Patrice está sentada en su silla de flores. Hemos estado hablando *aproximadamente* una hora. No he ido al colegio, porque hay unos cuantos *asuntos de los que tengo que ocuparme*. Estoy acariciando a Agamenón. Patrice lo ha vuelto a poner sobre mis piernas. Está ronroneando y eso me ayuda a relajarme.

—Bueno, entonces ya está —dice Patrice—. Vas a tener otra oportunidad.

Estiro un brazo hasta la mesa que tengo al lado y agarro otra galleta.

—Ahora que Gloria ya no forma parte del cuadro y has demostrado que no quieres irte con ella, Brian y Maura están dispuestos a intentarlo otra vez. ¿No es genial?

—Ajá —digo.

—¿Hay algo que quieras preguntar?

—Ajá —digo otra vez. Trago y tomo un poco de leche—. ¿Voy a volver al Hogar Saint Genevieve para Chicas en Peligro?

—Aún no —dice Patrice, y sonríe—. Maura se ha quedado muy sorprendida con el hecho de que te enfrentaras a Gloria. En realidad, todos estamos asombrados. Pero Maura lo considera un síntoma de que las cosas han cambiado para mejor. En ti. Ahora está dispuesta a intentarlo. Está dispuesta a permitir que te quedes y ver cómo van las cosas. Así que siempre que todo siga mejorando, no vas a ir a Saint Genevieve. Te vas a quedar donde estás.

Miro a mi alrededor.

—En la Casa Azul —dice Patrice.

Acaricio a Agamenón un poco más.

—Sin embargo, vamos a tener que trabajar duro para reintegrarte al colegio. Robaste tres teléfonos celulares y te escapaste de la señorita Carol. Tendremos que volver a escribir algunas notas de disculpa. Creo que todo el mundo lo comprenderá, sobre todo ahora que Gloria está fuera de la ecuación —toma un sorbo de su café—. Pero tenemos que hablar un poco más de lo que ha pasado. Faltan algunos detalles. No todo tiene sentido.

Dejo de acariciar a Agamenón. ¿Sabe Patrice que este es el lado equivocado del signo de igual? Me pregunto si los detalles me ayudarán a volver al otro lado del Para Siempre. Me pregunto si ayudarán a que todo vuelva a funcionar bien.

—Así que fuiste a Cumberland Farms y llevabas en la mochila un montón de ropa y una botella de leche. Como si te fueras de viaje. ¿Adónde iba a llevarte Gloria?

No quiero responder a esa pregunta, porque adonde Gloria iba a llevarme es el mismo sitio al que acabó yendo.

—¿Ginny?

—¿Qué?

Cuando ella dice *Ginny* suena diferente. Como si ya no fuera mi nombre. Sigo siendo (-Ginny) porque estoy en el lado equivocado del signo de igual. Sigo sin tener nueve años como se supone que debería tener.

—Te he hecho una pregunta.

—¿Puedes hacérmela otra vez, por favor?

—¿Adónde iba Gloria?

—Íbamos a irnos lejos con mi... con Krystal con K.

Cuando pienso en Krystal con K me duele el estómago.

—Es genial oír que la llamas por su nombre. Pero Gloria iba a llevarlas a las dos a algún sitio. ¿Recuerdas dónde era?

Iba a decir que sí con la cabeza, pero me detengo. Aprieto fuerte, fuerte, fuerte los labios y digo que no.

—Está bien —dice Patrice—. Está bien. En algún momento saldrá a la luz. Pero necesitamos saberlo para que los servicios sociales puedan ayudarla. No olvides que fueron a verla varias veces para enseñarle a cuidar de Krystal con K.

—Iban a llevársela —digo.

Patrice asiente.

—Sí, es cierto, pero no olvides que era solo porque sabían que corría peligro con Gloria. Y tú no quieres que corra peligro, ¿verdad?

No quiero. Pero sé que atraparán a Gloria pronto y no quiero, de verdad no quiero ayudar a que eso ocurra. Sin embargo, eso no es lo que Patrice ha preguntado, así que digo:

—No, no quiero.

—¿Estás segura de que no sabes adónde iban?

Me aseguro de tener la boca bien cerrada y niego con la cabeza.

—Está bien. Entonces volvamos a la discusión que tuviste con Gloria. Cuando por fin comprendiste que la Otra Ginny era Krystal con K, las dos empezaron a discutir. ¿Es así?

Yo asiento, pero en mi cabeza la chica que le dijo a Gloria que no le gritara es otra persona. Alguien más fuerte que yo.

—¿Por qué discutían?

—Le dije cómo hacemos las cosas en la Casa Azul porque estaba gritando. Le dije que su cabeza era la misma y que la única razón por la que quería que me secuestraran era para proteger a mi Pequeña Bebé. Protegerla de ella. Entonces intentó agarrarme y yo grité.

Patrice sonríe.

—Pues me parece que se llevó una buena sorpresa. Le dijiste algunas cosas que no estaba preparada para escuchar. Has recorrido un camino muy largo desde que estabas con ella, ¿sabes? Estás aprendiendo a defenderte y a expresar lo que quieres.

—Pero lo que yo quería era volver a tener nueve años.

Patrice me mira asombrada.

—¿Nueve años? ¿Por qué ibas a querer tener nueve años? Una chica mayor como tú puede hacer muchas más cosas que una niña de nueve.

—Porque si tuviera nueve, podría seguir cuidando de mi Peque...

Dejo de hablar, aprieto las rodillas y me pellizco las manos. Agamenón cambia de postura y deja de ronronear.

—Ah —dice Patrice—. Ahora empiezo a entender. Eso explica muchas cosas. Sabíamos que durante mucho tiempo te habías quedado bloqueada en asumir la crianza de la bebé. *Parentificación* es la palabra que define esto. Lo supimos cuando nos enteramos de que Krystal con K no era un muñeco. Pero ahora nos enfrentamos a algo mucho más complicado. Ahora sientes que ya no tienes ningún objetivo. Antes estabas siempre ansiosa, porque creías que tu hermana era todavía un bebé y necesitaba tu ayuda. Ahora que ya sabes que no lo es, es casi como si te hubieran quitado el trabajo. Es decir, que estás sufriendo las secuelas. Es un poco como estar desempleada, creo.

La palabra *secuelas* suena muy, muy mal, y pregunto:

—¿Por eso es por lo que nada tiene sentido? ¿Porque no tengo trabajo?

—Eso pienso, si nos estamos entendiendo bien —dice Patrice—. Y lo creas o no, puedo ayudarte con eso. Psicológicamente resulta fácil resolverlo. Pero deja que antes hable con Maura. Será un paso muy grande para las dos. Sobre todo para ella.

No sé de qué está hablando. Yo no quiero un trabajo. Yo quiero librarme de las secuelas. Me siento más confusa que nunca, así que frunzo el ceño.

—Escucha, Ginny. Ahora sabes que no vas a vivir con Gloria y Krystal con K. Lo has intentado y no ha funcionado. Gloria quería recuperarte, pero la verdad es que no estaba preparada para ti, y seguramente nunca lo estará. Y esa es la parte más triste. Quería ser capaz, pero ahora ya sabe que no lo es. Así que necesitas quedarte con tu Familia Para Siempre. Tú les agradas, Ginny, y créeme, es muy difícil encontrar gente así. Es mucho más fácil querer a alguien que agradarle a alguien. Así que, por favor, quédate quieta.

Yo no quiero estar donde estoy. No entiendo lo que Patrice está diciendo. Son demasiadas palabras y yo todavía estoy pensando en que antes sabía cuál era mi lugar. Porque sigo atascada en el lado equivocado de Para Siempre, en las secuelas, y sigo siendo (-Ginny).

—Ginny...

—¿Qué?

—¿Qué piensas sobre quedarte quieta?

—No entiendo lo que significa.

—Significa que es necesario que sigas viviendo con tus padres en la Casa Azul. Ellos quieren que te quedes. Y créeme, la Casa Azul es mucho mejor que vivir con Gloria o en Saint Genevieve.

Con *padres* se refiere a Brian y Maura.

—Pero tienes que dejar de robar, aunque no creo que eso vaya a ser un problema si ya no tienes que conseguir que te secuestren, ¿verdad?

—Verdad —digo, porque cuando alguien te pregunta ¿verdad?, lo que quiere es que le digas lo mismo. Pero Patrice es una *chica lista*.

—¿Verdad, qué?

—Que es verdad.

—Ginny, ¿qué quiero que hagas?

—Quieres que deje de intentar escaparme.

—¿Qué más?

—Quieres que me quede con Brian y Maura.

—Exacto. Pero creo que sería una buena idea que volvieras a llamarlos tus Padres Para Siempre. Y como te he dicho, lo de robar se ha acabado. Te has creado mala fama en el colegio, y aunque los padres de los chicos a los que les robaste los teléfonos han accedido a olvidarse del asunto, vas a tener que trabajar duro para ganarte de nuevo la confianza de todo el mundo. Y nosotras vamos a tener que seguir viéndonos durante mucho, mucho tiempo. Tenemos que mantenerte segura, jovencita. Todos nos preocupamos mucho por ti, y necesitamos tener la certeza de que siempre estarás en un lugar seguro.

Sé que si me quedo en la Casa Azul estaré en un lugar seguro, pero aun así hay algo que no está bien. Me pellizco fuerte los dedos. Me salen lágrimas de los ojos y empiezo a respirar más rápido.

—Quiero vivir con mi Pequeña Bebé —digo—. Me parece bien que Krystal sea mi Pequeña Bebé. Me parece bien que ahora sea la Otra Ginny.

—No pasa nada por sentirse mal —dice Patrice—, pero ninguna de esas cosas son ciertas. Krystal con K no es la Otra Ginny, y nunca va a volver a ser una bebé. Siempre y cuando comprendas todo eso, es normal que te sientas mal. Tienes todo el derecho del mundo a sentirte así. Pero es necesario que dejes de robar, y tampoco puedes seguir escapándote. Y ahora, ¿quieres soltar a Agamenón, por favor? Se va a enfadar si sigues tirándole así del pelo.

Entonces algo salta a mi cara.

Grito y muevo los brazos. Es Agamenón. Me da en la cara con las patas tan deprisa que ni siquiera puedo contar. Hace un ruido fuerte y desaparece.

—¿Lo ves? A Agamenón no le gusta que lo aprietes tanto. Le hace daño, y él no sabe pedir ayuda, así que a veces se enfada y nos sorprende. Cuando estás triste o enfadada por algo, hay que aprender a pedir ayuda. Sé que has estado sufriendo mucho, Ginny. Ahora, empecemos por prometer que vamos a dejar de robar.

Digo que sí con la cabeza, porque no hay razón para robar si voy a estar aquí en las *secuelas*.

—Bien —dice, y mira el reloj—. Nos queda poco tiempo. Comencemos a escribir esas notas de disculpa de las que hemos hablado antes. Aquí tengo papel. Y entonces creo que estaremos listas para que yo pueda tener esa charla con Maura.

EXACTAMENTE LAS 11:07,
MIÉRCOLES, 26 DE ENERO

Estoy durmiendo en mi cama, pero tengo los ojos abiertos.
Están tan abiertos y verdes como los números de mi despertador.

Cuando huyes, la policía siempre te encuentra. Si intentas resistirte, te meten en su auto y te llevan al hospital. Y después la familia con la que vives viene a llevarte a casa.

Pero hay veces en las que no estás huyendo y la policía viene de todos modos. A tu casa. Si te resistes, aun así te agarran y te llevan al hospital, pero la familia con la que vives no viene. Ellos no van a llevarte de nuevo a casa. En cambio, viene alguien de los servicios sociales. Y te llevan a un sitio nuevo.

Eso es lo que sucedió antes.

Me escapé dos veces de Samantha y Bill antes de que me hiciera caca en la alfombra de Morgan, que fue cuando la policía vino a buscarme para llevarme a otro sitio. Porque yo no quería vivir más allí. Estaba verdaderamente cansada de Morgan. Era muy *tediosa*.

Y antes de eso, la policía fue a buscarme a casa de Carla y Mike. Eso fue por Snowball. Me sentí mal después y le decía: «Por favor, por favor, despiértate», pero era *demasiado tarde*. Y

cuando escondes a un gato muerto, nunca debes meterlo debajo de tu colchón. La gente podría entrar en tu habitación y
decir: «¿Qué demonios es ese bulto que hay en tu cama, Ginny? ¡Qué rayos es eso!».

Así que si quieres irte de una casa Para Siempre, es muy
fácil. Basta con que hagas algo malo. Ni siquiera tiene que ser
a propósito.

Pero también puede ser que sí.

Porque yo no pertenezco aquí. Mi lugar está al otro lado
del Para Siempre, donde aún tengo nueve años y todo tiene
sentido No aquí, en las *secuelas*. No hay sitio para (-Ginny) en
las *secuelas*. Ella no encaja en la ecuación o en la frase, y el signo
menos significa que debe ser sustraída. Sé que vuelvo a todo el
mundo loco de remate. Veo la forma extraña en que me miran
cuando hablo. Soy solo una cavernícola que no encaja en ninguna parte. No hago nada bien, y soy incapaz de mantener la
boca cerrada. No sé cuidar de nadie, así que no hay lugar para
mí a menos que se trate de una cueva o del zoológico, como le
pasa a Bubbles.

De modo que voy a hacer que venga la policía. Si hago algo
muy, muy malo, vendrán y me llevarán a la cárcel. Porque la
cárcel es como una de las jaulas del zoológico. La cárcel es para
la gente que tiene que estar separada de todos los demás. Si no
puedo ser quien era antes y mi Pequeña Bebé no me necesita,
entonces no debería estar en ningún sitio excepto entre rejas.
Porque (-Ginny) ni siquiera es una persona. Es como un animal o un fantasma o una estatua que da mucho, mucho miedo.

Así que mañana voy a hacer que Brian y Maura Moon lle-
guen a desear haber tenido un gato.

EXACTAMENTE LAS 4:35 DE LA TARDE, JUEVES, 27 DE ENERO

Maura está en el sofá con la Bebé Wendy en brazos. Acaba de amamantarla.

Yo estoy sentada en el suelo. Acabo de terminar de observarlas.

Porque hay tres cosas que Patrice le ha pedido a Maura que me deje hacer ahora que todo el mundo piensa que me voy a quedar en la Casa Azul. La primera es que *me deje ver cuando le da de comer.* Antes, Maura solía ponerse una gasa blanca sobre el hombro o una mantita para esconder la cabeza de Wendy. A mí no me dejaban mirar. Pero ahora sí me dejan, porque se supone que eso *estrecha lazos.*

La segunda cosa que se supone que puedo hacer es *ayudar un poco con la bebé.* Puedo preparar las cosas del baño o escoger un libro cuando es la hora de leer. Así que esta mañana le he preguntado a Maura si podía llevar la bolsa de la bebé cuando hemos ido a hacer compras, pero ella me ha dicho que no.

La tercera cosa que se supone que puedo hacer es *tener a Wendy en brazos siendo vigilada por Maura.* Una vez al día. Maura dice que *aún no hemos llegado ahí.*

Oigo llegar la furgoneta del correo. Escucho que aminora la marcha y se detiene en casa de los vecinos. Luego vuelve a arrancar y avanza despacio hasta detenerse enfrente de la Casa Azul. Oigo el ruido de la portezuela del buzón al abrirse y cerrarse. A continuación, la furgoneta se aleja.

—Era la furgoneta de correos —dice Maura—. Ginny, estoy esperando algo importante y quiero salir a revisar el buzón a ver si ha llegado, pero Wendy está casi dormida, así que voy a ponerla en la cuna. ¿Estarás bien si salgo a buscar el correo?

Yo la miro.

—Sí —digo.

Sin embargo, no parece mi voz. No parece la voz de Ginny. Pero yo sé *exactamente* de quién es esa voz.

—Bien. Quédate aquí, ¿está bien? Busca uno de tus libros de colorear o algo que leer y quédate aquí tranquilita hasta que yo vuelva, ¿de acuerdo?

—De acuerdo.

—Genial. Recuerda que si Wendy llora, no pasa nada. Yo vuelvo enseguida. Y si el llanto te molesta mucho, ve a tu habitación y cierra la puerta. Aunque eso no debería ocurrir. Acaba de comer y ya se ha quedado dormida. Seguro que no se despierta cuando la ponga en la cuna.

Maura se levanta con Wendy. La bebé tiene los ojos cerrados. Pasa por delante de mí en dirección a la cocina y sube las escaleras. Baja *exactamente* cuarenta y cuatro segundos después.

—Ya está —dice—. Enseguida vuelvo. Sé buena, ¿sí?

—Sí.

Se sienta en el banco que está junto a la puerta del pórtico y se calza las botas. Luego el abrigo. Se sube la cremallera hasta arriba y se pone los guantes y el gorro. Me sonríe por última vez y sale.

Me levanto.

En el verano, la primavera o el otoño, cuando no hay nieve, se tarda *aproximadamente* cuatro minutos en recoger el correo.

Cuando hace frío y hay nieve, en invierno, son cinco. Así que Maura estará fuera durante *aproximadamente* cinco minutos.

Tengo mucho tiempo.

Me levanto, entro en la cocina y agarro un paño de la encimera. Es blanco con dos rayas verdes en el borde. Dos líneas tan verdes y tan delgadas como serpientes. Maura ha usado el paño hace un rato para secar unas cucharas de la bebé y un plato. Wendy no ha querido comerse el cereal y las peras que le ha preparado.

El paño aún está húmedo. Lo sujeto con una mano y con la otra voy a encender la cocina, pero empiezo a sentir *ansiedad*. Bajo el brazo de nuevo y voy corriendo hasta el salón para mirar por la ventana. Veo a Maura por el camino de entrada, a mitad de la distancia que hay hasta la carretera.

Vuelvo corriendo a la cocina y enciendo el primer quemador, el mismo que usé en la Casita Blanca para prepararme los huevos. Pero esta vez no estoy cocinando. Voy a quemar el paño blanco y verde a propósito, y conseguiré que la encimera y a lo mejor los armarios ardan también. Entonces Maura entrará y apagará el fuego y gritará y chillará y llamará a la policía para que me saquen de aquí y este Para Siempre terminará. *Aproximadamente* dentro de cinco minutos.

Todo esto forma parte de mi nuevo plan secreto.

Me quedo delante de la cocina. Tengo el paño en las manos, hecho una bola apretada. El quemador se pone de color naranja. Huele a metal caliente.

Y entonces Wendy empieza a protestar.

En mi cabeza digo: *¡Demonios!*

Doy un paso atrás para escuchar. Los quejidos se hacen más fuertes.

Vuelvo corriendo al salón y miro por la ventana otra vez. Maura está de pie junto al buzón, hablando con alguien. Es la señora Taylor. Están hablando y hablando, y arriba el llanto es cada vez más fuerte y detrás de mí sé que el quemador de la cocina estará ahora rojo, rojo, rojo.

Me pongo el paño en el hombro y empiezo a pellizcarme los dedos. Maura me dijo que me fuera a mi habitación si la bebé empezaba a llorar. Maura me dijo que volvería enseguida. No dijo nada de que iba a ponerse a hablar con la señora Taylor.

Miro a lo largo del pasillo hasta mi habitación. Pienso. Entro corriendo en la cocina. Apago el quemador, me quito el paño del hombro y lo sostengo delante de mí. Por dos esquinas. Pongo las esquinas juntas y lo dejo sobre la encimera. Entonces lo doblo una vez más y lo estiro bien con las manos. Queda bien parejo y estirado, aunque me tiemblan las manos por el llanto. Porque necesito que todo esté *preparado* para cuando baje.

Me doy la vuelta y subo corriendo las escaleras.

Cuando llego arriba, el llanto es tan fuerte que tengo que taparme los oídos, aunque proviene de la habitación detrás de la puerta cerrada. Miro por la ventana del baño y veo que Maura y la señora Taylor siguen hablando junto al buzón.

Decido abrir la puerta de la habitación y entrar. Me acerco a la cuna. La bebé tiene los ojos cerrados. Aún no me ve. Me acerco y le digo:

—Sh, sh, sh.

Pero no se calla. Llora más fuerte aún. Sus manitas están hechas puños y su boca sin dientes está abierta y grita mucho, mucho, mucho.

Sobre la cómoda está el conejito. El conejito es pequeño y gordo y tiene los ojos cosidos con hilo porque los botones son peligrosos para los bebés. El pelo de las orejitas está aplastado y queda poco, porque la bebé lo chupa constantemente. Maura lo lava dos veces por semana para que no huela. La Bebé Wendy se siente mejor con él si está triste o si le cuesta trabajo dormirse. Necesita el conejito. Ahora.

Lo agarro y se lo pongo en los brazos, pero está demasiado enfadada. Sé que no va a dejar de llorar. Empiezo a buscar un sitio en el que esconderme. Afuera veo que Maura y la señora Taylor aún están hablando y hablando y hablando, así que levanto a la bebé y al conejito juntos y los muevo muy, muy suavemente y digo:

—Sh, sh, sh.

Estoy rompiendo la regla más importante.

Y funciona.

La bebé se calma y se calla. Respiro hondo y la aprieto contra mi pecho. Tengo sus nalguitas en la mano derecha y con la izquierda sujeto el cuello y la cabeza. Wendy es muy, muy, muy pequeña. Se acurruca y con la boca empieza a chupar mi camiseta. La sensación es cálida. Como un abrazo. Sus manos y sus brazos se parecen a los de mi Pequeña Bebé. Quiero *retroceder*, porque no se supone que debería sentirlo así, pero no puedo debido a que estoy muy metida en mi cabeza. En la sensación. No puedo separarme aunque quiera hacerlo.

Entonces oigo un ruido abajo. ¿Es la puerta? No puedo decirlo.

Voy hasta las escaleras a observar y escuchar. No oigo nada. Me doy la vuelta para mirar otra vez por la ventana del baño, pero al hacerlo se cae el conejito. Cae por tres, cuatro, cinco escalones. Y se queda allí detenido. La bebé empieza a llorar de nuevo.

Vuelvo a moverme y a decirle *shh*, pero esta vez no funciona. Necesita su conejito. Tengo que recuperarlo, pero no puedo, ya que mis dos manos están sujetando a la Bebé Wendy.

Miro hacia el buzón. Maura y la señora Taylor no están, lo que significa que tengo que moverme deprisa.

Dejo a la bebé en el suelo y paso por encima de ella. *Peldaño uno, dos, tres, cuatro y cinco*, y me agacho para recoger al conejito. Entonces me vuelvo y me tumbo en las escaleras para que mi barbilla y mis brazos queden en el descansillo junto a la Bebé Wendy. Pongo el conejito cerca de su cara.

—¡Mira! ¡Aquí está! —digo.

La bebé deja de llorar. Abre los ojos. Mira al conejito a su lado. Luego a mí.

No sabe lo que está pasando. No sabe nada. Abre la boca y bosteza. Me mira a los ojos como sorprendida. Me pregunto: *¿Verá lo que tengo en la cabeza? ¿Sabrá que soy (-Ginny)?*

Tengo la boca abierta y la cierro rápidamente. Miro a la Bebé Wendy por encima de las gafas.

—El cerebro está en la cabeza —le digo.

Sonríe primero y luego se ríe.

—Sé que no puedes ver dentro, pero ahí está mi cerebro. No quiero que veas lo que estoy pensando.

Le acerco el conejito. La Bebé Wendy es demasiado pequeña para agarrar las cosas al primer intento. Levanta la cabeza e intenta alcanzarlo, pero se cae otra vez con la mejilla sobre la alfombra. Le acerco más el conejito.

Recuerdo haber hecho lo mismo con mi Pequeña Bebé.

—¿Ginny?

Maura está dentro de la casa. Respiro hondo y mis brazos y mis hombros se tensan.

—Ginny, ¿dónde estás?

La Bebé Wendy no hace ningún ruido. Sigue mirando al conejito. Sigue intentando agarrarlo.

—Ginny, ¿dónde estás? Ginny, ¿qué estás...?

Sus palabras se detienen, pero son todas una sola. Su voz es un agujero en una ventana.

Salta cuatro, cinco, seis veces y me rebasa. Yo me agacho. Levanta a la Bebé Wendy.

Ahora se encuentra por encima de mí, en el descansillo, con la boca abierta y enseñando los dientes.

—¿Qué demonios haces? —grita.

—¡Se le había caído el conejito! —digo.

Maura parece confundida. Mira y mira y mira. A mí. A Wendy. Al conejito que está al borde de la escalera.

—¡Estabas intentando que *rodara*! —dice—. ¡La has sacado de la cuna y has intentado que rodara escaleras abajo!

—¡Yo no he hecho eso!

—¡Sí que lo has hecho! ¿Qué otra cosa podías estar haciendo, ofreciéndole un juguete a un bebé en lo alto de una escalera? ¿Qué rayos te pasa? ¿Por qué has hecho algo así?

Me ha hecho tres preguntas seguidas y no sé cuál contestar, así que *me defiendo*. Me separo del *peldaño uno* y me quedo arrodillada en el *peldaño tres*.

—¡Has estado fuera demasiado tiempo! ¡La Bebé Wendy ha empezado a llorar! La he sacado de la cuna, le he dado el conejito y se ha callado. ¡Entonces he escuchado un ruido y he salido a mirar, pero el conejito se ha caído y he tenido que recogerlo! ¡Deja de gritarme, Maura! ¡Deja de gritarme ahora mismo! ¡He hecho algo bueno!

Maura abre la boca pero no le salen palabras.

Es *exactamente* la misma cara que tenía Gloria cuando le grité. Es *exactamente* la misma mirada que me dirigió antes de decirme que tuviera una buena vida y me dejara completamente sola.

Quiero bajar la cabeza, pero lo que hago es mirarla a los ojos. La miro y la miro y la miro y respiro.

—Te creo —dice, tragando en seco—. Está bien. Lo siento.

No sé qué decir, así que no digo nada.

—Creo que aún no estamos listos para que empieces a llevarla en brazos —dice—. Hay cosas que tienes que saber, independientemente de lo mucho que ya sepas. Y esto lo demuestra. No puedes dejar a un bebé cerca de un borde desde el que se pueda caer. Pero creo que estás lista para empezar a ayudar un poco más con Wendy. ¿Qué te parece eso?

Eso me confunde, pero no me está gritando ni diciéndome que estoy loca. No mueve los brazos ni me dice que he hecho algo malo, aunque estaba dispuesta a prenderle fuego a la cocina. Me está diciendo que puedo ayudarla a cuidar a mi hermanita.

—Me parece muy, muy, muy bien —me oigo decir. Es *mi* voz. La de Ginny.

Entonces me pongo de pie y espero, porque no sé qué tengo que hacer.

Maura dice:

—Wendy ha mamado mucho antes de acostarse. Seguramente le apetecerá algo más sólido. ¿Podrías ayudarme sacando el cereal de arroz?

No digo *Hmmm* o *Deja que lo piense.* Lo que hago es acercarme un poco.

—¿Crees que se pondría *aproximadamente* feliz si le añadimos algo de leche para humanos?

Maura se acerca también.

—Creo que se pondría *exactamente* feliz si le añadiéramos algo de leche. Pero tendremos que calentarla un poco antes.

Vuelvo a mirar al suelo. El conejito sigue allí. Lo recojo, le doy un abrazo y se lo ofrezco a la Bebé Wendy. Las tres bajamos las escaleras.

En la cocina, saco el cereal de arroz. Lo dejo sobre la encimera. Con una mano, Maura saca una silla de debajo de la mesa de la cocina y la señala, así que me siento. Respira muy hondo. Su sonrisa está un poco torcida.

—Bueno... no se me ocurre otro modo de hacer esto. Ginny, ¿quieres por favor tener en brazos a Wendy mientras le preparo el cereal?

Estoy tan sorprendida que no puedo responder con la boca. Digo que sí con la cabeza. Extiendo los brazos y cruzo la pierna izquierda sobre la derecha. Maura se acerca y me pone a la bebé en los brazos. Mi hermana. La cabeza de Wendy se apoya en el hueco de mi codo izquierdo. Empiezo a respirar más despacio. *Así, mi niña, así. Así, mi niña, así.* Yo sostengo a Wendy y Wendy sostiene a su conejito. El conejito no sostiene nada. Ni siquiera una zanahoria. Pero cuando miro a Maura, ella sostiene el paño de cocina. El que tiene las rayas verdes en el borde. El que yo iba a utilizar para incendiar la cocina.

—La señora Taylor dice que su perra va a tener cachorros —dice Maura.

Miro detrás de ella. El quemador de la cocina está frío y oscuro.

—Brian... o sea, *tu papá*, piensa que no estaría mal que nos quedáramos con un cachorro este verano, cuando se termine el colegio. Él cree que sería bueno para ti. Para todos en realidad. ¿Te parece una buena idea?

Pienso. En mi cabeza veo el apartamento de Gloria con dos filas de jaulas pegadas a la pared, pero las jaulas están todas abiertas y todos los gatos Coon de Maine se han escapado. Miro a mi alrededor para ver a dónde se han ido.

En algún lugar detrás de mí se abre una puerta. Unas diminutas pisadas se alejan.

—¿Ginny?

La miro.

—A los perros les gusta jugar con el Frisbee —digo.

—Sí, supongo que sí —contesta Maura.

—Les gusta ir en auto contigo cuando vas al lago.

—Cierto.

—Les gusta correr sobre las hojas secas cuando todo el mundo las está barriendo. Les gusta perseguir las bolas de nieve.

—Cierto también.

—No les gusta estar solos.

Maura traga en seco.

—No, no les gusta. Tienes razón, Ginny. Tienes razón en todas esas cosas. Te prometo que haré todo lo que pueda para dejarte participar más. Pero tú también tienes que intentarlo. Sé que es un esfuerzo para ti, pero por favor, intenta ser menos... reservada. Sé que eso forma parte de tu personalidad, pero... lo intentarás, ¿verdad? —se seca los ojos y aparta la mirada, pero cuando vuelve a mirarme veo que aún los tiene mojados—. Entonces, ¿qué te parece? ¿Es una buena idea tener un perro?

Cierra los ojos y sonríe. Y levanta un dedo.

—No, espera. Solo la segunda pregunta.

—Sí —digo—. Creo que tener un perro sería una idea muy, muy, muy buena.

Maura se coloca el paño en el hombro y mide una cantidad del cereal de arroz en el fondo del biberón. Echa un poquito de leche y lo mueve. Luego pone el biberón en un caldero con agua y el caldero con agua lo pone al fuego.

Me acerco más a Wendy y miro mi reloj. Son las 5:08. La fecha sigue siendo jueves 27 de enero. A partir de ahora voy a pasar mucho más tiempo intentando *ayudar un poco más* con Wendy. Porque aunque vengo de un sitio diferente y mi cabeza es diferente, aún tengo mi nombre y mis ojos siguen siendo verdes. No tengo que ser (–Ginny) si esta Familia Para Siempre quiere que me quede. No tengo que ser (–Ginny) si me dejan hacer cosas y cuidar muy, muy, muy bien de mi hermanita. Mi nuevo plan secreto no ha funcionado, pero pienso que no pasa nada, porque en las *secuelas* las cosas nunca encajan como tú esperas. Además, *dos errores no hacen un acierto*, y lo que iba a hacer con el paño de cocina me habría transformado en una (–Ginny) para siempre. Así que me quedaré aquí, en la Casa Azul, por un largo tiempo, lo cual es mucho más seguro que buscar signos de igual gigantes o esperar a la policía.

Y eso significa, me imagino, que por fin voy a quedarme quieta.

SOBRE EL AUTOR

Benjamin Ludwig es un profesor de inglés y escritor que vive con su familia en New Hampshire. Él ostenta una Maestría en Artes especializada en Educación y una Maestría en Bellas Artes con especialidad en Escritura. Poco después de contraer matrimonio, su esposa y él decidieron acoger y adoptar a una adolescente con autismo. *Ginny Moon* es su primera novela, inspirada en parte por las conversaciones que ha mantenido con otros padres en los entrenamientos para las Olimpiadas Especiales. Su página web está disponible en:

www.benjaminludwig.com

AGRADECIMIENTOS

Soy padre adoptivo y escritor, así que mientras escribía este libro he llevado dos sombreros. Es por eso que tengo mucho que agradecerles a todos aquellos que me han apoyado en mi momento de escritor, así como también a todos los que han estado involucrados en mi viaje hacia la adopción. De modo que, en orden cronológico...

Me gustaría darles las gracias a mis padres, que siempre dejaron claro que a los niños había que quererlos por encima de todo y rodearlos de amor en cada etapa de sus vidas.

Gracias a Claudio y Liz, que leyeron página tras página de mi trabajo cuando los tres estábamos en séptimo y octavo grados. Me pedían más y más páginas aduciendo que estaban atrapados, pero era yo el que me mantenía a la espera de sus palabras.

Gracias a mi mentor y profesor durante mis años de carrera, el profesor John Yount, de la Universidad de New Hampshire, que me dijo: *No des clases. Sirve mesas si tienes que hacerlo, pero nunca seas profesor.* Fui profesor de todas formas, pero tu consejo me sirvió para darme cuenta de que mi vocación de escritor podía ser tan importante como la de docente, tal vez incluso más. Y a los profesores Margaret Love-Denman, Mark Smith y Sue Wheeler, también de mis años de estudiante en la UNH.

Quiero darle las gracias a mi esposa, Ember, por su buena disposición a explorar la acogida y la adopción, y por leer mis manuscritos tantas y tantas veces. Gracias a Ariane, nuestra hija, cuyo amor por Michael Jackson inspiró el de Ginny.

Gracias a Karen Magowan y a Patrice Pettegrow, y a todos los demás trabajadores del Departamento de Salud y Servicios Sociales de Maine, así como del Departamento de Niños, Jóvenes y Familias de New Hampshire. Gracias a todos los padres de acogida, los padres adoptivos y los padres de niños con necesidades especiales que he conocido a lo largo de los años. Ustedes siguen siendo mis mentores y modelos a seguir.

Gracias a Jeff Kleinman, mi agente en Folio Literary Management, por responder a la voz de Ginny y por creer en ella. A Molly Jaffa, directora de derechos en Mercados Extranjeros de Folio. Gracias a Russell Dame, que leyó incansablemente el manuscrito y cuyos comentarios durante la revisión resultaron de un valor incalculable. A James Engelhardt de la Universidad de Illinois Press, que me ofreció su consejo en los primeros momentos. A Justin Pagnotta y Mark Holt-Shannon, de la Escuela Secundaria de Dover, quienes me ofrecieron una visión reveladora, apoyo y consejo en varios momentos. A Kate Luksha, Jimmy Roach y Jayce Russell, que leyeron parte de la obra en la Universidad de New Hampshire. A Ann Joslin Williams, directora de nuestro taller.

Gracias a Liz Stein, mi editora en Park Row, por celebrar la humanidad de Ginny y ser la abanderada de su dignidad. Y a Libby Sternberg, correctora de estilo, Bonnie Lo, lectora de pruebas, y Amy Jones, Julie Forrest, Sheree Yoon, Stefanie Buszynski y Shara Alexander en mercadeo y publicidad.

Tendemos a escuchar a aquellos que gritan más alto exigiendo nuestra atención. Con tanto ruido, es fácil olvidarse de otros que no son capaces de dar a conocer sus necesidades. Algunas personas, en particular los niños desplazados y los

niños dependientes del sistema, se convencen en muchas ocasiones de que sus necesidades no importan en absoluto. ¿Cómo
iba a ser de otro modo, teniendo en cuenta lo que la sociedad
les ha enseñado a través de sus propias experiencias? Una de las
esperanzas que albergaba al escribir *Ginny Moon* era darles voz
a esas personas que pueden tener problemas, como le ocurre
a Ginny, para defenderse a sí mismas. También espero que el
libro inspire a los demás a ayudar a los niños en acogida. Hay
muchísimos. Tengo algunas opiniones más al respecto que se
pueden consultar en www.benjaminludwig.com